KB265479

우주와 역사의 접점 찾기

우주와 역사의 접점 찾기

임 수 만

도서출판 역락

햇볕 따스한 어느 봄날, 80년 전 六堂이 걸었을 白巖山 굽이 길을 따라 걸었다. 길가에는 처음 보는 작은 풀꽃들이 피어 있어서 자세히 들여다보았다. 거기에는 생명의 환희가 있었다. 자연은 나로 하여금 언제나 새로운 생명과 존재의 기쁨을 느끼게 한다. 산에서 내려와 집에 돌아와 보니 아파트 주변 또한 온통 꽃 세상이다. 아이들도 그런 변화를 기뻐하며 뛰노는 모습이 보기 좋다.

지금껏 '시'는 내게 어떤 의미였을까? 그것은 내게 있어 드러냄과 감춤의 時空이자 애증의 대상이었다. 하이데거는, 시란 언어를 통해 존재의 실상에 가닿으려는 고투이며 왜곡된 '존재와 언어와 사유의 회복'을 꿈꾸는 언어라고 했다. '다가가는 것', '회복'은 이미 '거리'와 '상실'을 전제로 하고 있다. 이것이 현실에 부합되는 構圖라면 그러한 시도를 하는 것은 중요한 의미를 갖는 일일 것이다. 하지만 일상을 병든 것, 왜곡된 것으로 보는 그 관점 자체가 병든 것, 왜곡된 것이라면 어떻게 되는가? 그것은 삶을 치유하고자 하지만 스스로 아파하는 방식을 취한다. 그것이 큰 의미를 갖는다고 주장할수록 일상과는 거리를 두는 모습을 갖게 된다. 나 또한 시를, 자기의 본 모습을 찾고자 하는 고행과 같은 것이라고 이해하고 있지만, 그러한 求道의 길은 보였다 안 보였다 했고, 나는 그 길에서 벗어났다 되돌아왔다 했다.

우주와 역사의 접점. '시'는 내게 그런 모습으로 이해되기도 하였다. 현실로부터 자연에 이르는 길은 다시 현실로 이어져 있었고 되돌아온 일상적 삶의 틈새에서 나는 또다시 우주로 통하는 길을 간구하고 있었다. 마치 그것이 숨쉴 구멍이라도 되는 것처럼 나는 그러한 축 사이를 왕복하며 그 두 개의 세계가 서로를 비춰주는 순간이나 공간을 의미있는 것으로 생각해 왔다. 나는 '우주'의 성스러움과 '자연'의 풍요로움에서 인간의 삶이 치유받고 삶의 지혜와 용기를 얻을 수 있을 것이라고 생각한다. 하지만 그것이 현실의 고통과 소외를 외면하는 것이라면, 또는 그러한 위선적 논리에 이용될 경우라면 그 점은 무엇보다 먼저 비판받아야 할 것이다. 시는 '역사'의 논리가 갖기 쉬운 단선적이고 피상적인 관점을 넘어 깊이있게 '현실'의 존재를 응시하고 통찰하고자 한다. 그래서 '더 철학적이다'. 그러기 위해서 우주와 역사는 서로를 비춰주어야 할 것이고 우리는 바로 그러한 조응의 순간에 주목해야 한다. 그런 뜻에서 본서의 제목을 '우주와 역사의 접점 찾기'라고 달아 보았다. 내게 그것은 '시를 찾아서'와 같은 뜻인 것이다.

'시'는 생명의 환희와 존재의 긍정을 중요한 가치로 삼는다. 현실이 그것을 억압하거나 은폐하고 왜곡하는 경우에 그에 정면으로 저항하는 것도 바로 '시'다. 그것은 언어와 실재의 괴리, 현실의 혼란과 착종,

그리고 그에 기인하는 슬픔과 고통을 뚫고 '생명의 싹'을 새로이 키워 내고자 애쓴다. 적어도 이 땅에서 시가 갖는 의미는 그러한 곳에 있을 것이다. 그러하기에 '시의 비평'은 그러한 시인들의 노동에 共感하고 그 결실을 위해 샘을 파고 물을 길어 올리는 또 다른 노동이어야 한다. 그것은 자신을 한없이 낮추는 공경의 자세와 스스로를 반성의 대상에서 제외치 않는 진실됨을 요구하는 것이자 또한 은산철벽을 타파해 나갈 용기와 정진을 필요로 한다. 나는 그럴 준비가 된 것일까. 이제 다시 그런 물음 앞에 서 있다.

그 동안 쓴 글들을 묶어 첫 비평집을 펴내게 되었다. 부족한 것이 느껴져 부끄럽고 조급히 펴내는 것이 스스로 불만이기는 하지만, 지금까지 걸어온 길을 되돌아보는 반성의 시간을 가져야 할 시기라고 생각했다. 크게 시인론과 비평론으로 구분하여 그 각각을 발표순으로 엮어보았다.

먼저 첫 번째 실은 '오세영론'은 필자의 등단 작품이다. 필자를 '시'의 길로 이끌어주신 스승의 작품을 감히 다루어 본 것이다. 학문의 엄밀성과 삶의 도리를 따스하고 깊은 정으로 감싸 보여주신 선생님을 만난 것은 내겐 큰 축복이었다. 그 가르침의 일단을 담아보고자 했으나 채 담아내지 못했다. 이하의 글들은 등단 이후 청탁에 의해 쓴 것들이다. 평론가로서의 길을 열어주신 『시와 시학』의 김재홍 선생님께서 여러 번 기회를 주셨으나 논문 평계로 그 기회를 살리지 못했다. 죄송스러운 마음 씻을 길 없지만, 말씀하셨던 '맑고 밝은 인연이 좋은 결실을 맺을 것'을 아직 잊지 않고 있다. 시 연구자로서 정진하는 것만이 가르침을 주신 모든 선생님들의 은혜에 보답하는 길일 것이다.

시인론 두 번째 묶음은 필자가 박사 논문을 제출한 이후 써 냈던 것들이다. 이 시기 『유심』과의 인연은 여러 가지 일로 힘들었던 내게 글을 쓸 수 있는 큰 힘을 주었다. 특히 과분한 격려와 관심을 아끼지 않으신 오현 스님과의 만남은 평생 잊을 수 없을 것이다. 웹진 <문예연구>에 실은 짧은 작품론과 서평은 필자에게 새로운 경험이었다. 청탁이 아닌 글쓰기여서 내 모습을 더 많이 비춰 볼 수 있었던 듯하다. 지면을 할애해 주신 조성훈 선생께 이 자리를 빌려 감사의 마음을 표하고 싶다.

3부의 비평론에는 미리 독자들의 양해를 구할 부분이 있다. '폴 드만의 해체비평'은 번역문인 것이며 '『벤야민과 아케이드 프로젝트』를 읽고'는 발췌문인 까닭이다. 번역과 발췌가 중심이 된 글들이지만, 이 두 작가가 보여준 사유의 빛은 필자에게 현재의 문제의식을 조명해주는 특별한 의미를 갖는 것이기도 하여 채 정리되지 않은 형태로나마 본서에 넣어 훗날의 방향을 모색하는 계기로 삼고자 하였다.

　이번에 본서가 세상에 나올 수 있도록 허락하는 것은 물론 '역락비평신서'에 들어갈 수 있도록 애써주신 도서출판 역락의 이대현 사장님께 깊이 감사드린다. 그리고 들쑥날쑥한 원고들을 통일된 체제로 편집하고 꼼꼼히 교정을 보아 주신 권분옥 선생과의 작업도 즐거운 기억이 될 듯하다. 고마운 마음을 전한다.

　내 하고자 하는 대로만 살다보니 가족들에겐 갚을 길 없는 죄만 지었다. 그에 대해서는 이루 다 말할 수 없다. 밤늦게 들어와 잠든 아내와 아이들 얼굴을 들여다본다. '독서왕' 정범이, '호기심왕' 정찬이. 어려운 가운데에서도 아이들을 밝게 키워준 아내가 고맙다. 아침이면 아이들 재잘거리는 소리에 다시 새로운 하루가 시작될 것이다.

2006년 4월　임 수 만

＝ 차례 ＝

머리말 / 5

제1부 시인론 1

제2부 시인론 2

우주와 역사의 접점 찾기

물질적 상상력과 역설의 시학[1]

오세영론

1. 자연과 인간의 내적 교류

삶이 외롭고 힘들어질 때, '자연'의 품 안으로 찾아 가는 사람들이 있다. 그것은 도피일 수도 있고, 무엇을 얻고자 하는지 알지 못하면서도 그렇게 할 수밖에 없는 熱病 같은 것일 수도 있다. 하지만 자연에서 일상생활로 돌아올 때 그는 문득 삶의 용기와 존재의 충일감을 되찾은 자신을 발견하게 되는 것이다. 삶과 자연이 조금씩 거

---

1) 본고에 인용된 작품의 출전은 편의상 다음의 번호로 대신한다. 또한 그 뒤의 숫자는 해당 면수를 나타낸다. 1.『반란하는 빛』(현대시학사, 1970), 2.『가장 어두운 날 저녁에』(문학사상사, 1982), 3.『무명연시』(전예원, 1986), 4.『불타는 물』(문학사상사, 1988), 5.『사랑의 저쪽』(미학사, 1990), 6.『꽃들은 별을 우러르며 산다』(시와 시학사, 1992), 7.『어리석은 헤겔』(고려원, 1994), 8.『눈물에 어리는 하늘 그림자』(현대문학, 1994)

리를 갖게 되면 될수록 그에 대한 그리움이나 회귀욕구는 더욱 커질 것이다. 그렇다면 그가 자연에서 얻고자 하는 바는 무엇인가. 삶 속으로 끌어 오고자 하는 자연의 지혜는 무엇인가.

1970년에 첫 시집 『反亂하는 빛』을 간행한 이후 지금(1996년)까지 모두 여덟 권의 시집을 선보인 시인 오세영. 그는 이러한 우리의 물음에 대답을 해주고 있는 것으로 보인다. 그의 시적 변모 과정에 굴곡이 없었던 것은 아니지만, 자연과 인간의 삶을 관찰하고 사색하는 모습만은 지속적이었다고 말할 수 있다. '자연과 삶'을 노래한 시인을 우리나라만큼 많이 가지고 있는 나라도 드물 것이다. 그렇다면 오세영 시인이 가지고 있는 특성, 그 구체적인 양상과 지향하는 바를 다른 시인의 그것과 비교해 보는 작업이 요구되기도 하겠지만, 우리는 일단 그의 시세계에만이라도 몇 개의 표석을 놓아두는 일에 만족할 생각이다.

그가 세계의 풍경 속에서 발견한 아름답고 신선한 이미지들은 그 자체로 시적인 풍요로움을 자랑하고 있다. 예를 들어, '솔바람', '대이슬'(「山은 山」 4 : 124)과 같은 신선함을 느끼게 하는 소재들이나, "물웅덩이 얼어 있던 송사리떼도/ 부지런히 햇빛 쪼아 새끼치겠지."(「봄은 무엇하러 오는가」 8 : 21)와 같은 참신한 표현법들은 그의 시를 대하는 독자들을 행복하게 하는 바탕인 것이다. 하지만 그를 포함한 많은 시인들이 이렇듯 자연 세계에 주목하는 까닭은 여기에 머물지 않는다. 그것은, 인간의 모든 감정을 담아낼 수 있는, 그래서 존재론적 인식과 지혜에 접할 수 있게 하는 넓고 깊은 공간을 자연이 갖추고 있다는 이유, 가르치려고 하지 않으면서 깨달음을 얻게 한다는 이유 때문일 것이다. 자연이란 있는 그대로의 우리들을 수용하고 삶의 위로와 용기를 주는 '영원한 어머니'가 아니던가. 그래서 시인은 우선 온 감각으로 '자연'을 감촉하려 한다.

코스모스 꽃잎에서는 항상
하늘 냄새가 난다.

—「9월」 부분 6 : 96

아름다움은 시각을 통해서 오고,
황홀은
후각을 통해서 온다.
(…중략…)
후각으로 오는
봄.

—「황홀」 부분 7 : 13~14

여름산은
관능으로 달아오른 여인의
들뜬 육신이다.

허리를 감돌아
허벅지로 내리는 계곡의 물,
폭포다.
쾌락의 절정에서 터져 나오는
탄성,

누가 녹음을 서늘하다고 했던가,
타오르는 물,
녹음은 촉각으로 말하는
언어다.

—「녹음」 부분 7 : 15

잎이 지면
겨울 나무들은 이내
악기가 된다.
(…중략…)
얼음장 밑으로 공명하면서
바위에 부딪혀 흐르는 물도
음악이다.
(…중략…)
오늘처럼
천지에 흰 눈이 하얗게 내려
그리운 이의 모습이 지워진 날은
창가에 기대어 음악을
듣자.

감동은 눈으로 오기보다
귀로 오는 것,
겨울은 청각으로 떠오르는 무지개다.

—「음악」 부분 7 : 32~33

아주 조그마한 자연의 변화도, 시인은 시각, 청각, 후각, 촉각 등의 모든 감각으로 예민하게 감지해 낸다. '봄은 후각으로 오고', "녹음은 촉각으로 말하는/ 언어"이며, '코스모스 꽃잎에서는 항상 하늘 냄새가 나고', "겨울은 청각으로 떠오르는 무지개다"(이렇게 본다면 시집 『눈물에 어리는 하늘 그림자』에 실린 시편들이 '봄, 여름, 가을, 겨울'의 소제목 하에 분류되어 있는 것도 어쩌면 자연스러운 일이기도 하다). 여기에는 공기의 무한한 자유로움('하늘 냄새'), 물의 부드러움, 불의 욕망 등이 어우러져 있다. 이러한 '물질적 상상력'은 자연과 시인의 내면 세계를 이어주는 매개체의 하나이다.

①
하얗게 달빛이 쌓이는
겨울밤,
미닫이 열고 창 밖을 본다.

바람도 자고
물소리조차 뚝 끊긴
산은 적막한 흑백 필름,
바위도, 숲도, 개울도
빛바랜 풍경으로 서 있을 뿐이다.

폭풍우치던 그 여름밤의 격정은
어디 갔는가.

-「한 여름밤에의 꿈」 부분 8 : 96~97

②
내가 외로움을 노래할 때 당신은
내 영혼의 길섶에 반짝이는 이슬로 바라보고
계셨습니다.
당신이 떠나가신 후
이제 나의 시는 나의 시가 아닙니다.
당신이 바로 나이니까요.

-「떠나가신 후」 부분 8 : 64~65

①의 시는 겨울밤의 적막함 속에서 지난 여름의 격정의 시간을 회상하는 구도로 되어 있다. '겨울밤'과 '여름밤'의 물질성. 여기에 시인의 내면 세계 즉, 현재와 과거의 삶이 깃들이면서 시적인 형상화를 이루고 있다. 실존적 인식이 허공 속에서 떠돌지 않고 구체적

인 자연과 인간의 삶 속에 닻을 내리고 있는 모습이다. 거기에서 우리는, 열정으로 가슴앓이 했던, 하지만 지금은 적막한 시공간에 처한 시적 화자의 모습을 발견한다. 자연과 인간의 체험 사이의 이상하고도 친밀한 내적 교류가 적어도 시인에게는 계속적으로 존재해 왔음을 알 수 있다. 그 모든 삶의 흔적들, 내면적인 추억들이 자연 속에 또는 원초적인 여러 물질들 속에 각인되어 있다가 겸허하고 진실된 순간 문득 그 모습을 드러내는 것이다. 그래서 '자연'은 풍부한 것이고 그것을 느끼는 우리의 내면 또한 풍요로워지는 것이다.

②의 시에서 우리는 시인이 열망했던(/하는) 어떤 대상의 모습 또한 자연 속에서 그 얼굴을 드러내고 있는 것을 볼 수 있다. 시인은 자연 속에서 당신의 '손길, 말씀, 웃음, 울음, 시선' 등을 찾아 낸다. 하지만 '나'와 '당신'의 모습은 결국 같은 것이다. 시적 화자의 내면 속에서 일어났던 생각들('말씀'), 감각들('손길'), '웃음, 울음, 시선' 등은 바로 '당신'에 대한 물음들이며, 또한 그것은 그에 대한 '당신'의 대답이기도 할 것이기 때문이다. 그러한 존재론적 역설, '당신이 바로 나'라는 역설에 의해서, 당신이 떠나가신 후 '이제 나의 시는 나의 시가 아니'라는 역설적 발언("A는 A가 아니다"는 형식)이 연속된다. 표면적으로는 모순되는 진술이지만, 곰곰이 생각해 보면 존재론적 진실인 것, '나는 너다'는 발언으로 '나'와 '너'는 승화된 세계에서 새롭게 만나게 된다.

이와 같이 시인의 감각은 자연에 대해 활짝 열려 있고, 그것은 '물질적 상상력'과 '역설적 상상력'을 매개로 시인의 내면과 존재론적 인식의 심화에로 연결되고 있다. 그 각각이 분리된 것은 아니지만, 편의상 나누어 좀더 상세히 살펴보고자 한다.

2. 물질적 상상력 ① - 깨뜨리고, 녹이기

'상상력'에 대해서는 이론가들마다 여러 가지 정의를 내리고 있지만, 바슐라르에게 있어서 그것은, 현실을 떠나 새로운 삶을 향해 나아가는 힘이다. 특히 자연 속에 깊이 뿌리박은 상상력을 그는 '물질적 상상력'이라고 부른다(곽광수, 『바슐라르연구』, p.36, 41 참조). "물질은 감정의 재산"이고 "형식의 무의식"이다. 자연의 표면이 아니라 그 속의 '물질'만이 인간적 행위와 감정의 무게를 받아들일 수 있는 것이다(바슐라르, 『물과 꿈』, p.77). 오세영 시인의 대다수의 작품이 이러한 물질성에 대한 사유와 내밀한 꿈으로 이루어져 있다는 것은 주목을 요한다. "태초에 고체와 액체와 기체가 있었을 따름이다"라고 시인은 단언하고 있기까지 하다.

> 흔히
> 불변의 진리라고들 말하지만
> 굳어버린 의미는
> 의미가 아니다.
> 흙의 얼음,
> 아무것도
> 뿌리를 내리지 못한
> 저, 돌멩이를 보아라,
> 돌멩이는 다만
> 굳어버린 물상들을
> 깨버리는 데 의미를 지닐 뿐이다.

> —「水面」 부분 7 : 22

위의 시를 보면, 시인은 '굳은 것'에 대해서 한정적으로만 긍정하고 있다. '차고, 단단한' 고체(돌멩이)는 상처를 입히는 존재일 뿐이다. 차가운 것('흙의 얼음')은 모든 것을 굳게 하고 굳은 것은 이미 "아무 것도/ 뿌리를 내리지 못"하게 한다. 시인이 이념의 경직성을 지적할 때, 그 굳음의 부정적 성격은 뚜렷하게 드러난다. 하지만 '단단함'은 의지를 잠깨우는 '각성의 영상'으로 기능하기도 한다. 이 시에서조차 그것은 "굳어버린 물상들을/ 깨버리는" 의미를 갖고 있는 것이다. 그렇다면, 단단한 것(고체)에 대한 시인의 궁극적인 입장은 어떤 것인가.

①
나 사는 동안
한낱 바위처럼 살리라.
(…중략…)
차라리 깨지되 삭지 않는
아, 그러나
천고에 푸르른 한 가지 마음이 있어
날 찾아 부르거든
내 그를 위해 가슴을 열고
피보다 붉은 碑銘을 새기게 하리니

—「碑銘」 부분 7 : 87

②
이름 하나 품에 안고
먼 산 바래며

소리없이 균열짓는
봄밤의 石碑.

—「돌비석」 부분 8 : 14

①의 전반부에서의 ‘바위’는 “차라리 깨지되 삭지 않는” 긍정적인 ‘굳음’이다. 하지만 그것 또한 한정적인(‘한낱’) 긍정일 뿐이다. ‘바위’의 진정한 꿈은, 누군가 푸르른 마음이 자신을 부르는 그 날이 오는 것이며, 그 때 “가슴을 열고/ 피보다 붉은 비명을 새기게 하”는 것, 바로 그것이다. 그의 굳음은 ‘피보다 붉은 비명을 가슴에 새기게 하’는 행위에 의해서 비로소 완전한 삶으로 승화된다. ②의 시에서의 봄밤의 돌비석과 시적 화자의 심정적인 교류는 이러한 ①의 해석을 뒷받침한다. ‘균열짓는’이라는 인간적인 어사에 의해서 무감각하고 굳은 바위는 섬세한 심리의 존재로 변화된다. ‘날 찾아 부르는 푸르른 마음’의 그 누군가. 그의 ‘이름 하나를 품에 안고’ 봄밤의 외로움을 견디며 기다리는 바위의 모습은 바로 시인의 모습이기도 하다.

“존재의 결빙을 녹이는 묘약”이라는 「술1」(7 : 48)의 시구는 이와 관련지어 생각할 수 있겠다. 삭막한 인간관계를 잠시만이라도 해소시키는 또는 어눌한 말문을 자유롭게 열어제치게 하는 ‘술’. 술은 시인의 말대로 ‘불타는 물’이다. 인체 속으로 들어가 불타는, 그래서 활력을 불어넣는 불. 굳은 것을 녹이고 부드럽게 하는 ‘불의 물’. 바위의 균열을 몽상하고 술을 노래하는 것, 이러한 ‘깨뜨림’과 ‘녹임’이 지향하는 바는 존재의 합일, 모순의 화해, 바로 ‘사랑’일 것이다.

> 부서지지 않으면
> 안된다. 밀알이여
> 고운 흙이
> 고운 청자를 빚듯
> 가루가 되지 않고서는 이루어지지 않은
> 빵,

> 한때 투명했던 이성과 타는 욕망도
> 고독의 절정에서는 소멸된다.
> 가장 내밀한 정신의 깊이로
> 화해되는 물과
> 불,
> 빵은 스스로
> 자신의 이념을 포기하는 까닭에
> 타인을 사랑할 줄 안다.
> 마음이 가난한 자의 식탁 위에
> 외롭게 올려진
> 한 덩이의 빵

-「그릇27-빵」 전문 5 : 55

'자신을 포기함으로써 타인을 사랑할 줄 알게 된' 밀알의 성서적 이미지를 시인은, '가루가 됨으로써 빵이 이루어진다'는 것으로 형상화한다. 그 가루는 물로 반죽되고 불로 구워져서 가난한 자의 식탁 위에 올려질 것이다. 모순된 '물과 불'이 "가장 내밀한 정신의 깊이로 화해"될 수 있는 공간도 가루가 된 밀알의 존재에 의해서 마련된 것이다. 자신을 깨뜨리고 부수고 녹이는 행위는 모순된 것의 '화해'와 타인에 대한 '사랑'을 위한 "내밀한 정신"의 苦行인 것이다.

3. 물질적 상상력 ② - 불-물의 화해

'불'의 이미지는 오세영 시인의 초기시에서부터 지금까지 줄곧 사용되어 왔다. 따라서 그 이미지를 어떻게 형상화하고 있는가를 추적하는 것은 시인의 변모과정을 알아 보는 하나의 방법이 될 것이다.

앙상한 눈들이 내린다.
헌 외투의 승려가 지나가고
식어버린 어휘들이 굴러다닌다.
현상의 미끄런 빙판 위로
여윈 발들이 달린다.
내벽(內壁)엔 겨울 신앙이
못 박힌다.
로마인이 서너 명 해머를 들고
얼어붙은 시간을 깨고 있다.
사납게 외치면서 미래가
들창을 들여다보고 있을 때
갈릴리 내해(內海)에 잠드는 바람
갈릴리 내해에 눈은 내리고,
침울한 내장에 세계는 갈앉고,
차고 매운 발자국들이 수런대면서
황폐한 의식 위로 몰려간다.
모든 것은 닫히고 나는 서 있고
아득한 곳에서 기계가 울고 있다.
나는 꿈꾼다.
떨리는 귀에 들려오는 복음을,
깨어진 공간 위에 식어내린 햇빛을,
엷은 꿈들 위에 눈은 내리고
나는 소리치면서
어리석은 신앙으로 얼고 있다.

―「反亂」 전문 1 : 28

'불'은 긍정적인 것이지만 그것을 상실한 상태('빼앗는 내 눈의 불', '불꺼지는 나')는 이 시에서 보여지고 있는 것처럼 황량한 모습으로 그려진다. 첫 시집 『반란하는 빛』에 실린 <불> 연작시 모두가 이러한 차가운 것들에 대한 부정, 즉 따스함을 상실했다는 의식을 보여준다. 시인이 그때 그리고자 했던 것은 "소외된 현대인의 내면의식"이었고, 그것은 60년대 『현대시』 동인들의 일반적인 경향이기도 했다. 하지만 10여 년 후에 간행된 제2시집부터 시인은 "현실에 대한 분열된 자의식을 뛰어넘어 그것을 통합시키는 시, 병적인 세계를 단순히 반영하기보다는 이를 건강한 것으로 회복시키는 시"를 지향하게 된다. 그것은 이미 제1시집에서 "우리모두…어머니 입김같은 바람이게 하옵소서"(「가을2」, 1 : 72)라는 기원 속에 나타나 있기도 하다.

물도 불로 타오를 수 있다는 것은
슬픔을 가져본 자만이
안다.
여름날
해 저무는 바닷가에서
수평선 너머 타오르는 노을을
보아라.
그는 무엇이 서러워
눈이 붉도록 울고 있는가.
뺨에 흐르는 눈물의 흔적처럼
갯벌에 엉기는 하이얀
소금기,
소금은 슬픔의 숯덩이다.
사랑이 불로 타오르는
빛이라면
슬픔은 물로 타오르는 빛,
눈동자에 잔잔히 타오르는 눈물이
어둠을
밝힌다.

—「눈물」 전문 7 : 23

눈물이 타서 굳은
숯덩이, 소금은
슬픔을 아는 까닭에
남의 상처를 아무릴 줄 안다.

—「상처」 부분 7 : 24

　‘불’은 불순한 모든 것을 태워버리고, 그 (불의) 심판을 견디어 낸 것에 순수성을 부여한다. ‘불’이 정화와 순수성의 상징이 될 수 있었던 것, 숭배의 대상이 될 수 있었던 것도 이 때문일 것이다. ‘남의 상처를 아무릴 줄 아는 사랑’을, ‘슬픔의 숯덩이’를 통해 노래한 위의 시들이 이러한 ‘불’을 요소로 하고 있음에 주목할 수 있겠다.

　하지만 그것이 단지 ‘불’만으로 이루어지는 것이 아님을 아는 것도 필요하다. ‘불’을 진정시키는 ‘물’이 있을 때야 비로소 그것은 상처를 치유할 수 있는 ‘뜨거운 눈물’이 될 수 있는 것이다. “어머니 입김같은 바람”이나 “타오르는 눈물”과 같은, ‘근원적 습기와 확산된 열기의 합일’만이 우리를 치유한다.

불이 물 속에서도 타오를 수
있다는 것은
연꽃을 보면 안다.
물로 타오르는 불은 차가운 불,
불은 순간으로 살지만
물은 영원을 산다.
사랑의 길이 어두워
누군가 육신을 태워 불 밝히려는 자 있거든
한 송이 연꽃을 보여 주어라.
닳아 오르는 육신과 육신이 저지르는

불이 아니라.
싸늘한 눈빛과 눈빛이 밝히는
불,
연꽃은 왜 항상 잔잔한 파문만을
수면에 그려 놓는지를.

—「연꽃」 전문 6 : 77

그러나
잠깐 멈추자,
가슴과 가슴을 비벼 일으키는 불,
그리고 멀리서
白頭山 天池를 바라보자,
明鏡止水란
투명한 의식을 가리키는 말,
그 맑은 물에
치미는 불덩이가 어떻게 꺼져 갔는가를,
그 잔잔한 수면에
하늘이 어떻게 어렸는가를.

—「호수」 부분 7 : 18~19

'물'은 결합을 풀기도 하고 맺기도 한다. 즉, 물은 우선 불의 힘을
느슨하게 하고 우리들 속의 열기를 진정시킨다. 다음으로 그것은 부
서진 가루들에 스며들어 반죽하기도 한다. "들뜬 꽃잎에 내리는 이
슬처럼/ 마른 입술을 적시는 한모금의 물"(「그리움에 지치거든」 4 : 76)
이 전자의 예라면, 앞 장에서 살폈던 「그릇27 - 빵」은 후자의 예가
될 수 있을 것이다. 이러한 완화와 결합의 변증법은 오세영 시인에
게는 조금 독특한 양상으로 나타난다.

깊은 밤 새록새록 녹는 三更에
차 달여 마른 입술 적시는 것은
愛憎의 등잔불 심지 낮추어
외로움 지키려는 심사이어니

－「歲寒圖」 부분 3：140~141

이 시의 문맥에서 '애증의 등잔불'은 부정적인 가치를, '외로움'은 긍정적인 가치를 부여할 수 있는 것들이다. '불'은 앞에서 살펴본 바처럼 긍정적인 것으로도 여기에서처럼 부정적인 것으로도 기능할 수 있다. '불'의 부정적인 가치는, "불타는 땡볕 속에서/ 먹히며 먹고 있"(「無明」 3：72)는 무명의 세계를 그리고 있는 시편에서도 찾아 볼 수 있다. 시 「무명」에서의 '불타는 땡볕'은 서로 살생할 수밖에 없는 俗界를 의미한다. 이와 같이 '불'이라는 물질적인 질료는 이중적인 가치를 가지고 있는 것이고, 이러한 양면성은 물질적 상상력에 있어서는 자연스러운 일이다. "상상력이 이중으로 살게 할 수 없는 물질은 근원적 물질이라는 심리적 역할을 다하지 못하는 것"(바슐라르, 『물과 꿈』, p.21)이기 때문이다. 오세영 시인에게 있어서 이러한 물질적 양면성은 높은 차원으로 승화된다. 그것은 여기에서처럼 우선, 물질적 결합의 상상력에 의해서 가능해지는 것으로 보인다.

「세한도」에서, 밤의 침묵은 서서히 깊은 명상으로 이어진다. 우리 내부에서 들끓는 소리들이 침묵하게 되는 것은, '마른 입술 적시는 차'뿐만 아니라, '밤'이 지닌 질료적 속성(맑은 물 + 공기)에 기인한다. 격정도 충돌도 모두 사라진 깊은 밤에 명상하는 사람. 그의 내면은 깊어지고 그 깊이('외로움') 속에서 생기가 자라난다. 또한 그것은, "내 머리는 우주의 교차로, 혹은 (우주의) 급류 속에 있는 한 개의 바위"(니체)와 같다는 '우주적 명상'이 싹틀 수 있는 '싹'이다. "신선한 물은 시선에 다시 불꽃을 준다." 그때 그 불꽃은 열정에 타는 불이 아니라 이미 정화된 '불'이다. '물'은 '불'에 모순된 것이지만, 또는 모순되기 때문에, 불의 열기를 완화하고 새롭게 다시 결합시킨다. '모순의 화해' 그것은 물질들이 꾸는 꿈일 것이며, 시인이 지향하는 '사랑'에 이르는 길이기도 하다.

4. 역설적 상상력 ① – 내밀함과 존재의 환희

오세영 시인에게 있어, '내밀함'은 또 하나의 시적 테마이다. 그렇지만 정확히 말해서 그것은 지금까지 보아왔던 '물질적 상상력'과 별개의 것이 아니라, 그러한 상상력의 독특한 성격을 가리키는 것에 불과하다.

> 石炭은
> 겨울보다 더 깊은 忘却 속에서
> 病을 앓는다.
> 겨울보다 더 춥게
> 가슴에 치미는 불,
> (…중략…)
> 한 개피 성냥 위에 붙는 불이 아니라
> 쥬라기 地層에서 타오르는 불.
>
> —「한 알의 밀알」 부분 2 : 17

> 뺨으로 내린 눈물이 아니라
> 가슴으로 내린 눈물
>
> —「海女」 부분 3 : 55

시인에게 있어서, '불'은 '가슴에 치미는 불'이며, '물' 또한 '가슴으로 내린 눈물'이다. 표면적인 것들이 아니라, 내밀한 깊이를 지닌 불/물이다. 눈이 닿지 않고 쉽게 접근할 수 없는 사물의 내부, 존재의 내부에까지 가 닿으려는 시인의 이러한 열망을 '내밀함의 상상력'으로 표현해 볼 수 있을 것이다. 그의 시에서 우리는, 화려한 '빛'이 아니라 뜨거운 내부에서 스며 나오는 '열'을 찾아서 지상의 가장 낮은 곳으로 내려가려는 시인의 모습을 어렵지 않게 찾아 볼 수 있다. 지금까지 살펴보았듯이, '자신을 포기하여 타인을 사랑하려는 태도'나 '애증의 등잔불 심지 낮추어 외로움 지키려는 심사' 등은 모두 스스로를 낮추고 포기하는 고독과 인고의 과정들이며, '사랑'을 찾는 방법들임을 알 수 있었다.

①
한 권의 시집으로 엮여 서가에 꽂히기보다
버려져 휴지가 되기를 바라는
백지의
고독.

—「그릇37—휴지가 되고 싶다」 부분 5 : 70

②
그릇으로 담을 수 없는 물은
걸레에 담는다.
스스로 닳아지길 바라는 살,
깨진 그릇은 다시 깨지지 않는다.

—「그릇24—걸레」 부분 5 : 50

③

사는 길이 슬프고 외롭거든
바닷가,
가물가물 멀리 떠 있는 섬을 보아라.
홀로 견디는 것은 순결한 것,
멀리 있는 것은 아름다운 것,
스스로 자신을 감내하는 자의 의지가
거기 있다.

—「바닷가에서」 부분 6 : 39

④

인간은 누구나 가장 낮은 곳에 설 때
사랑을 안다.
(…중략…)
눈은 낮은 곳에 이르러서야
비로소 녹을 줄을 안다.
나와 남이 한데 어울려
졸졸졸 흐르는 겨울물 소리.
언 마음이 녹은 자만이
사랑을 안다.

—「눈」 부분 7 : 11

⑤

땅속을 흐르는 물이 오히려
생명을 키운다.
(…중략…)
눈빛으로 전달되는 말이 오히려
사랑을 키운다.

—「눈빛」 부분 7 : 90

①, ②에서 깨지고, 버려지고, 닳아지는 '고통'과 '고독'이 가치부여받고 있다. 그것은 역설적으로 "스스로 자신을 낮추는 자가 얻는 평안"과 "스스로 자신을 포기하는 자가 얻는 충족"(「바닷가에서」)이기도 한 것이다. 인간의 실존적 한계성인 고독, 절망, 허무 등을 초극하는 길은 역설적으로 그것을 인간의 근원적인 조건으로 수용하고 인내하는 것에서부터 열린다. "그것이 패배의 양식이든 혹은 초월의 양식이든 실존적 조건을 외면하지 않고 맞서 대결한다는 것은 자유의 개념에 가까운 것"이라고 시인은 생각한다. 그것은 "존재론적 한계성을 내적인 자유의지에 의해서 초월"하려는 태도이다. ③의 시에서의 바다에 떠 있는 외로운 섬들은 마치 밤하늘에 떠 있는 별들과 같다. 그 순수함과 아름다움은 시적 화자의 고독과 그것을 홀로 견디는 의지에서 내밀한 친족성을 갖는다. 그렇기 때문에 "홀로 견디는 것은 순결한 것"이고 "멀리 있는 것은 아름다운 것"이라는 단언이 가능하게 된다. 고독한 인고의 정신은 ④, ⑤에 이르러서 '사랑'으로 발전한다. 깨지고 버려지는 지상의 가장 낮은 곳에서 인간은 비로소 녹을 줄을 알고, '사랑'의 의미를 알게 된다. "땅속을 흐르는 물이 오히려/ 생명을 키"우는 것이다. 그러한 내적인 자유의지는 다음과 같이 강한 힘으로 표출되기도 한다.

운명처럼
태풍 앞에 선 한 그루 나무,
그는 거대한 뿌리로
시대를 운다.
심장으로 받는 그의 번개,

> 유리창 안에 갇힌 난초여
> 잠이 참다운 안식일 수 없다면
> 나는 차라리 싸움을 택하겠다.
> 폭풍을 견디는 나무,
> 거대한 뿌리로 우는 나무,
>
> —「난초」 부분 6 : 47

> 나무는 항상
> 당당해서 나무다.
> 나무는 항상
> 순결해서 나무다.
> 바람과 햇빛과 흙으로 빚어진
> 영혼,
>
> 우리들, 나무.
>
> —「삶」 부분 6 : 64

여기에서의 바람, 불, 흙은 나무를 존재케 한 질료들이자 나무가 맞서야 했던 대상이다. 그것을 견뎌내는 것만큼 나무는 자신의 존재성을 획득하게 되는 것이기에 "바람과 햇빛과 흙으로 빚어진/ 영혼"이라고 표현한 것이다. '폭풍을 견디'며 '바람과 햇빛과 흙'으로 영혼이 단련된 나무는 자연 속에 표현된 삶의 모랄이다. 거대한 파도에 맞서는 바위, 바람을 견디는 나무와 같은 자연과의 투쟁의 이미지는 세계 속의 인간 실존의 모랄이며, 존재의 환희이기도 하다.

> 깨져라 그릇,
> 더 이상 갇히기를 거부할 때

우리는 불이 된다.
공간을 뛰쳐나온 존재의 환희,
가지 끝에서 파열하는 꽃,
설령 담겨진 물이라 하더라도
수직으로 거스르는 분수가 될 때
물은 불이 된다.
거역해라, 존재여,
꽃이여,
깨지는 그릇이여,

―「그릇51―분수」 전문 5 : 90

중력을 거슬러 솟아오르는 '존재의 환희', 역동적인 상상력이 두드
러진 작품이다. '불'의 환희는 자유이다. "쏟아진 물"도 불이며, "깨
진 그릇"도 불이다. 이러한 시편들은 존재의 생기를 안으로 응축시
키는 앞의 '내밀함'과 대립되는 것이지만, 그 둘 모두 존재의 고독과
인내에서 생겨난 것, 즉 "내적인 자유의지"로 묶일 수 있는 존재론
적인 '순수한' 싸움이라는 점에서 연결될 수 있는 것이기도 하다.

5. 역설적 상상력 ② ― 존재론적 인식의 심화·확대

오세영 시인의 어법은 독특한 데가 있다. 잠언적인 외피 속에 역
설적으로 구조화되어 있는 시구들은 금방 눈에 들어오는 그의 시적
형상화 방법 중의 하나이다. '역설'이란, "일상적 세계에서는 모순되
는 진리가 그 모순을 초극함에 의해 보다 차원 높은 세계의 진리로
현현되는 것"이다. 구체적으로 시인은 그의 시론 곳곳에서 이러한
역설의 논리를 밝혀 놓고 있기도 하다. "시가 내포하고 있는 진리는
총체적 진리, 단순히 모순으로 끝나지 않고 모순을 조화시켜 보다

차원 높은 세계로 승화시키는 역설적 진리가 되는 것이다. (…중략…) 상상력의 힘이란 바로 이 조화의 힘, 모순을 화해시키는 힘을 가리키는 말이다. (…중략…) 시는 이 화해의 정신을 통해 세계를 모순으로부터 구원해주는 우주의 힘이다."(시론 「현실과 영원 사이」 2 : 103~104) 그렇다면 우리는, '시의 진리는 역설적 진리'이며, '상상력'은 그것을 가능케 하는 힘이라는 시인의 설명을 지금껏 그대로 따라온 셈이다. 역설적 어법의 사용은 그의 초기시에서부터 줄곧 계속되어 왔던 것들이며 단지 기법적인 차원에 머무는 것이 아니다.

> 진실로 사랑이란
> 비움으로써 가득차는
> 공간

—「찻잔」 부분 3 : 123

> 비우기 위하여
> 채우는
> 矛盾의 空間

—「그릇7-부딪쳐라 술잔」 부분 5 : 20

> 홀로 있음으로 오히려 더불어 있게된 자의 성찰

—「겨울 들녘에 서서」 부분 6 : 103

> 당신의 진정한 모습은 아마
> 모습이 없는 모습일지도 모릅니다.

—「방문」 부분 8 : 20

아무데나 있으면서 아무데도 없는
당신은 정녕 누구십니까,

─「시인」 부분 8 : 45

가장 순결한 한 음절의 모국어(母國語)를 기다리며
홀로 견디는 그의 고독,
백지는 순수한 까닭에 그 자체로 이미
충만하다.

새해 첫날 새벽
창을 열고 밖을 보아라.

눈에 덮혀 하이얀 산과 들,
그리고 물상들의 눈부신
고요는
신(神)의 비어 있는 화폭 같지 않은가.

─「설날」 부분 6 : 24

‘비움으로써 가득참’, ‘홀로 있음으로 오히려 더불어 있게됨’, ‘빈 공간의 충만’과 같은 모순어법은 시인의 존재론적 시각을 엿볼 수 있게 한다. ‘고독’과 ‘소멸’과 같은 인간의 실존적 한계성은 이와 같은 역설적 상상력에 의해서 초극되고 보다 높은 차원으로 승화되는 것이다.

무지개나 별이나 벼랑에 피는 꽃이나
멀리 있는 것은
손에 닿을 수 없는 까닭에
아름답다.

(…중략…)
늙는다는 것은
사랑하는 사람을 멀리 보낸다는
것이다.
머얼리서 바라다볼 줄을
안다는 것이다.

—「원시(遠視)」부분 6 : 37

　'무지개, 별, 꽃'과 같이 '순수한' 것들에 대한 동경은 오세영 시인에게 있어서는 창작의 원동력이었다. 하지만 현실 속에서 그러한 대상들을 찾기란 쉽지 않고, 또한 물처럼 흘러가 버리는 삶 속에서 그것을 오래도록 가까이 하기는 더욱 어려운 일일 것이다. 따라서 '자연'과 '삶'에 주목하면서, 그 아름답고 순수한 것을 찾아내려는 시인의 노력은 남다른 과정을 거쳐온 것으로 생각해 볼 수 있다. 이 시에서처럼, '무지개, 별, 꽃'은 가까이 가는 것보다 오히려 멀리서 바라다 볼 때 아름답다는 역설적 인식은 자연과 삶에 대한 오랜 관조와 명상의 결과물이다.

날리는 꽃잎들은
어디로 갈까,
꽃의 무덤은 아마도 하늘에
있을 것이다.
해질 무렵
꽃잎처럼 붉게 물드는 노을.

떨어지는 별빛들은
어디로 갈까,

별의 무덤은 아마도 바다에
있을 것이다.
해질 무렵
별빛 반짝이는 파도,

삶과 죽음이란 이렇듯
뒤바뀌는 것
지상의 꽃잎은 하늘로
하늘의 별은 지상으로……

그러므로 사랑하는 이여,
우리 이제부터는
멀리 있는 것들을 그리워하자.
우리는 시방 너무나
너무나,
가까이 있다.

—「우리는 너무 가까이 있다」 전문 6 : 23

시인은 이 시에서처럼, 하늘과 땅, 삶과 죽음, 가까움과 멀리 있음
이 역전되는 것이고 결국은 하나라는 인식에 도달하게 된 것이다.
"인생이란 가는 것이 또한/ 오는 것"(「피는 꽃이 지는 꽃을 만나듯」 6 :
59~60)이며, "하늘의 희극과 지상의 비극은/ 결국 하나"(「上과 下」 7 :
78)인 것이다. 그러한 대립쌍들은 인간의 비극적인 실존성을 특징짓
는 것들이지만, 그 거리는 시인에게 있어서 '역설의 어법'으로 극복
되고 있다. 이러한 역설적 논리는 삶의 모순된 진실을 모두 포용하
고 승화시킬 뿐만 아니라, 우주적 상상력으로 확대되어 사물과의 거
리를 해소하고 있기도 하다.

①
어느 마을에서 밝히는
등불들일까,
어둠 저 건너 반짝거리는
무수한 별들.
어느 먼 곳의 그리운 눈빛들일까,
수은등, 가스등, 네온등……
명멸하던 거리의 불빛들도 하나, 둘……
꺼져가는 지상은 밤이 깊은데
자정에 홀로 깨어 치어다보는 우주,
누가 하늘 문 열고
물끄러미 나를 내려다보고 있는가,
神의 마을에서는
지상의 등불들이
별이려니.

―「지상의 별」 전문 7 : 100

②
단풍 곱게 물드는
山
아래
금가는 바위.
아래
무너지는 돌미륵.
아래
맑은
옹달샘.
망초꽃 하나 무심히 고개 숙이고
파아란 하늘 들여다보는
가을,

霜降.

―「무심히」 전문 8 : 77

하늘의 별이나 달을 바라보고 있을 때, 문득 바라보고 있는 것은 우리가 아니라 바로 별과 달이라는 역설적 인식, 하늘을 나는 새가 물 속을 헤엄치는 물고기로, 하늘의 별이 넓은 바다에 흩뿌려진 섬들로 도치되는 것은 이러한 역설적 상상력에 힘입은 것이다. 우리가 바라보는 모든 것이 우리에게 시선을 되돌려 보내준다는 이러한 내밀한 상상력은 그 대상(별)과 우리 사이의 먼 거리를 해소하고 있다.

시인은 숲 깊숙이 숨겨진 샘을 찾아간다. ②의 시에서는 '산 아래', '바위 아래', '돌미륵 아래' 있는 샘물을 공간적으로 하강하면서 묘사하고 있는데, 그것은 망초꽃의 바라봄에 의해서 다시 상승적인 몽상을 발산한다. 그렇게 본다면, 자기 모습을 비쳐보고 있는 것은 '망초꽃'일 뿐만 아니라, '산, 바위, 돌미륵'이며, '파아란 하늘'이기도 한 것이다. 이러한 '우주적 나르시시즘'이 가능하게 되는 것, 내밀함의 꿈이 가능하게 되는 것은, 시인의 역설적 상상력 속에서이다. 이러한 상상력이 오세영 시인에게 있어서는, '땅으로 흐르는 물이 오히려 생명을 살찌우는 것'으로, '머얼리서 바라보는 것이 가까이 하는 것'으로, 삶의 진리를 깨우치는 계기로 작용해왔던 것이다.

자연에 대한 예리한 감각, 아름답고 신선한 표현들은 그의 시세계의 외면적인 모습에 해당할 것이다. 반면에, 그의 내밀한 물질적 상상력들이 지향하는 존재의 화해와 희열, 그리고 삶의 역설적 진리는 그 내부의 모습일 것이다. 하지만 그 외부와 내부를 나누어 그의 시를 이야기한다는 것은 이미 그것에서 멀어지는 것이 될 뿐이다. 그

만큼 그의 시는 자연과 인간 사이의 '내적 교류'에 기반하여 있고 그
러한 내밀한 상상력들이 존재론적 인식을 심화, 확대하고 있기 때문
이다.

_『시와 시학』 1996 가을호

길없는 시대의 길찾기

정호승, 『사랑하다가 죽어버려라』(창작과비평사, 1997. 5)
하종오, 『사물의 운명』(문학동네, 1997. 6)
최승호, 『여백』(솔, 1997. 3)

세 분의 중년시인들의 시를 살피는 자리에서 '길' 또는 '길찾기'라는 진부한 주제를 거론하는 것은 무슨 까닭인가. 그들 모두 70년대에 등단했고 80년대를 거치면서 나름대로의 시세계를 구축했을 터인데, 90년대도 후반에 접어드는 지금 굳이 그러한 관점에서 그들의 최근 작품을 바라보는 것은 무모하고 편협한 일일지도 모른다. 하지만 인간사가 어찌보면 진부한 주제들의 반복일 수 있고 그것들 중에서도 특히 어떤 주제가 문제시되는 시기가 있을 수도 있으며, 그러한 시대적 담론의 틀에서 시인들이나 필자 또한 크게 자유로울 수 없다는 점을 미리 변명 삼고 싶다.

1.

　'사랑의 시인'으로 불리는(하응백, 「사랑의 시학」 참조) 시인 정호승에게 있어서 『사랑하다가 죽어버려라』라는 시집의 제목은 상당히 도발적이다. 아니 도발적으로 읽힐 수 있다. '죽어버려라'인지 '죽여버려라'인지 몇 번을 확인해봐야 했으니까. 이러한 혼란은 제목에만 그치는 것이 아니었다. 먼저 정호승 시인다운 '사랑'시편들부터 살피기로 하자.

> 길이 끝나는 곳에 산이 있었다
> 산이 끝나는 곳에 길이 있었다
> 다시 길이 끝나는 곳에 산이 있었다
> 산이 끝나는 곳에 네가 있었다
> 무릎과 무릎 사이에 얼굴을 묻고 울고 있었다
> 미안하다
> 너를 사랑해서 미안하다

—「미안하다」 전문

　이 시에서 '길'은 '사랑'에 이르는 길이며, '너'에 이르는 길이다. 「서울의 예수」라든가 「맹인 부부 가수」와 같은 초기 시작품들을 생각한다면 시인이 사랑하는 '너'는 소외받은 민중들일 수도 있고, '이혼'을 언급한 이 시집의 몇몇 시편들에서 보이듯 한 여인일 수도 있다. 아무튼, '길-산'이 반복되는 구문 속에서 '길'이 나타날 것으로 예상되는(등가적인) 위치에 등장하는 '너'는 바로 '길'의 의미와 겹쳐지고 증폭된다. 길이 끝나고 산이 끝나는 곳에 이르기까지 헤매다녔지만 결코 잊을 수 없는 '너'. "길이 없는 밤은 너무 깊어" 너에 대한

사랑은 더욱 깊어간다는 「물 위에 쓴 시」 또한 '길 = 너에 대한 사
랑'이라는 등식을 떠올리게 한다. 네('길')가 내 옆에 존재하지 않기
때문에 더욱 더 너('길')에 대한 사랑은 간절해진다. 이러한 역설적인
상황인식은 이 시인의 시세계를 떠받치는 하나의 틀이었다. 없기 때
문에 더욱 간절해지는 그 무엇, 어둠이 깊기 때문에 더욱 빛나는 별
의 상징은 바로 그의 시에서 줄곧 사용되어 왔던 상징의 하나인 것
이다. "누더기가 되고 나서 내 인생이 편안해졌다/ 누더기가 되고 나
서 비로소 별이 보인다"(「누더기별」)는 구절에서 우리는 어둠과 침묵
속에서 자신의 상처를 응시하며 '사랑과 용서'(「봄눈」)의 길을 찾아보
려는 시인의 모습을 살필 수 있다. 시인에게 사랑은 따스한 봄눈으
로 내려 감싸주는 것이며(「봄눈」), "스스로 사랑이 되어/ 한없이 봄길
을 걸어가는 사람"에게야 비로소 허락되는 것이기도 하다(「봄길」).

　하지만 이 시집의 중반 이후부터는 사랑을 이루지 못한 자신과
이룰 수 없게 하는 세태에 대한 비판이 두드러지게 나타나고 자신
의 그러한 사랑의 방식에 대한 체념적이고 냉소적인 시선이 뒤따른
다. 사랑과 그것을 이룰 수 없게 하는 것에 대한 비판은 하나의 쌍
을 이루어 적극적인 의지를 보여주지만, 체념적이고 냉소적인 시선
은 시인의 절망적인 태도를 느끼게 하는 부분이다.

　　　너를 사랑하는 날 거리에서 순대를 사먹는다
　　　너를 사랑하는 날 소금에 순대를 찍어 먹으며
　　　소금이 나의 눈물임을 기억한다

　　　너와 이혼하는 날 거리에서 창녀를 만난다
　　　창녀와 요강에 밥을 말아먹다가

팬티도 못 입은 채 다시 십자가에 매달린다

날이 흐르고 드디어 못질이 다 끝나고
흥건히 거리를 적시는 피를 보며
쓸쓸히 남근을 내려다본다

나도 이제 나를 속일 수 있는 놈이 되었다
굳이 봄을 기다릴 필요는 없다
거리엔 개들이 사람의 구두를 신고 다닌다

—「거리에서」 전문

끝없이 봄길을 걷고자 했던, 봄눈을 맞으며 사랑과 용서의 길을
가고자 했던 시인에게서 "굳이 봄을 기다릴 필요는 없다"는 이야기
를 듣는 것은 일견 놀라운 일이다. 거리에서는 "개들이 사람의 구두
를 신고 다"니고, 이제 시인은 자신을 "속일 수 있는 놈이 되었다"
고 냉소적으로 말한다. "내가 살아온 삶과/ 내가 살고 싶은 삶 사이
에다 침을 뱉았다"(「사랑할 원수가 없어서 슬프다」)는 자학, 정물처럼,
흐르는 강처럼 그저 되는 대로 내버려두는 길("그대로 두어라 흐르는
것이 길이다" 「강물」)밖에 없다는 위악적인 시인의 표정을 우리는 어
떻게 이해할 수 있을까? '밤(어둠)'과 '별(빛)'의 상징적인 구도가 무너
진 것일까? 시인은 더 이상 별빛(사랑)을 찾아나서지 않겠다고 말하
는 것일까? 작품 「거리에서」에 드러나는 것과 같은 현실과 자신을
냉소하고 방임하는 태도에 대해서 시인은, 희망 없는 곳에서 "살아
갈 희망"을 찾는(「축하합니다」) 하나의 길이었다고 말한다. 시인의 이
전 시집에서도 드러나는 '사랑'과 '냉소'라는 이러한 이중적인 태도
는 역설의 논리 속에서 설명되고 있는 것이다. 하지만 '희망없는 곳

에서 희망을 찾는다(깊은 밤 빛나는 별)'는 이 시인의 시문법은 동일성의 사유에 다름 아니며, 그 속에서 '냉소'가 지닌 비판력은 교화되고 만다. "희망"이 자신을 "가로막고 있었던 것"(「강물」)이라는 깨달음이 시인에게 있었다고 하더라도 그는 그러한 반성적 인식을 더 깊이 밀고 나가지는 않는다. 그에게는 여전히 희망이 남아 있는 것이다.

> 벗이여
> 이제 나를 욕하더라도
> 올 봄에는
> 저 새 같은 놈
> 저 나무 같은 놈이라고 욕을 해다오
> 봄비가 내리고
> 먼 산에 진달래가 만발하면
> 벗이여
> 이제 나를 욕하더라도
> 저 꽃 같은 놈
> 저 봄비 같은 놈이라고 욕을 해다오
> 나는 때때로 잎보다 먼저 피어나는
> 꽃 같은 놈이 되고 싶다
>
> —「벗에게 부탁함」 전문

이 작품에 드러난 것과 같이 그의 담론이 다다른 지점은, '새, 나무, 꽃, 봄비'와 같은 존재가 되고 싶다는 것이다. 아무런 욕망도 없는, 길찾기에 고민하지 않는, 그러나 그 자체로 하나의 길이며, "스스로 사랑"(「봄길」)일 수 있는 그러한 세계. 시인이 애증의 갈래길에서 헤매다가 찾아낸 또 다른 길은 무욕의 자연에 이르는 길이었다. 하지만 그곳은 비유법 속에서만 희망할 수 있는 그러한 세계일지도 모른다. "때때로 잎보다 먼저 피어나는/ 꽃 같은 놈이 되고 싶다"고 시인은 말한다. 이 발언은 시인이 '자연'의 세계 속에 완전히 들어선 것도 아니라는 것을 반증하는 것으로 보인다.

그렇다면 시인 정호승이 서 있는 자리는 과연 어디인가. 시인 자신의 개인사가 많이 포함되어 있는 이 시집『사랑하다가 죽어버려라』를 읽고도 아직 우리는 그의 길이 무엇인지 잘 알지 못한다. 다만 우리는 그의 이전 시집들에서와 마찬가지로, '절망-희망'의 반복적 구도를 무너뜨릴 수도 있는 냉소적인 어조(이것은 깊이를 알 수 없는 심연을 준비하고 있는 파괴적인 것이기도 하지만 진리계기로 작용할 수도 있는 것이다)가 나타났다가 다시 그러한 구도의 일부에 편입되는 모습을 재확인할 수 있었다. 사랑과 증오, 의지와 체념과 같은 대립물들은, 역설적인 구조 속에서, 인간의 삶을 위로하고 고양시키려는 시인의 '인간주의'에로 합류된다. '자연'의 세계 또한 그러한 뚜렷한 하나의 길을 위해 놓여진 것에 불과할 수도 있다. 이와 관련하여, 우리가 이 시집에서 만나게 된 또 다른 문제는 다음과 같은 해묵은(?) 질문으로 표현될 수 있을 것이다 : '역설'의 구조와 마찬가지로, 그가 또 다른 '희망'으로 찾아낸 '자연'의 세계라는 것은 우리를 위로해주는 힘을 갖고 있는 것이며, 그 자체로 아름답고 포근한 세계이지만, 지금 이 시점에서의 '길찾기'가 그 곳에로 되돌아가 만족되어야만 하는 것일까? 그것은 다시 희망을 확인하고 위로받기 위한 하나의 제의적인 길찾기인 것은 아닐까?

2.

사람과 사람 사이로 길이 없어지고

내가 걸어가는 대로 길이 생겨났다가 다시 없어졌다.

나는 눈꽃 속에 들어가 있었다. 둘러보니,
나무여, 이렇게 형태를 얻었구나.

내 행보를 잇는 무리는 없고, 무주 공산에서는
첩첩한 산마저 없어서 내가 주인 되어 앉을 수 없었다.
내 마음 둘레로 목피를 입히는 나무여,

나는 무욕한 자태를 얻었다.
진실과 자유를 위해 슬퍼한 적이 있었다만,
지금은 내 시선에서 사물이 옳구나.
희디흰 색을 취하고 식탐 같은 내장 같은 내심을 버렸다.

눈보라는 몰려가면서
낡은 집들을 다른 세상으로 데려가고,

나는 길이 필요 없는 눈꽃이 되어 마을에 남았다.
겨울이 다 갈 때까지 떠날 이유를 만들지 않을 것이다.
깨달음에는 이르지 못하고 문득 나는 느꼈다.

길은 여태 떨어지지 않은 꽃씨에게 있었다.

―「사라진 대설」 전문

시집 『사물의 운명』에서 우리는 하종오 시인이 들려주는 많은 이야기를 들을 수 있다. '길'이라는 단어가 눈길을 끄는 이 시에서, 1연의 발언은 '어느 곳에서도 길은 발견되지 않는다. 다만 걸어갈 뿐이다.'라고 이해된다. 시인이 꿈꾸는 길은 '사람과 사람 사이의 길'이다. 존재했었다고 시인이 믿는 그 길은 이제 찾을 길없다. 그러한 안개 속 같은 길을 가고 있던 시인이 비로소 형태를 얻을 수 있었던 것은 얼어붙은 눈꽃 속에 들어서서이다(죽음의 이미지). 사람들의 삶에는 아랑곳하지 않는 자연의 냉혹한 질서('사물의 운명') 속에서야 비로소 삶의 무상함이 기댈 안식처를 발견할 수 있었다는 이러한 2연의 이야기는 "내 마음 둘레로 목피를 입히는 나무"에의 비유(3연)와 (진실과 자유를 위해 슬퍼했던) '희망'과 "내장 같은 내심"을 모두 버렸다는 진술(4연)로 이어진다. "길이 필요 없는 눈꽃이 되어 마을에 남았다"는 말과 "길은 여태 떨어지지 않은 꽃씨에게 있었다"는 말은 그렇다면 무엇인가. 아무것도 보이지 않는 '눈보라' 속에서 존재함을 '느낄' 수 있는 것은 시인 스스로 눈꽃에 동화되는 것이다. 또한 눈꽃은 길이 필요치 않으며 어쩌면 그 자체로 길일지도 모른다. 곤충의 시점에서 진술된 「꿀벌」, 나무와 시적 화자의 환치를 보여준 「목련 죽고 단풍 죽고」와 「은행을 줍다」에서의 특이한 상상력은 모두 자연의 사물들과의 교류에서 가능했다. 그 서정적이고 무욕한 자연의 세계 속에서 '길'을 발견해내려는 시인의 자세는 어쩌면 "겨울이 다 갈 때까지" 이 세계 속에서 버텨내는 하나의 방법일 수도 있겠다. 하지만 "내가 갈 곳을 작정하기에는 막막한 주변이다"는 진술에서 "갑자기 훤해지는 내 느낌, 어쩌나, 나는 갈 곳이 더 많아진다"는 진술(「달팽이 길」)에로 이르는 길은 너무 짧은 것이 아닐까? "느닷없이 날아오른 까치 두세 마리가/ 내 시선을 흩어놓았다가 모아서 늙은 감나무에게 간다./ 허공의 가지 끝에 달린 홍시 한 개가 연붉게/ 나를 끈다. 내 볼이 갑자기 따스해진다"(「까치밥」)는 부분 또한 마음의 공허(공복감)를 채워주고 위로해주는 것들에 대한 시인의 간절함이 낳은 '비약'의 하나일 것이다.

마흔줄에는 입 다문다. 할말도 가끔 없어진다.
여치가 늦가을에 풀잎에서 입적할 때도
나는 책갈피에 끼여서 신음한다.
내가 버려야 할 길이 나를 먼저 버림을 느끼는 순간에
바람과 나뭇잎은 나무를 떠나서 땅에 머문다.
햇빛 맑은 공중을 데리고
나뭇가지들도 내려오고 싶으나 뿌리가 거절한다.
내 공허에는 내 호흡이 없다.
숲이 내 속으로 몰려와 날 여백으로 만들고,
내가 숲 속으로 들어가 숲을 공백으로 만드는가.
이것을 누가 안다.
도무지 넘어가지 않는 책갈피를 잡고 나는 말 않는 물상이 된다.
상수리 툭 툭 떨어지는 소리에 자드락길이 피안으로 방향을 튼다.
그 뒤이어 몸 돌리는 허공을 쥐고 나도 따른다. 사실 가고 싶은 곳
은 이제 없지만, 안 갈 이유도 없는 나에게 초록 녹음이 돌아올 리
없다. 책갈피에서 웅웅거리는 말씀을 따라 날 버린 길을 나는 밟고
나선다.
아프게 내가 빠져나오니 대명천지, 책이 덮이고 세상이 열린다.
아하, 마흔줄 세기말에 유구무언할 수밖에 없는 명분이 이렇게
서는구나.
적멸에 들어가는 늦가을이
철새 몇 마리를 천지운행에서 빼서
나목 끝에 앉힌다. 그만 새들은 더 아래로 내려오고 싶어하고
창천에 내 갈 길은 떠오르다 말다 한다.

—「세기말에 제자백가를 다시 읽다」 전문

「세기말에 제자백가를 다시 읽다」. 이 시는 그 제목부터가 눈길을
끈다. 유가, 법가, 도가 등 수많은 사상들이 범람했던 시대, 지금의
시대가 또한 그렇지 않은가. 길을 헤매는 자들이 많은 시대, 수많은

질문들에 저마다 답해주겠다는 듯한 홍수 같은 정보들. 나아가 질문 자체의 진정성이 의심받는 그러한 시대가 아닌가. "마흔줄에는 입 다문다. 할말도 가끔 없어진다."는 첫 행의 발언을 염두에 둔다면 이 시는 이러한 상황 속에서 표출된 시인 자신의 내면의 고백('다문 입으로 말하기')으로 읽힌다. 우리 자신의 고백일 수도 있는, 그러나 그렇기 때문에, 우리를 끊임없이 괴롭히는 그러한 목소리. 시인은 "웅웅거리는 말씀을 따라" 자신을 버린 (사상의?) 길을 다시 밟아보고, 그곳에서 "아프게" 빠져나온다. 빠져나온 곳은 바로 대명천지이고 새로운 세상이 열려 있다. 이곳이 그에게는 "유구무언할 수밖에 없는 명분"이 될 수도 있다. 하지만 이 시에서 시인의 꺼지지 않은 욕망과 희망을 다시 읽어 볼 수도 있지 않을까. 이 시의 말미에서 "창천에 내 갈 길은 떠오르다 말다 한다."고 말하고 있는 것을 우리는 그러한 문맥에서 읽는다. 제1시집 『벼는 벼끼리 피는 피끼리』(1981)와 제2시집 『사월에서 오월로』(1984) 등의 민중지향적인 초기시 세계는 이제 흔들림 속에 놓여져 있다. 그 흔들림의 폭을 가늠하기는 힘들지만, 그는 이미 『님詩篇』(1994)에서 "현실의 삶과 초월의 꿈을 표표하게 넘나들며 음유하면서 인간을 위무하는 고매한 운문정신"이 자신이 지켜야 할 "정신의 보루"라고 이야기한 바 있다. '현실과 초월을 넘나든다'는 시인의 발언은 길없는 곳(현실)에서 '사물의 운명'에 기대어 길을 찾고 싶다는(초월) 안쓰러움으로 읽힌다. "모든 길들이 상쾌하게 꽃나무들에게로 간다./ 나는 이 자리에 서고 싶다."(「길 걷다」)는 말 또한 '초월의 수사학'에 대한 염원으로 읽힌다. 하지만 그 길은 "떠오르다 말다"하는 그러한 길이며, 시인은 그 경계에 서 있다.

3.

『反詩』 동인들인 정호승, 하종오의 시들에서 보이는 '길'은 우연하게도 그 구조가 비슷하다. 그들의 출발점이 소외된 민중에 대한 관심과 사랑이었다는 점, 그것이 이어지는 지점이 '자연(사물)'의 세계라는 점 때문이다. 그렇다고 그들이 전적으로 '자연시'에 귀의한 것도 아니다. 다만 '자연' 속에서 초월의 계기를 엿보고 있다는 것이 지금 이 두 시인의 공통점이라고 볼 수 있다. 끊임없이 되돌아가 위안받을 수 있는, 그러나 그곳에 오래 머물 수 없기에 다시 출발점이 될 수밖에 없는 '자연(에로의/으로부터의) 길'. 그렇다면 도시문명에 대한 비판을 지속적으로 보여준 최승호에게 있어서의 '길'은 어떠한 것인가.

80년대 초반 『대설주의보』(1983)를 세상에 내놓은 이후 최승호는 줄곧 신선하고 충격적인 시적 이미지(예를 들면 거대한 '변기'의 이미지)를 창조하면서 현대문명에 대한 날카로운 비판을 수행해 왔다. 이번 시집 『여백』에 이르러 그러한 비판은 철학적인 반성의 자리에서 다시금 수행된다.

최승호의 여덟 번째 시집인 『여백』은 잘 꾸며진 시집이다. <눈사람>, <여백의 단상>, <길>, <물안개>라는 소제목 밑에 시들을 묶고 있는데, 수록된 시들을 다른 순서로 읽을 때 없어질 '맛'을 생각해 본다면 시인의 의도에 따라 이 시집을 읽어 볼 필요가 있을 것이다. 시인은 '여백'을 제목으로 삼았고 여기에서 우리는 '길'이라는 주제에 주목하고 있지만 실상 시집의 첫 부분에 나오는 '눈사람' 시편들과 더불어 그 각각은 의미론적 연관을 맺고 있는 것으로 보이기 때문이다. 시집 『여백』은 또한 시인의 '여백'의 말이기도 하다. 비어 있지만 그렇기 때문에 오히려 주목받게 되는 그러한 공간, 그 공간에서 시인의 이야기들은 시작되고 끝난다.

첫 작품 「우화」는 시인이 화두로 삼고 있는 것이 무엇인지 암시하는 듯하다. "불속에 훨훨 눈사람 하나 태우고 나서 백자 항아리에 재를 긁어 담으려고 꺼내보니 예전의 하얀 눈사람 그대로더군요." 하나의 세팅. '불속'에 눈사람을 태우고 그 태운 재를 백자 항아리에 담으려 한다는 엉뚱한 이야기. 그리고 '백자 항아리'(담는 것)와 '눈사람'(담기는 것)의 겹침. 이러한 세팅은 독자로 하여금 무슨 의미인가를 찾아내기를 기다리는 듯한, 그렇지만 쉽게 찾아질 수 없는, 그러한 것이다. 중심은 재이지만 우리는 환영을 본다. 하지만 여기에서 너무 머뭇거리다간 시인의 말에 귀를 너무 빨리 닫게 될 수도 있다. 그래서 우리는 빨리 그러나 바로 이 화두를 염두에 두고 다음 시편들로 시선을 옮겨야 할 것이다.

> 산성눈이 쏟아지고 그을음 때묻은 눈이 내리는 세상에서 순수한 눈사람을 찾아보기란 어렵게 된다. 현대적인 눈사람이란 소음에 진동하는 눈사람이며 잡(雜)을 품은 채 시커먼 공해를 뒤집어쓸 수 있는 눈사람이다.
>
> 나는 상상한다. 하수도 한복판에 서 있는 눈사람을. 청년 예수도 석가 노인도 너절한 사람의 때를 씻어주던 성스러운 때밀이.
>
> —「잡스러운 순수」 전문

'눈사람'은 '백자 항아리 또는 유골 항아리'와 겹쳐지기도 하고

‘공’[球] 또는 ‘공’(空)을 연상시키기도 한다(「공」). 그 의미, 음성, 형태적 연상의 고리는 끝이 없겠지만 실상 ‘눈사람’ 이야기는 ‘현실’을 이야기하기 위한 시적 장치에 불과할 수 있다. 첫 시집(『대설주의보』)에서 “눈보라가 내리는 백색의 계엄령”(「대설주의보」)을 이야기했던 시인은 이제 빙하기를 살아가는 ‘(회색)눈사람’의 이야기를 한다. 그 차이를 굳이 찾아내어 단순화해서 말하자면, 폭압적인 밖의 현실로부터 안팎을 가릴 것 없이 출구를 찾기 힘든 상황으로 시인의 시선이 옮겨져 왔다고 말할 수도 있을 것이다. 인용된 시를 보면 우선 최승호의 ‘회색눈사람’은 “현대적인 눈사람”이며 “하수도 한복판에 서 있는” “너절한 사람의 때”를 묻히고 있는 눈사람이다. 그 눈사람은 시인 자신이기도 하고 자신의 분신(詩가 그 한 예가 될 수 있다)일 수도 있겠다. 순환하는 때, 구역질, 시인에게 시는 구토물이자 배설물이기도 하다(「구토」). “사람은 일 년에 자신의 몸무게 정도의 세포와 세균을 배설한다고”하는데 그 배설물로 눈사람을 만들면 “보기 싫어도 자신의 분신인 회색눈사람을 보게 될 것”(「마흔네 개의 눈사람」)이다.

그렇지만 시인의 눈사람은 찌든 때로 만든 것이면서도 그러한 의미로만 쓰이지는 않는다. “별로 살아남고 싶지도 않았지만 산 자의 몫”이기 때문에 “얼음과 눈에 파묻힌 문명의 폐허를 지겹도록 지켜보는” 끔찍한 형벌을 감내하고 있는 그러한 존재의 의미를 갖기도 한다. ‘봄이 와야 죽을 수 있고 종말에 대한 중얼거림을 멈출 수 있는 그러한 존재’ 그래서 최승호의 ‘회색눈사람’은 ‘구원의 문제가 이미 끝장이 난 이 빙하기’를 기록하고 있는 시인의 모습으로 좀더 깊은 의미를 부여받는다(「그로테스크」).

　　최승호 시인은 이미 문명의 부패상을 그로테스크한 이미지들을 통해서 비판적으로 형상화해왔다. 그가 '변기'를 화두로 삼았던 이러한 이전 시세계의 맥락에서 본다면 우화 '눈사람'은 그리 새로운 것이 아닐지도 모른다. 하지만 '회색눈사람'이야기를 하면서 시인은, "새로운 시의 형식을 모색"(自序에서)하고, 문명의 몰락을 기록하는 존재 또한 순수할 수만은 없다는 인식과 시에 대한 자신의 회의를 드러낸다. 그러한 해체적인 시선은 제2부 <여백의 단상>에로 이어지면서 철학적 반성의 길에 접어들게 된다.

　　<여백의 단상>에 실린 시들에서 시인은, 저자의 죽음(부재)과 언어의 소용돌이에 대해서 말하고(「눈위의 발자국」), '중심'에 대한 사유를 새롭게 전개하며("중심은 비어 있거나 없는 것이다" 「눈사람의 중심」) '여백'과 '침묵'의 공간에 주목하기도 한다("문자는 검게 돋아난 백지"이며 "말은 솟아오른 침묵" 「문자」). 이러한 사유의 단상들은 '빙하기와 같은' 이 시대 속에서 시를 쓴다는 행위에 대한 시인의 문제제기이자 그것을 정리해보는 과정에서 얻어진 산물로 이해된다. "시는 나의 돛이자 덫이었다"(「詩作노트」)는 pun이나 "시아닌 것들이 시를 만든다"는 진술은 단순한 언어유희를 넘어서서 새로운 인식에 이르게 한다. 사실 이러한 언어적 감수성은 그의 놀라운 이미지 생산력과 함께 초기시에서부터 지속되어 온 것이긴 하지만 이제 그러한 시인의 반성적 시선으로부터 우리는 언어와 실재 사이, 언어 사이사이, 언어의 내부와 외부에 놓여진 심연과 침묵과 여백의 공간에 이르는 길을 발견하게 된다.

　　넘어지고 굴러 떨어졌던 길도, 옆으로 멀리 돌아갔던 길도 길이

다. 길을 잃고 헤맸던 길도 길이다. 끊어졌던 길도, 뒤로 물러섰던 길도, 막막했던 길도 길이다. 극점도 길이다. 한 점에서 길이 끝나고 한 점에서 길이 다시 시작된다.

―「길」부분

'여백'의 의미에 대한 긍정적인 시선(「문자」, 「시론에 대하여」, 「흰종이」), 그리고 '중심'에 대한 새로운 해석(「눈사람의 중심」)은 바로 「길」, 이 작품을 위해서 앞에 놓여진 것은 아닐까? 하나의 중심에로 통제될 수 없는 여백의 의미론적 충만함에 주목하는 것은, 혼돈과 모순으로 가득차 있어 씌어질 수 없었던 것들, 유산되어버린 길들에 대한 향수에 다름 아니다. 그것은 차이와 흔적에 의하여 방향을 잡아야 하는 사막의 길에서의 생존법일 수도 있다. 시인이 하고 싶었던 말은 '넘어지고 굴러 떨어지고…막막했던 길'도 "길이다"는 말이다. 지금까지 배제되어왔던 것들, 실패의 과정들, 끊어진 길에서부터 그것들을 표지삼아 다시 길을 모색하는 시인의 모습("시의 자기 부정이 없으면 시 또한 신생(新生)에 이르지 못한다"―自序에서)은 이 시대 '길찾기'의 또 다른 유형을 명백히 보여준다.

'길'없는 시대의 길찾기는 그렇다면 길이 필요없는 '자연'에로의 초월이라는 하나의 형식과 길이 아닌 것으로 배제되어 왔던 것들에 대한 새로운 의미부여라는 또 하나의 형식을 보여준다고 정리해 볼 수 있을 것이다. 이 지점에 이르러 필자는 더 이상 나아가지 못한다. '길찾기'라는 말 속에는 이미 '상실의 감정'과 '회복될 수 있다는 믿음'이 공존하고 있었던 것이 아닐까? 혹시 나는 '길찾기'보다는 '길없음'을 확인하는 자리에서 그 '믿음'에 저항하고 싶었던 것은 아닐까?

시인들은 앞서 걸어가고 나는 그들이 '걸어가는 대로 생겨났다가 다시 없어진' 그 길의 흔적 앞에서 망설인다. 이 망설임의 이유는 도대체 무엇인가. '길'의 담론에서 벗어나고 싶다는 조급한 욕망만이 어지럽다.

_『시와 시학』 1997 가을호

이 겨울, 따스한 '불'의 상상력을 위하여

이가림 小詩集 評

이가림 시인은 G.바슐라르의 애독자이다. 아니 좀더 정확히 말해서 『촛불의 미학』, 『물과 꿈』, 『꿈꿀 권리』 등 바슐라르의 저서를 다수 번역한 불문학자이자 시인이다. 그는 그러한 책들을 즐거이 찾아내어 번역하면서 이미지들의 성찬에 참여하는 행복한 고통을 맛보았을 것이다.

이번에 그의 열 편의 작품을 받아 보고 느낀 것은, 그러한 번역서에서 발견할 수 있었던 몇몇 이미지들이 그의 시에도 내밀한 의미로 되살아나고 있다는 것이었다. 필자는 그의 이전 시집들(『유리창에 이마를 대고』(81), 『순간의 거울』(95) 등등)을 통해서도 그러한 느낌을 지울 수 없었다.

1. 불꽃, 사랑, 죽음

무르익은 밤
짙은 땀냄새 물씬 풍기는 사육제의 밤
그 어지러운 원무 한복판으로
날아가고 싶어
검은 옷으로 하얀 육체를
꽁꽁 싸맨 채
언제까지나 발길 닿지 않는 처녀의 샘을
간직하게 해 달라고
수녀처럼 기도하고 싶지 않아
이 유리벽을 깨고
향기로운 꽃가루 날리며
저 하얗게 타오르는 불꽃에 몸을 던져
날개를 지지직 태우고 싶어
두 눈을 꼭 감고
황홀한 하늘을 안아보고 싶어
너와 나만이
몰래 들어갈 수 있는
멎어버린 시간의 방 속에서
내 안개 자욱한 숲의 비밀을
보여주고 싶어
사랑에 의해 사랑 속에서
사랑이 되고 싶어
까맣게
까맣게 타는
슬픔 하나 되고 싶어

—「나방이의 꿈」

　이 시에서 중심된 이미지는 불에 뛰어드는 나방이의 모습이다. 나방이가 죽음에 이르게 되는 길을 서슴없이 선택하는 것은 본능적 행동이지만, 현실적인 관점에서 그것은 무모한 죽음, 어리석은 행동으로 비춰질 수도 있을 것이다. 하지만 상상력 속에서 그것은 또한 얼마나 우리의 몽상을 자극하는 행동인 것인가. 시인은 그러한 모습을 간과하지 않고 거기에 자신만의 내밀한 의미를 부여하고 있다. "사랑에 의해 사랑 속에서" 사랑을 완성하고 싶다는 말이 그것이며, 그렇게 말할 때의 시적 화자의 어조는 단호하다. "검은 옷으로 하얀 육체를/ 꽁꽁 싸맨 채/ 언제까지나 발길 닿지 않는 처녀의 샘을/ 간직하게 해 달라고/ 수녀처럼 기도하고 싶지 않아"라는 문장은 길어서, 읽을 때 호흡은 거칠어지고 마지막 행은 급하게 닫힌다. 더구나 의미상 마지막 행과 반대되는 "꽁꽁 싸맨 채"라는 앞의 부사구는 마지막 행에 그에 대항적인 어조, 즉 단호한 느낌을 불러일으킨다. 이러한 방식으로 시적 화자는 자신이 선택한 (상상적) 삶의 방식에 대해 결연한 태도를 보여주는 것이다.

　"불꽃에 몸을 던져" 황홀경 속에서 타죽는 나방이의 영상은, 하찮은 존재가 최상의 죽음을 맞이하는 방식을 보여준다. 그것이 최상의 죽음인 이유는, "타는 불에 대한 관조는 그것을 바라보는 자의 운명을 확대할 수 있기" 때문이다. 불꽃에 홀린 나방이에게 그것은 불타는 火山이요, 타오르는 山火일 것이다. 그러기에 나방이가 어찌 자신의 끓어오르는 전생명을 거기에 던지지 않을 수 있겠는가. 그 자신을 피안으로 이끌어 줄 수도 있을 불꽃 앞에서, 그러한 죽음은, 이미 죽음이 아니라 새로운 가치가 부여된 운명으로의 환생인 것이기 때문이다.

죽음을 통하여 새로운 존재로 탄생할 수 있다는 모티프는, 모든 것을 얻기 위해서 모든 것을 던진다는 의미를 갖는다. '불'의 교훈은 이렇듯 분명하다. 바로 이 부분에서, 시인의 시처럼, '불'과 '사랑'과 '죽음'이 연결된다. "사랑에 의해 사랑 속에서/ 사랑이 되고 싶어/ 까맣게/ 까맣게 타는/ 슬픔 하나 되고 싶어". 사랑 속에서의 죽음은 이미 단순한 죽음이 아닌 것이다. 단 한 순간만이라도 영원의 빛을 바라보고, 사랑 속에서 존재할 수 있었기 때문에, 순간 속에서 영원을 살 수 있었기에.

> 폭풍우 머금은
> 남빛 하늘
> 그대 눈동자 속에
> 내가 서 있고
>
> 단 한 번 번갯불의 눈길만으로도
> 폭발하는 우라늄 광(鑛)
> 나의 눈동자 속에
> 그대가 서 있는
>
> 눈부신 찰나의 불꽃 싸움
>
> 아아,
> 날마다 서로 만지며 손가락을 데는
> 꺼지지 않는 절대의
> 횃불이여
>
> ―「순간의 거울5」

　너를 사랑하는 행위가 '죽음'에 이를 수도 있겠지만, 이 시에서처럼 "날마다 서로 만지며 손가락을 데는" 사랑도 있을 것이다. 하지만 그러한 데임(접촉)은 사랑하는 이와의 만남을 가능케 하는 것이기도 하기에, 고독과 그리움에 몸을 떠는 시인에게 있어서 그것은 "꺼지지 않는 절대의/ 횃불"일 수 있는 것이다.

　'횃불' 자체의 속성은 이렇듯 이중적이다. 그것은 따스한 열기를 뿜어내어 추위에 떨고 있는 몸과 마음을 위로하는 것이기도 하지만 몸에 잘못 닿으면 상처를 입히는 것이기도 하다. 또한 그것은 어두움을 밝혀주는 것이기도 하지만 부끄러운 곳을 비출 때도 있다. 이러한 '횃불'에 시인은 '꺼지지 않는 절대의'라는 수식을 하고 있다. 바로 그것이 '너와 나'의 관계라는 것이고, 시인의 '너'에 대한 '그리움', '사랑'이란 자신이 상처받고 자신의 부끄러움이 들춰지는 경우라도 감수할 절대적 성질의 것이다. 이미 시인에게 있어서는, '불꽃' 속에서 죽는 것이야말로 사랑을 완성하는 장엄한 죽음이 아니었던가. '에로스'의 화살을 맞은 시인에게 모든 사물은 사랑을 위해 존재하는 듯하다.

　　시커먼 산이
　　손을 뻗쳐
　　허연 달의 몸을
　　끌어당기니
　　수줍은 듯
　　끌려 내려와
　　골짜기 깊숙이
　　짐승같은 숨소리로
　　포개진다

아아, 구름의 손짓 하나에 이끌려
천길 벼랑 아래
그림자 떨구고
지상의 둥지 멀리
치솟는
창공에 취한
새여!

-「순간의 거울6-引月에서」

이 시에서 재미있는 부분은 '引月에서'라는 부제이다. 달이 뜨고
지는 현상을 무언가의 힘에 이끌려 그렇게 된 것으로 보는 시각은
바로 그 '인월'이라는 지명에 크게 빚지고 있는 듯이 보인다. 그 지
방이 '달'을 끌어당기고, 창공에 띄울 만큼 아름답다는 말일까? 하지
만 시인의 다른 시편들을 읽어온 우리가, 이 시에서의 자연적 현상
과 지명의 일치에 감탄하고 말수는 없을 듯하다. 즉, 달을 끌어 당기
는 '산', '구름'의 행위 모두 의인화되어 있고 '달'의 움직임 또한 그
러하기 때문에, 이 시는 사랑하는 대상에 이끌리는 모든 인간적 행
위에까지 확산되어 해석될 여지가 있는 것이다. 자연 현상에 기대어
시인의 '에로스'는 가볍게 빛난다.

쾌활하고 빠르게
언제나 시냇물 소리로 노래하는
깃털이라는 이름의
참 가벼운 여자와 함께
어깨동무를 하고
종달새보다 더 높이 날아올라
눈부신 구름 위를 헤엄쳐 가는

샤갈의 꿈
환히 눈뜨고 꿈꾸는 날
불을 마신 듯
가슴은 타오르고
죽음마저 새로운 여행의 시작인 양
두렵지 않아
나는 먼지 낀 생의 지붕 위에서
서슴없이 뛰어내린다
아아
아득한 미지의 바닷속으로
커다랗고 캄캄한 잠 속으로
한없이 추락하는
이카루스의 날개여

—「깃털이라는 이름의 여자와 함께」

"샤갈의 꿈"이라는 시구를 보면 이 시는 샤갈의 그림을 보고 쓴 것인 듯하다. 시인 자신이 번역한 바슐라르의 『꿈꿀 권리』에는 샤갈의 '성서' 그림들과 그에 대한 해설이 실려있다. 필자는 그 중에서도 '인간의 창조'라는 그림에 눈길을 주었다(물론 시인이 바로 이 그림을 보고 시를 썼다는 증거는 없다. 하지만 그 유사성에 주목되는 것도 사실이다). 그 그림의 중앙 하단에는 한 남자를 안고 태양을 향해 푸른 구름 위로 날아가고 있는 천사의 모습이 크게 그려져 있고, 왼쪽 상단에는 하늘을 날아 다니는 새, 물고기, 나방이 같은 것들이 그려져 있으며, 오른쪽 상단에는 태양을 중심으로 여러 인물들이 배치되어 있는데, 그 중 한 사람은 지붕에서 거꾸로 떨어지고 있다.

시인은 "이카루스의 날개여"라고 마지막 시행을 쓰고 있다. 그리고 그것이 자신("나")의 모습이라고 말한다. 미로를 탈출하여 불꽃

중의 불꽃인 태양을 향해 날아올랐던 '이카루스'에게는 죽음에 대한 의식 없이, 단지 황홀경만이 있었던 것이 아닐까. 그에 반해 시적 화자의 선택은 다분히, 죽음을 감수한 의식적인 행동이다("환히 눈뜨고 꿈꾸는 날"). "죽음마저 새로운 여행의 시작인 양/ 두렵지 않아/ 나는 먼지 낀 생의 지붕 위에서/ 서슴없이 뛰어내린다". 바로 이 부분, 죽음을 의식하면서 죽음을 선택하는 행위 앞에서 나는 머뭇거린다. 어찌 죽음이 두렵지 않겠는가. 그것이 새로운 탄생을 가능케 하는 (상상적) 죽음이라 해도…… 내 눈은 오히려 왼쪽 상단에 노란 색을 배경으로 그려진 새, 물고기 등의 그림에 머문다. 바로 이 부분이 죽음의 색채가 가셔져 있는 飛翔이 아닐까. 실존적 위험없이 비상의 꿈을 꿀 수 있게 마련된 작은 공간. 하지만 시인은 그러한 편한 꿈을 선택하지 않는다. 그의 가슴은 진정 '불을 마신 듯 타오르고' 있는 때문이 아닐까. 이런 점에서 보면 그는 격정적 시인일 수도, '재생' 儀式을 수행하고 있는 사제일 수도 있겠다.

2. '불'의 根源

시인의 가슴을 "불을 마신 듯 타오르"게 하는 것은 과연 무엇일까. 그것은 幻聽과 幻視에서 비롯된 것이 아닐까. '幻'의 밑바닥에는 시인의 삶과 시인이 몸담은 사회와 역사가 있겠지만, 그것이 그의 시 속에 드러나는 방식은 '幻(상상력)'을 통해서이다.

①
측백나무 울타리가 있는
정거장에서

장난감 같은
내 철없는 협궤열차는
떠난다
너의 간이역이
끊어진 철교 그 너머
아스라한 은하수 기슭에
있다 할지라도
바람 속에 말달리는 마음
어쩌지 못해
열띤 기적을 울리고
또 울린다

바다가 하늘을 삼키고
하늘이 바다를 삼킨 날
해안선 끝
파란 영원 속으로
마구 내달린다

출발하자마자
돌이킬 수 없는 뻘에
처박히고 마는
내 철없는 협궤열차

오늘도
측백나무 울타리가 있는
정거장에서
한 량 가득 그리움 싣고
은하수를 향해
떠난다

—「내 마음의 협궤열차」

②
금방이라도
숨 넘어갈 듯, 숨 넘어갈 듯
울어쌓는 뻐꾸기의
저 피맺힌 목울음

시뻘건 황토 골짜기 어디엔가 파묻혔다가
먼 솔바람에
살아서 돌아오는
열여섯 댕기머리 누이의
가느다란 외마디 소리

깜부기들 꺼멓게 타는 유월
뙤약볕 아래
장총을 어깨에 메고 서서
"네가 살아야 내가 산다는 그런 전투는 없을까"
눈 부릅떠 울부짖던
그 청솔 같은 사나이의
길다란 그림자가
솔밭 사이
자꾸만 숨바꼭질하며
따라온다

제발
한 방의 총성을 울려
금방이라도 숨 넘어갈 듯
숨 넘어갈 듯
울어쌓는 뻐꾸기의
저 피맺힌 목울음을 멎게 해다오

아아,
무서운 화재인 양 피어오르는
벌교의 하늘
타는 노을 속으로
퍼쿵, 퍼쿵, 퍼퍼쿵…
잠겨드는
열여섯 댕기머리 누이의
울음소리

―「부용산」

③
나는 들었다.
대낮에도 어둑한
만주 자작나무 숲길에서
흰 두루마기 자락 휘날리며 떠나간
50년 전 아버지의
발자국 소리를

그는 마지막 헤어지던
그날처럼
여전히 이글거리는 불꽃의 눈으로
백두산 천지 구경하러 가는
한낱 철없는 나그네인
나를
불러 세웠다.

꿈 속에서도 매장된 지 오랜 그가
버젓이 살아서
처음에는
러시아말인 듯 일본말인 듯

알아들을 수 없는 말을
몇 마디 중얼거리다가
마침내 또렷한 조선말로
말했다.
"아들아, 난 눈감을 수 없단다
옛 고구려 땅에 깃발을 꼽기 전에는……"

나는 들었다.
대낮에도 어둑한
만주 자작나무 숲길에서
낫 든 전봉준의 이마를 닮은
50년 전 아버지의
웃음소리를

―「만주 자작나무 숲길에서」

이가림 시인의 시 속에 드러나는 '죽음'의 의미를 묻기 위해서 나는 위에서, '불'의 상상력에 기대어 보았다. '죽음' 속에서 새롭게 태어나고 싶다는, 새로운 존재로 환생하고 싶다는 욕망, 바로 그것이 그가 하고 싶었던 이야기였던 듯하다.

①의 시는 시인의 시적 주제로 자주 등장하는 '그리움'을 내용으로 하고 있다. '어쩌지 못하는 마음'으로 그리운 그 무엇('너')을 향해 떠나는 삶의 모습이 그려져 있는 것이다. 너에게로 향하는 철교가 "끊어진" 상태이고 그 행로가 "뻘에/ 처박히고 마는" 것을 알면서도, "오늘도" "한 량 가득 그리움 싣고", "열띤 기적을 울리"며 "떠난다". 이 시에서 주목되는 것은 '죽음'을 무릅쓰고 떠날 수밖에 없는 존재의 모습이다. 그러한 행동의 근원을 묻는 우리의 물음에 이 작품은 '아스라한 은하수 기슭에 있는 너의 간이역', '파란 영원 속'으

로 향하는 '그리움'이라고 답하고 있을 뿐, 거기에서 더 나아가지 않는다. 하지만 존재의 외로움은 꿈을 낳게 하지 않았던가. '파란 영원 속', '아스라한 은하수 기슭'에 있는 '너의 간이역'을 보았다는 시인의 말에서 우리는 시적 환영에 시달리는 한 시인의 고독한 모습을 본다. 시인으로 하여금, (상상적) '죽음'을 무릅쓰게 하는 幻影. 그곳에 이르러야만 비로소 존재의 충일감을 맛볼 수 있을 것 같은 목마름.

②와 ③의 작품에서는 시인의 사회·역사적 상상력을 엿볼 수 있다. 이러한 경향의 시편들은 이가림 시인에게 있어서 그리 낯선 것은 아니다. 「황토에 내리는 비」, 「뙤약볕」, 「고부에 머무르며」 등의 시편에서 보여주었던 '우리 나라의 눈물'은 개인적 존재의 슬픔('목마름')이 사회적으로 확장된 경우라 할 수 있다.

②의 경우, 시적 화자는 뻐꾸기의 울음에서 열여섯에 죽은 누이의 울음소리를 듣는다. 그것은 환청일 것이다. 하지만 그것은 전쟁터에서 시적 화자가 자신에게 했던 말을 떠올려 울리게 한다. '너를 죽여야 내가 살 수 있다'는 전투 현장에서(시인의 나이를 생각해 보면 이것도 상상 속의 전투 현장이 아닐까), "네가 살아야 내가 산다는 그런 전투는 없을까"라고 울부짖었던 자신의 목소리를 다시 듣는 것이다. 뻐꾸기의 피맺힌 울음, 누이의 가느다란 외마디 소리, 전쟁터의 나의 속울음소리가 연상을 통해, 연속적으로, 아니 동시에 울리는 상황에서 시인은 그러한 울음소리들을 멎게 하고 싶어한다. 이러한 幻聽이 그의 시에서 '죽음'의 이미지를 밀어 올린 것이 아닐까. 죽어 다시 태어나고 싶다는 것으로.

③의 시에서도, 시인은 환청을 듣는다. 아버지의 "발자국 소리"와

"웃음소리"를. 하지만 이 작품에서의 환청은 너무도 "또렷"해서 오히려 낯설게 느껴진다. 특히, "아들아, 난 눈감을 수 없단다/ 옛 고구려 땅에 깃발을 꽂기 전에는……"과 같은 구절이 그러하다. 幻의 경계를 넘어설 정도로 시인의 가슴이 너무 뜨거웠던 때문일까. 아니면 환청이 들려오는 곳의 배경 묘사가 부족했던 때문일까. "이글거리는 불꽃의 눈"과 같은 시구가 있음에도 불구하고 이 작품에서는, 시인의 내적인 열기와 불꽃을 공감하기 어려웠다. 이미지를 꿈꾸어 온 우리에게 시인 자신의 과거에 대한 이야기는 낯설다. '역사'를 원초적 이미지 속에 녹이는 일이 과연 가능한 것일까. 이러한 물음 앞에서 나는 더 나아갈 수 없다.

3. 내면화된 '불'

시인은 이전의 시집에서 자신의 모습을 '게(蟹)', '돌' 등으로 형상화해 왔다. "병든 게같이 어기적거리며"(「피리타령」), "괴로운 밤 게(蟹)가 되어서 돌아오는"(「빙하기」), "집게 부러진 게(蟹) 되어 어기적거리는 사내"(「오랑캐꽃4 - 겨울편지」) 등의 시구에서, 그리고 「蟹」라는 작품에서 그러하며, "살면서 부서져가는 것/ 나는 껴안는다 다만 나 자신의 죽음을"(「또 하나의 돌」)이라는 구절이 그러하다. 하지만 시인이 그러한 부정적이고 수동적인 이미지로만 자신의 형상을 그리고 있지 않다는 점에 주목해 보자.

> 끝없는 밤의 추위에
> 온몸을 할퀴며 목말라 쓰러질지라도
> 나는 버리지 않는다 기다리는 힘

새벽을 기다리는 힘

이 천박한 끈질김 저주받아
골짜기에 내던져져 파묻힐지라도
나는 잃지 않는다 기어이 태어날 꿈
더욱 큰 삶으로 일어설 뿌리이기에

피와 눈물의 땅 위에서
번갯불에 비친 찰나밖에는 살지 못해
바람이 불 때마다 뜨겁게 우는 것
두려움 없이 하늘을 쳐다보는 것

—「돌」

우리가 앞에서 '불'의 이미지를 통해 살펴보았던 시인의 '죽음/삶'
이라는 '재생' 모티프로 미루어 보았을 때, 그의 '돌'의 이미지 또한
그러한 모티프의 자장 속에 놓여 있을 것이라고 기대할 수 있을 것
이다. 위의 작품은 그의 이전 시집(『유리창에 이마를 대고』, 창비 81)에
실려 있는 것이기는 하지만, 우리의 이러한 예상을 충족시키는 것이
다. 시인이 창조한 이미지의 변용과정은 이러한 것이겠다. '죽음'과
'삶'의 충동을 어쩌지 못하는 시인의 모습. 그러한 양극 사이를 방황
하며 자신과 자신이 속한 사회의 모습을 그려내고 있는 모습. 그리
하여 그가 죽음을 말할 때도 그것은 '삶'의 욕망이 그림자를 드리우
고 있는 것이며, 그가 삶을 말할 때도 거기에는 언제나 '죽음'의 그
림자가 도사리고 있는 것이다. 이러한 긴장을 유지하기 위해, 그는
언제나 '잠들지 않고', 누군가를 '부르며', 무엇인가를 '본다'.

내가 문득
보조개 이쁜 누이를 바라보듯
꽃 한 송이 바라보니
새하얀 빛깔로
웃는다

가늘게 떠는 그 웃음소리에 놀라
잠 깬 이슬들이
내게 말을 걸어
이름을 묻는다

난
눈길 없는 눈길로
바라보는 돌,
그대들이 바라보면
소리 없는 소리로
웃는 돌

─「순간의 거울7─상응」

하지만 이 시에서의 '돌'은, "눈길 없는 눈길로/ 바라보는 돌"이며 "소리 없는 소리로/ 웃는 돌"이다. 시인의 뜨거운 시선과 웃음을 제한하는 수식어들은, '불을 마신 듯' 타오르는 시인의 격정을 제한하여, 내면화한다. '삶'의 열기가 식어서 그런 것일까? 그의 다른 시편들을 보면, 그렇지는 않은 듯하다. 그것은, 상상력 속에서의 열기를 보다 오래 간직하기 위해서 그것을 내밀화하는 방식, 흩어져 발산되려는 열기를 진정시켜 간직해 놓는 방식인 듯이 보인다. 대상과의 은밀한 대화를 가능케 하는 것은 오히려 그러한 방식 속에서일 것이다. 정다운 눈길을 보내는 사물들에 둘러싸여 혼자 있는 행복감,

그러한 공간은 내가 바로 거기에 존재하고 있다는 느낌을 갖도록
해준다. 나를 나 자신이게 하는 존재감, 저희들처럼 조용히 제자리
를 잡고 있다는 아늑한 느낌, 비로소 나는 진정한 '돌'이 될 수 있는
것이다.

> 누가 밤새 길어다 부었는가
> 뒤뜨락 항아리에 가득 고인
> 저 찰랑이는 옥(玉)빛 눈물의 은하수
>
> —「순간의 거울8 — 항아리」

이 시의 공간적 배경은 "뒤뜨락"이다. 숨겨진 내밀한 공간에 시적
화자가 들어선다. 시간적 배경은 "밤새(밤사이)" 무슨 일인가가 벌어
진 이후이며 아직은 "은하수"를 볼 수 있는 시각, 깊은 밤 또는 이
른 새벽일 것이다. 이 시각 이 은밀한 곳에서 시적 화자는 무엇을
하고 있는가. "항아리에 가득 고인", "옥빛 눈물의 은하수" 등의 시
구를 볼 때, 그는 항아리 속을 들여다 보고 있다. 이 시에서도 '바라
본다'는 모티프가 배경에 깔려 있다. 별빛을 받으며 들여다 본 항아
리 속에는 시인의 눈물어린 눈과 그 뒤로 보이는 은하수가 비친다.
시적 화자는 자신의 모습을 보면서, 회한에 휩싸여 있으면서도 명상
적 순수함을 맛보는 이중적인 상황에 처한다. 그러한 작은 빛의 이
미지는 내면적 등불, 고독한 상태의 이미지에 다름 아닐 것이다. 하
지만 그것은 내면적 대화 상황이기도 한데, 슬픔과 욕망 속에서 시
적 화자가 바라보는 것들은 다시 그에게 공감적 시선('눈물에 싸인 반
짝임')을, 사랑의 시선을 되돌려 보내주기 때문이다. 상상력 속에서는
보는 주체가 항아리가 될 수도, 별이 될 수도 있는 것이다. 이러한

反影에서, "보여지게 하는 모든 것은 보는 것이다"는 명제를 만나게 된다. 침묵과 어둠이 우리를 감싸주는 곳에서, 우리의 목소리로는 아무래도 들려줄 수 없었던 마음의 소리를 서로 나눌 수 있게 된 것이다. '밤'의 질료적 성질 속에서 시인의 열기는 진정되고, '별빛'의 시선 속에서 시인의 고독은 더 이상 침묵 속에 버려져 있지 않는다.

4. 목마름, 사랑의 祈願

지금
세상의 모든 조약돌들은
저마다 하나만의 희망을 꿈꾸고 있다
사랑하는 이의 주머니 속에 들어가
정다운 손으로 만져질 수 있기를
아니
더 이상 숨쉴 수조차 없이
온통 감싸여 달아오르는
한 개 기쁨이 되기를

하지만 세상의 모든 조약돌들은
저마다 저마다의 슬픔에 파닥거리며
조금씩 닳아져간다
나의 얼굴이 아닌 얼굴
너의 얼굴이 아닌 얼굴로
서로 기대어
잠시 낯선 체온을 나누어 갖는
서글픈 봉별(逢別)의 순간들
그 틈새에 모래가 되어
흩어진다

지금 세상의 모든 조약돌들은
목마르게 기다리고 있다
무서운 망각의 저쪽
어둠으로 사라지기 전
저마다 제 이름이 조약돌이라고
누군가
단 한번 그렇게 나직이
불러주기를

―「세상의 모든 조약돌들은」

시인이 자신과 세상사람들을 '돌'로 표현해왔다는 점은 굳이 긴 설명이 필요하지는 않을 것이다(앞 장의 내용 참조). 이 작품에서의 '조약돌' 또한 평범한 사람들을 가리킨다. 그들의 꿈과 현실, 그리고 '목마름'의 환상이 여기에 그려지고 있는 것이다. 우선 1연에서, "사랑하는 이의 주머니 속에 들어가/ 정다운 손으로 만져질 수 있기를" 그들은 바라고 있다. 그런데 왜 주머니 속에서인가. 포근하게 감싸주는 공간, 존재 전체를 둘러싸면서도 내밀한, 외부의 시선에서 보호되는 작은 공간으로 그것은 선택되었다. 하지만 그러한 형식적인 공간에 너무 집착하지는 말자. 그들이 진정 바라는 것은 바로 포근하고 따스한 접촉이며, 체온의 나눔이며, 존재의 내부에까지 스며드는 열기의 공감이기 때문이다("더 이상 숨쉴 수조차 없이/ 온통 감싸여 달아오르는/ 한 개 기쁨이 되기를"). 그 뜨뜻한 몸김이 내 살 속으로 스며들어 나에게 열과 힘, 새로운 삶의 용기를 준다. 시인의 물질적 상상력은 '불꽃'의 격렬함을 이제, 따스한 온기(체온)로 변용시키고 있다. '불꽃'의 이미지가 고독한 행위를 표상하고 있다면, 이러한 열기, 온기는 누군가와의 접촉을 바라는 물질적 상상력이 아닐까. "한 개 기쁨"이란 바로 '하나됨'을 의미하는 것이고, 그것은 시인의 상상력에 의해서 물질적인 육체를 얻고 있는 것이다.

하지만 2연에서는 사람들이 발딛고 선 현실적 상황을 '모래'되어 '흩어지는' 것으로 그려놓고 있다. 내밀한 공간에서 서로의 체온을 나누어 갖지 못하고, 흩어져 외로운, 아니 잠시 만나서 체온을 나누더라도 그것이 "낯선" 것이 되어 버린 현실에 대해서. '너는 너의 얼굴'로, '나는 나의 얼굴'로 만나지 못하고 있다는 점에서(우리는 이미 '조약돌'도 아니다) 우리는 "조금씩 닮아져간다".

마지막 연에서 시적 화자는 그러한 현실을 벗어나 서로의 존재적 충일감을 되찾기를, 그래서 진정한 체온을 오래도록 나누어 가질 수 있게 되기를 기원한다. 그런데, 주목되는 점은 그러한 기원이 "목마름"의 환상 속에서 이루어지고 있다는 점이다. '목마름'이란 열기를 갖고 있기 때문에 일어나는 육체적 현상이 아닐까. 시인의 가슴 속에 끓고 있는 그리움, 사랑 등에 대한 열정이 만들어낸 것이 바로 목마름이라면, 그것을 치유해 줄, 습기가 필요할지도 모른다. 어쩌면 그것은 바슐라르가 말한 '뜨거운 습기'가 될지도 모르겠다. 차갑지 않은 습기, 메마르지 않은 열기, 바로, "부드럽고 따뜻한, 훈훈하고 축축한 이와 같은 물질적 이미지들은 우리를 치료"할 수 있을 것이다.

_『시와 시학』 1998 겨울호

風景과의 距離

최하림론

　"풍경 뒤의 풍경", 최하림 시인의 최근 시집은 그 제목부터 눈길을 끌고 있다. 그것은 우선, '나'를 둘러싼, 아니 '나'까지도 포함한 풍경들 너머의 절대적인 실재와 마주하겠다는 시인의 욕망을 느끼게 한다. 삶에서 막막한 절망감을 느끼곤 하는 독자들이 새로운 소식에 대한 기대를 갖고 이 시집을 펼치게 되는 것은 따라서 자연스러운 일일 것이다.

　그렇다면 구체적인 시작품들은 어떠한가. 시집에 수록된 첫 작품 「가을날에는」(p.9)에서는, 우선 풍경 속의 '나'의 모습이 인상적인 방식으로 그려져 있다.

　　물 흐르는 소리를 따라 넓고 넓은 들을 돌아다니는
　　가을날에는 요란하게 반응하며 소리하지 않는 것이 없다

예컨대 조심스럽게 옮기는 걸음걸이에도
메뚜기들은 떼지어 날아오르고 벌레들이 울고
마른 풀들이 놀래어 소리한다 소리들은 연쇄 반응을
일으키며 시간 속으로 흘러간다 저만큼 나는
걸음을 멈추고 오던 길을 돌아본다 멀리
사과밭에서는 사과 떨어지는 소리 후두둑 후두둑 하고
붉은 황혼이 성큼성큼 내려오는 소리도 들린다

— 「가을날에는」 전문

가을날 들길을 걷다보면 발에 밟히는 마른 풀잎과 풀숲에서 울어대는 벌레들 등등의 온갖 것들이 작지만 풍성한 소리의 향연을 벌이고 있다. 시적 화자는 황혼이 질 때까지 그런 소리들에 취해 들길을 서성인다. 그런 그의 귀에는 "붉은 황혼이 성큼성큼 내려오는" 모습도 한 가지 '소리'로 들린다. 자연을 대하는 시인의 자세가 평범치 않음을 알 수 있게 하지만 왜 황혼이 지는 모습을 '소리'로 感受한 것일까?

시인은 특이한 방식으로, 즉 '행간걸침(앙장브망, Enjambement)'의 기법을 사용하여 그 풍경 속에 자신의 모습을 삽입하고 있다. 예를 들어 "소리들은 연쇄 반응을/ 일으키며 시간 속으로 흘러간다 저만큼 나는/ 걸음을 멈추고 오던 길을 돌아본다 멀리/ 사과밭에서는 사과 떨어지는 소리 후두둑 후두둑 하고"에서, '시간 속으로 흘러가는' 것은 무엇인가? 문장 구조상으로는 서술어인 '흘러간다'에 호응하는 주어는 '소리들'이지만, 시행이 갈리면서 '나'라는 또 다른 주어와 도치된 형태로 결합된다. 따라서 '시간 속으로 흘러가는' 것은 1차적으로는 '소리들'이지만 '나' 또한 그러한 의미망에서 자유롭지 못하다.

물론 '나'의 행위는 다음 행에도 걸쳐 있고("저만큼 나는/ 걸음을 멈추고 오던 길을 돌아본다 멀리"), 이러한 현상은 행 끝에 있는 '멀리'라는 부사어에도 해당된다("돌아본다 멀리"와 "멀리/ 사과밭에서는").

행간걸침의 어지러운 연쇄효과를 통해 시간 속으로 흘러가는 '소리'와 '나'는 의미론적으로 중첩·연결되고 그 각각의 의미는 총체적으로 확충된다. 따라서 황혼이 지는 모습을 바라보는 시적 화자가 그 모습을 '소리'로 표현한 것을 이러한 의미의 연쇄 속에서 이해할 수 있을 것이다.

실상 최하림 시인에게 이러한 행간걸침의 기법은 다양한 형식의 작시법으로 기능하고 있다. 「첫 시집을 보며」에서 "계속 울린다", "묻힌다", "사라져간다"와 같은 어구들은 시행의 차원을 넘어서 연과 연을 가르고 이어주는 역할을 하며 의미론적으로 앞뒤 연에 걸쳐서 사용된다. 여기에서 '묻히고', '사려져 가는 것', '계속 울리는 그 무엇' 등은 그 문법적이고 통사적인 연관성들을 벗어나 다른 의미론적 문맥을 형성하기도 하지만, 특히 그 개별적인 언어 기호 자체가 특별한 주목을 받는 위치에 놓여 있어서, 즉 前景化되어 있어서 그것들이 시인의 특별한 테마임을 알게 한다.

하지만 다음 작품에서와 같은 행간걸침의 방식은, 이것이 시인의 주요한 작시법의 하나라는 것을 보여주고 있다는 의미 이외의 의미론적 확장을 보여주지는 못하고 있는 듯하다. 「별이 떠올랐다가 사라지는 날이여」에서 단어를 폭력적으로 분할하는 방식으로 행갈이가 이루어지기도 한 것인데, 그 의도가 불분명하게 표현된 것이 아닌가 생각된다("메뚜기들은 가끔씩 덥고 지루한 풀/ 숲을 빠져나와 책장을 넘기고 넘기면서 새로운 책장으로 들/ 어간다 책장 위에서 뒷다리에 힘을 주고 똥을 눈다 검은/ 똥이 뚝뚝뚝 구멍으로 빠져나온다”).

아무튼 통사적, 의미론적, 운율적 효과의 착종. 감추고 드러내는 이중적인 효과를 산출하는 이 기법은 최하림 시인에게 있어서는 주요한 창작방법으로 자리잡고 있다. 디이터 람핑(Dieter Lamping)은 줄글과는 다른 ‘시’의 장르적 특성을 바로 이러한 행갈이에서 본 바도 있다. 형식의 의미론에 주목하고 있는 최하림 시인에게 있어서, 시어의 분할, 시행과 연의 분할, 그리고 그 조합은 발견과 창조의 행위에 다름 아니며, ‘풍경’에 접근하는 하나의 방식, 그 너머로 가기 위한 시인의 몸부림, 제의와 같은 作詩法인 것이다.

> 며칠째 눈은 그치지 않고 내려 들을 가리고
> 함석집에서는 멀고 먼 옛날의 소리들이 울린다
> 제 무게를 이기지 못하고 내리는 눈은
> 처마에서 담장에서 부엌에서 간헐적으로 기명 울리는 소리를 낸다
> 귀 기울이고 있으면 연쇄 파동을 일으키며 계속 일어난다
> (…중략…)
> 눈 위로 함석집의 파동이 일어나지만 우리는 주목하지 못한다
> 파동은 모습을 드러내는 일 없이 아침에서 저녁까지
> 빈 하늘을 회오리처럼 울린다
>
> ―「다시 빈집」 부분

눈오는 날 가만히 들어보면 “연쇄 파동을 일으키며 계속 일어”나는 “멀고 먼 옛날의 소리들”이 들려온다. 하지만 그 ‘옛날의 소리들’이 무엇인지는 분명치 않다. 개인적 추억을 말하는 것인지, 우리가 공유하고 있는 문화적 체험을 말하는 것인지. 어쩌면 그것은 원형적인 그 무엇을 의미할 수도 있다. 아무튼 시인은 우리가 그러한 것에

주목하지 못한다고 말한다. 중요한 것은 그러한 보이지 않는 풍경의 뒤편, 들리지 않는 소리의 미세한 파동에 접촉키 위해 온 감각을 긴장시키고 있는 시인의 모습이다.

> 검은 새들은 지붕으로 곳간으로 담 밑으로
> 기어 들어갔다 검은 새들은 빈집에서
> 꿈을 꾸었다 검은 새들은 어떤
> 시간을 보았다 새들은 시간 속으로
> 시간의 새가 되어 날개를 들고
> 들어갔다 새들은 은빛 가지 위에 앉고
> 가지 위로 날아 하늘을 무한 공간으로
> 만들며 해빙기 같은 변화의 소리로 울었다
> 아아 해빙기 같은 소리 들으며
> 나는 유리창에 얼굴을 대고 있다
> 검은 새들이 은빛 가지 위에서 날고
> 눈이 내리고 달도 별도 멀어져간다
> 밤이 숨쉬는 소리만이 눈발처럼 크게 울린다

―「빈집」 부분

이 작품에서 주목되는 것은 두 가지 정도인데, 우선 반복되는 시어들이 의미론적 동위소를 이루고 동위소들의 대립쌍이 두 개의 축을 이루고 있다는 것이다. '검은새'와 '시간'이 반복되며 그려내는 부정적 의미망과 그들이 "해빙기 같은 변화의 소리로 울"며 꿈꾸는 '은빛 가지 위'에 펼쳐진 '무한 공간'의 대립이 그것이다.

다음으로 위와 같은 대립구도를 重層化하는 '유리창' 이미지의 사용이다. "새들은 은빛 가지 위에 앉고/ 가지 위로 날아 하늘을 무한 공간으로/ 만들며 해빙기 같은 변화의 소리로 울었다/ 아아 해빙기 같은 소리 들으며/ 나는 유리창에 얼굴을 대고 있다". 시적 화자는 유리창 안쪽에서 바깥의 풍경을 내다보고 있다. 빈집에 들어가 꿈을 꾸는 새들의 모습은 유리창 바깥의 모습이지만 시인은 유리에 비친 자신의 모습과 꿈을 그 풍경에 투영하고 있기도 하다. 그러기에 "나는 유리에 얼굴을 대고 있다"는 발언은 안과 바깥의 거리와 차단을 확인시키고 있지만 그것은 또한 울음우는 새들에의 공명이며 시인의 내면과 바깥 풍경의 겹침이기도 하다.

이러한 '유리창' 이미지는 시인의 다른 작품들 속에서도 반복 사용되고 있기 때문에 그것이 갖는 의미론적 기능을 간과할 수 없게 한다.

> 나는 유리창 안에 있습니다
>
> —「오늘 밤에도 당신은」 부분

> 겨울과 우리 사이에는 적절한지 모르는
> 거리가 언제나 그만쯤 있고
>
> —「버들가지들이 얼어 은빛으로」 부분

> 나는 유리창에 얼굴을 대고 귀 기울인다
>
> —「호탄리 시편」 부분

> 독자여
> 밤이 오거든
> 유리창을
> 오래오래 보십시오
>
> —「겨울이면 배고픈 까마귀들이」 부분

　나아가 '유리창' 이미지가 변용되어 나타나는 시편들까지 아우른다면 커다란 시적 체계를 이룰 수 있을 듯하다. 예를 들어 표현주의 화가 뭉크의 「절규」와의 관련성 속에서 읽히는 「가을의 속도」와 같은 작품에서 "가을은 우리 밖에서 그렇게 빠른 걸음으로 달리고 우리는 안에서 아가리를 벌리고 비명처럼 있습니다"라는 시구절은 '안/밖'의 대립, '풍경/나'의 대립적 구도를 보여주며 그 대립의 지점에 '유리창' 이미지가 개재되어 있다.

　앞에서 살폈던 행간걸침의 기법과 유리창 이미지의 반복(변형) 사용, 그리고 상호텍스트적 효과를 노린 패러디의 기법 등은 의미론적 중첩, 혼란, 난시 효과 등을 통해 '풍경 뒤의 풍경'을 그려내려는 시인의 구체적 방법론이라는 점에서 공통된다. 의미론적 중첩과 混沌을 인정하고 나서야 비로소 볼 수 있는 풍경…… 시인은 다양한 시적인 수단을 사용하여 어휘들과 문장들 사이의 새로운 연관을 만들어 내고, 다른 목소리들과의 연관성을 창출해 내면서 문학적 복합성을 확대·고양시키고 있다. 그것은 풍경과의 거리를 인식하고 있는 시인이 그 거리를 메우기 위해 벌이는 언어적 祭儀에 다름 아니다.

　작품 「나는 다리 위에 있다」에서 시인은, "아이들도 서울로 인천으로 보스턴으로 떠나버리고" "나는 다리 위에 서 있다" "나는 밤처럼 울음을 삼키고 세상을 보고 있다"라고 말한다. 풍경을 마주하고 있는 타인들의 얼굴을 들여다보고 그들 삶의 이야기에 귀기울여 보는 일 같은 것도 어쩌면 '풍경 뒤의 풍경'을 읽어내는 방법의 하나일 듯하다. 시를 읽는 이유의 가장 큰 것이 시인의 목소리를 듣고 싶다는 것이겠지만, 내게 흥미롭게 보이는 것은 바로 이렇듯 시인 자신의 실존적 절실함을 직접 토로하는 부분들이다.

시인은 독자에게 전하고 싶은 말을 괄호 안에 남겨 놓고 있기도 한다. "(독자여/ 밤이 오거든/ 유리창을/ 오래오래 보십시오/ (…중략…) /살고 아파하고 이동하는 것들에 대해/ 우리는 관심을 하지 않을 수 없습니다)"(「겨울이면 배고픈 까마귀들이」에서). 시인은 여기에서, '풍경'뿐만 아니라 유리창 밖을 응시하는 시인의 모습 또한 바라보아 줄 것을 독자들에게 요구하고 있는 듯하다. '유리창', 그것의 문법은 그 '안'을 이야기할 때 '밖'을 바라보게 하고, '밖'을 이야기할 때에는 '안'을 또한 비춰주고 있기 때문이다. 하지만 '유리창'의 문법은 가능성과 함께, 이미 일정한 '거리'를 상정하고 있는 것이 아닐까?

> 겨울과 우리 사이에는 적절한지 모르는
> 거리가 언제나 그만쯤 있고 그 거리에서는
> 그림자도 없이 시간들이 소리를 내며
> 물과 같은 하늘로 저렇듯
> 눈부시게 흘러간다
>
> —「버들가지들이 얼어 은빛으로」 부분

최하림 시인은, 나와 너, 우리와 풍경 사이의 '거리'가 갖는 안타까움을 '시간'의 흐름 속에서 사라져가는 것들에 투영시키곤 한다. 시인은 시집 첫 작품인 「가을날에는」에서 이미 "소리들은 연쇄 반응을/ 일으키며 시간 속으로 흘러간다 저만큼 나는/ 걸음을 멈추고 오던 길을 돌아본다"라고 말한 바 있고, 시집 마지막 작품 「에튀드」의 끝 두 행에서도 "시간들이 져 내렸다/ 시간들이 쌓였다"라고 끝맺고 있다.

　　나는 맨발로, 고개를 갸우뚱하고 조금씩 흔들리며 블랙홀 같은
시간 속을 가고 있다 저편에 얼굴 모습을 얼른 알아볼 수 없는 사내
들이 몇, 가고 오른쪽으로는 낙엽송이 져 내리고 볏가리들이 반대쪽
에 세워져 있다 공기는 말라 바스락거렸다 나는 무어라고 외치고 싶
었으나(하다못해 어머니!라고도 외치고 싶었으나) 소리가 나오지 않
았다 한꺼번에 시간들이 쏟아질 것 같은 예감에 시달리며 나는 몸을
일으켜 세웠다 그릇 위 햇빛이 번쩍거렸다

―「햇빛 한 그릇」 부분

　위 작품의 상황을 그대로 따라가 본다면, 조금씩 흔들리며 시간
속을 가는 '나'의 한편에는 '너'로 통칭될 수 있는 사람들과 또 다른
한편에는 가을 지난 무렵의 '볏가리'나 잎이 진 '낙엽송'이 세워져
있고 그런 상황 속에서의 공기는 메마르고 답답한 것이어서 '나'는
외치고 싶었지만 한마디도 내뱉을 수 없다. '나'와 너', 그리고 '풍경'
사이의 표현할 길 없는 '거리감'에 짓눌려 있는 시적 화자의 모습이
잘 그려져 있다.

　위의 작품에서 시적 화자가 눈길을 돌려 바라본 것은 한 그릇 가
득히 채워진 '햇빛'이다. 시간 속으로 사라져 가는 것들에 대한 안타
까움은 시인으로 하여금 절대적 순간이나 그 상황 속의 존재들을
언어로 포착하는 일로 이끈다.

　"우리는 물이거나 바람이거나 햇빛처럼 반짝였습니다 우리 몸에
서는 수많은 모세 혈관들이 입을 열고 햇빛을 내뿜고 있었습니다
버들강생이들도 입을 열었습니다 순간 폭포수와도 같은 소용돌이가
일었습니다(「나는 뭐라 말해야 할까요?」)." 겨울 내내 방안에 박혀 티브
이만 보던 '우리'가 간신히 골목을 빠져나와 길을 나서서 강둑으로

갔고 그곳에서 눈부신 햇빛 속에 놓여진 것이다. 시인은 자신의 경이로운 시적 체험을 형상화하기 위해 겨울과 봄, 방안에서의 티브이와 강둑으로의 나들이를 각각 대비시키고 있지만 그것은 다양한 차원으로 확산될 수 있는 상징적 장치일 뿐이다. 그러한 배경을 설정한 후 시인은 존재론적 변화의 체험 순간을 표현하고자 애쓴다.

하지만 작품 「나는 뭐라 말해야 할까요?」(p.69)는 그러한 작업이 쉽지 않음을 잘 보여주고 있다. "나는 이 변화를 뭐라 말해야 할까요? 내가 발을 멈추고 머뭇거리고 있는 사이, 나는 뒤돌아볼 틈이 없습니다 내가 뒤돌아보며 감정의 굽이를 돌아갈 때, 그대 모습은 사라지고, 나도 사라져버리고 맙니다". 조금이라도 움직이면 그 순간의 깨달음이나 정서적 光彩 또는 울림이 사라져 버릴까봐 시인은 "뒤돌아볼" 수가 없다. 이와 같이 '뒤돌아볼' 수 없다는 詩句나 "나는 뭐라 말해야 할까요?"와 같은 제목으로밖에 표현할 수 없는 것을 시인은 응시하고 있다.

독자들은 최하림 시인의 이번 시집 『풍경 뒤의 풍경』을 통해, 시인이 보았던 경이로움의 순간에 동참하고, 다양한 시적 형상화 기법의 의미를 음미하는 기회를 가질 수 있을 듯하다. 하지만 그 언어적 표현의 안타까움을 동시에 성찰케 한다는 점에서도 이 시집은 의미를 갖는다.

"나는 서너 번 기침을 하고 햇빛 속으로 찰랑찰랑 흘러가는 나를 물끄러미 보고 있었다"(「햇빛 한 그릇」)라고 시인은 말한다. 여기에서 햇빛 속으로 흘러가는 '나'는 이미 '풍경'화 되어 있어서, '풍경과의 거리'를 소거하고 싶다는 시인의 열망을 함께 실어보낸다. 하지만 그러한 문법이 가능하다면 똑같은 논리로 그 풍경을 바라보는 '나'

또한 다시금 '풍경'화될 수 있을 것이고, 그러한 의식의 소용돌이에는 소거하기 어려운 '풍경과의 거리'가 다시 놓여질 것이다. "풍경 뒤의 풍경"은 시인의 話頭이며, 나는 시인의 '뒤'에서 '풍경과의 거리'를 생각하고 있다.

_『현대시』 2001. 9

우주와 역사의 접점 찾기

'겹침'의 수사, '開花'의 상상력

이화은론

1.

유난히 무덥던 2004년 여름, 이화은 시인의 세 번째 시집 『절정을 복사하다』를 읽게 되었다. 그 첫 만남에서, "새삼 아무것도 예방하고 싶지는 않다"라는 시인의 <자서>에 내 시선은 오래 머물러 있었던 것 같다. 그것은 삶의 온갖 굴곡과 곡절을 피하거나 예비치 않고 그대로 맞이하겠다는 결의로 읽혔으며, "내 위험이 내 생의 언저리를 더 달구어줄 수 있다면!"하고 기원하는 시인의 자세 또한 세상 풍파를 대접하는 시인 나름의 방식으로 보였던 때문이다. 그렇게 시인은 "뜨거운 하루하루를 꿀꺽 삼"키고 있었고, 그 삶의 '절정'의 기록들이 시집을 가득 채우고 있었다. 나는 한동안 잊고 지내던 문학적 열정을 다시 맛볼 수 있었지만 단풍이 남녘을 물들이고 있다는 풍문이 들려올 때까지 쉽게 펜을 들지는 못하고 있었다.

모두 4부로 구성된 이 시집에서 특히 제3부 <다 말해버리지 말자>에 수록된 작품들은 시인의 고향과 유년, 아버지, 어머니 등 가족사와 관련된 어떤 '상처'("몸과 몸 사이 그/ 아득한 거리/ (…중략…) /파인 가슴자리" 「빗소리가 만지다」)를 감싸고 있는 형국이어서, 그 틈, 결절점은 내게는 시집의 심연이자 '절정'인 듯이 보였다. 여기에서 "다 말해버리지 말자"라는 시인의 말은, 말하지 않을 수 없는 어떤 절박함("희귀병 환자처럼/ 그늘로만 떠돌던 얘기 속 나를/ 이제는 눈금 밖으로 꺼내주고 싶다/ (…중략…) /사람한테는 말고/ 소곤소곤 피는 깨끗한테만/ 다 말해버리고 싶다/ 한 번쯤 참말을 하고 싶다" 「참깨밭에 가면」)을 표현하면서도 모든 것을 말하지는 않겠다는 시인으로서의 자존심, 그리고 양가적 망설임("비밀이 그득했네 아직까지/ 아무에게도 그 말 못한 거 내 죄/ 너무 가벼워질까 봐/ 용서할까 봐 용서받고/ 다시는 팬티 주름 속에 부적 같은/ 붉은 일원짜리 죄 감추지 못할까 봐/ 못할까 봐" 「도벽」) 또한 드러내고 있다. 나는 이러한 시인의 모순된 욕망의 불꽃과 함께 '상처'와 '치유', 그 시적 긴장의 '절정'을 제3부 부근에서 강하게 느끼고 있었던 것이다. 이미 제2부의 끝 작품인 「절정을 복사하다」에서 시인은 '절정을 복사'해 "가장 숨막히는 시간 속에/ 걸어두고 싶"다는 희망을 내비치고 있었고, 4부의 첫 시 「법문을 쏘다」에서의 웃음은 그 시적 절정에서 비로소 터져 나오는 것으로 이해되었기 때문이다.

'절정'에서 터지는 웃음. 마치 폭죽놀이같이 그것은 절정에서 터져 나오는 언어의 축제장이 되기도 하였다. 이화은의 시들은 조선시대 여인들의 '언문편지'와 같은 사설로 풀리기도 하고("어머니의 언문 편지처럼/ 띄어쓰기도 없이" 「속독」), 설화적 모티프에 담겨지기도 하고("구천

번을 개울물에 빨아 헹군/ 그렇게 환한 어둠은 첨 보았지요"「구천동에서 만나다」), 길거리 여인이나 남정네들의 걸쭉한 패설("내가 일용할 욕들"「욕 ―민묘 발굴 현장에서」)로 쏟아지기도 한다. 그러던 것이 어느 사이 수행자의 모습으로 화하여("그 처음의 처음 말씀의 그늘로 들어가/ 보리수 잎을 따는 싱싱한 한 아이를 만나네"「도착하지 않은 보리수 이파리」) '법문'과 같은 연꽃을 피워내기도 하니(「법문을 쏘다」), 독자들은 이 시집에서 여러 말법이 섞여들어 숙성된, 특유의 맛을 볼 수 있을 것이다. 하지만 그런 말법을 갖기까지 걸어왔을 시인의 시적 행로는 또한 얼마나 신산했던 것일까("저 낮은 염불의 음계까지 내려오기/ 목청의 비탈이 몹시 가팔랐으리라"「법계사를 내려오다」).

2.

시어나 시행에 대한 시인의 감각은 예민하고 의식적인 것이어서 '雪잠'(「산중일기」), '낮달'(「물 끝, 마음 끝에서」), '가을귀'(「소리의 그늘 속으로」), '바람경'(「밥값」), '삼이웃'(「딱따구리와 오동나무」), "알별 서너 밀에 진솔 어둠 몇 필"(「구천동에서 만나다」) 등등 잊혀진 우리말을 살려 쓰거나 새롭게 만들어내기도 한다. 시「시집 속의 시집」을 예로 들어보자면, "발자국이 살금!하다"에서처럼 의태어 '살금살금'을 새로운 형태로 재창조하고 있기도 하고, "보일 듯 말 듯/ 시의 행간 어딘가에 잠들어 있을"이라는 표현에서 예견할 수 있듯이 시인은 시어 하나, 시행 사이사이에서 "시의 솔기 어딘가에/ 제 마음 겹쳤던 흔적"을 읽어내기도 한다.

위와 같은 시인의 시적 감각 중에서도 필자의 눈길을 끌었던 것은 흔히 '시행걸침' 등으로 번역되기도 하는 '앙장브망(enjambement)'

기법이다. 이화은 시인의 작품에서 이러한 시행 배열법은 단지 한 작품의 수사적 차원에 머물러 있지 않고 시의 주제와 긴밀한 관련을 맺고 있었고, 작품 배열에 있어서도 그와 같은 '걸침' 현상은 지속되고 있었기 때문이다(2부 끝 작품은 3부에 연결되고 3부의 마지막 작품은 4부의 작품 경향과 통한다).

디히터 람핑에 따르면 '시행분절'은 '시'를 '시'이게 하는 형식적 특성 중의 하나이다. '시행걸침'(앙장브망)은 그러한 시행 구분으로 인해 강제로 단절된 통사적 연관이 여전히 그 의미론적 그림자를 던지고 있는 데서 발생하는 '겹침' 현상으로 이해해 볼 수 있다. 즉 앙장브망에 의해 통사론적·의미론적 중의성이 발생한다. 시인은 이러한 시행걸침을 통해 일상언어에 다양한 변화와 파격(분리와 연결, 차이와 겹침)을 주고 여기에서 새롭고 창조적인 시적 의미를 꽃피워 올리고자 한다. 필자에게 이러한 기법은 이화은 시인의 가족사와 개인적 상처, 그리고 '상처와 놀기'로 표현될 수 있는 해학과 '꽃 피움'으로 형상화된 성장과 존재론적 전환, 그리고 남녀 성관계의 묘사 등 시의 다양한 면모를 일관할 수 있는 해석적 틀로 이해되기도 했다.

> 그때 배운 주법으로
> 맨 정신으론 오르지 못할 고개
> 술힘으로 넘어왔던가 가끔은
> 발에 물 한 방울 묻히지 않고
> 깊은 강 취한 척 얕게도 건넜던가 얕은 강
> 너무 깊어 허우적였던가
>
> —「주법」 부분

위의 인용 부분에서 '가끔은'은 앞뒤의 시행들에 연결되어 있어 시인은 '가끔은…오르지 못할 고개/ 술힘으로 넘'기도 하고 '가끔은…깊은 강 취한 척 얕게도 건'너기도 했으며, '얕은 강/ 너무 깊어 허우적'이기도 한다. 넘고 건너고 허우적이고 하는 일이 모두 '가끔은' ∽ '술힘으로' 이루어진다. 이런 시적 의미의 겹침은 모두 '가끔은'이 이루어내는 '앙장브망' 효과와 관련되며, '술힘'은 그것을 내용적으로 뒷받침하고 있다. 취기에 의해 그 모든 삶의 행로가 겹쳐져, 시인의 아버지의 삶과도 겹쳐져, 결국 마지막 연에 연결된다. "아버지 팽개친 막걸리 자죽/ 청천 하늘에 흰 구름 몇 점/ 엎질러졌네" 시인은 하늘의 흰구름을 아버지가 팽개쳐 엎질러진 막걸리 자죽으로 묘사하고 있지만 필자의 눈에 그것은 '가끔은' '술힘으로' 이루어진 '내' 삶과 '아버지'의 삶, 그리고 막걸리 자죽과 흰구름, 그 모두가 겹쳐진 것이며 나아가 그 의미론적 여백(인생의 艱難辛苦 喜怒哀樂, 그리고…) 또한 함축하고 있다.

> 미륵이 된 후 스스로 제 몸을
> 용서할 수 없었을까 저렇게
> 반만 살아남아서라도 기다려야 할
> 그 무엇이 이생에 있긴 있는 것일까
> 버들꽃으로 날아오르는 햇살 아래
> 미륵의 그늘을 읽어버린 나는 천 년 전
> 저 미륵의 상처였을까
>
> —「천 년 후에 묻는다」 부분

이 작품의 '저렇게' 또한 시행걸침의 효과, 즉 이중적 의미구조를 이루어낸다. 절터만 남은 마당귀에 우두커니 서 있는 미륵상, '하반신을 땅에 묻은' 미륵을 보며 시인은 '저렇게… 스스로 제 몸을/ 용서할 수 없었을까'라고 묻힌 부분을 응시하면서, 또한 '저렇게/ 반만 살아남아서라도 기다려야 할/ 그 무엇'을 상념하기도 한다. 하지만 '저렇게'의 '걸침' 효과는 여기에 그치지 않고, '버들꽃으로 날아오르는 햇살'(이 부분의 묘사는 그 자체로도 눈부시지만 의미론적 겹침에 의해 더욱 더 그러하다)을 가리키기도 하며, 또한 '천 년 전/ 저 미륵의 상처'와도 같은, '미륵의 그늘을 읽어버린 나'와 겹쳐지기도 한다. 시인이 겹쳐 표현하고자 한 '햇살과 그늘(상처)', 기다림과 자학의 의미론적 관련은 과연 무엇인가?

3.

필자는 위에서 이화은 시인이 자주 사용하고 있는 '겹침'의 수사에 주목했다. 그러한 현상은 어떠한 의미론적 맥락으로 읽힐 수 있는 것일까? 이 시집의 1, 2부는 내게 처음에는 곤혹스럽게 읽히고 혼란을 주었지만 또한 그에 걸맞게 읽은 후의 어떤 해방감마저 맛보게 하는, 낯선 것이었다. 3, 4부와 같이 비교적 건전한(?) 내용에 비한다면 그 둘 사이는 단절감마저 들게 하는 것인데, 돌아보면 그것은 내 '안'과 '밖'의 거리만한 것이어서, 그렇지만 또한 한 區域이기도 한 것은 아니었는지 새삼 깨닫게 된다. 진흙 속에 핀 연꽃처럼 1, 2부와 3, 4부는 함께 살펴야 할 것들이다.

필자는 우선 '성적 억압과 해방', 그리고 '상처와 놀기'로 표현할 수 있는 작품들과의 관련에 주목해 보았다. 억압을 해방으로 바꾸기 위해서는, 그리고 상처의 치유를 위해서는 우선 그걸 감싸 다독이고

(겹치고 지우고) 또한 그 여백에 놀이의 공간을 마련해야 한다는 점에서 그들은 의미론적으로 연결되어 있을 것으로 짐작되었던 것이다.

―「저 여자」 전문

위의 시에서 마지막 3행은 앙장브망의 특수한 형태로 주목할 만하다. 다시 말해 마지막의 세 행은 꼬리에 꼬리를 물고 이어지는 의미론적 장을 형성하고 있다. 마치 돌림 노래처럼 '여자'를 수식하는 "반쪽의 그늘만 살아 있는/ 여자", "다 지워지고/ 오롯이 얼룩만 남은 저…여자", "그늘만 살아 있는…여자…얼룩만 남은 저…여자" 이러한 앙장브망의 특수한 형태는 앞 행들에서의 '지우는 여자', '문지르는 여자', '캄캄해지는 여자' 등의 시구의 반복과 더불어 의미론적 중첩을 이루고 이러한 '자죽'과 '지움'의 반복에 의해 결국에는 흐릿한 '얼룩'만 남게 된다. 그러한 '지움'의 행위와 '얼룩'은 무엇을 의미하는가. 혹시 시인이 "끝까지 다 말해버리지 말자"던 것과 관련되는 것은 아닐까?

　　　예술의 전당에서 이만 원 주고
　　　클림트의 입맞춤 복사본을 사 왔다
　　　트윈 침대만한 북쪽 한 벽에
　　　햇솜 같은 할로겐 불빛을 짙게 깔고
　　　그들을 눕혔다 이건 아니다
　　　너무 진부했다
　　　매양 여자가 아래에 깔리는 체위
　　　뒤집어 여자를 위로 올렸다
　　　마침 티브이에서 못생긴 여자가
　　　여성 상위에 대해 침을 튀기고 있다
　　　못생길수록 위로 올라가고 싶어한다고
　　　이 시각부터 그렇게들 생각한다면
　　　고즈넉이 남자의 입술을 먹고 있는
　　　이 여자는 너무 아름답다
　　　다시 일으켜 세웠다
　　　불빛이 주르르 발 아래로 흘러내린다
　　　나는 체위에 관해서는
　　　그들에게 맡기기로 했다
　　　이 입맞춤이 끝나고 그들은 눕던가
　　　헤어져 돌아가던가 할 것이다
　　　한국 영화처럼
　　　끝까지 다 말해버리지 말자 하지만
　　　이 숨막히는 정적
　　　한순간만은 다시 복사해
　　　내 가장 숨막히는 시간 속에
　　　걸어두고 싶다

―「절정을 복사하다」 전문

클림트의 「키스」. 화려한 색채 속에 남녀의 황홀한 입맞춤을 담아 낸 그 그림의 복사본을 사온 시인은 그것을 눕히기도 하고 "이건 아니다"며 "뒤집어 여자를 위로 올"리기도 한다. 그때 "마침 티브이에서 못생긴 여자가/ 여성 상위에 대해 침을 튀기고 있"었고, 그림 속의 여자는 "고즈넉이 남자의 입술을 먹고 있"다. 시인은 "체위에 관해서는/ 그들에게 맡기기로" 하고 그림을 다시 일으켜 세운다. "입맞춤이 끝나고 그들은 눕던가/ 헤어져 돌아가던가 할 것이다" 하지만 상당히 에로틱한 이러한 '놀이'를 하며 시인은 "숨막히는 정적"에 직면한다. 그것은 그림의 화려한 꽃장식들이 형체를 잃고 채색의 윤무를 발하고 있는 순간이기도 한데 그 '정적', 그 절정의 순간은 경계가 무화되는 혼돈의 순간이기도 하여 어지럼증을 일으키기도 할 만한 것이며("성형할 수 없는 시공이 있다 몸, 블랙홀……악!" 「몸, 블랙홀」), 어떤 독자들에게는 이러한 과감하면서도 실험적인 시들은 긴장과 함께 성적인 억압을 해방시키는('꽃 피우는') 기능을 하게도 된다. 그러한 "숨막히는 정적/ 한순간"을 복사하여 시인은 자신의 "가장 숨막히는 시간 속에/ 걸어두고 싶다"라고 말한다.

그러한 '정적', 절정의 순간이 혼돈이자 재생과 해방의 의미를 가질 수 있다는 것은 다음의 두 편의 작품에서도 감지할 수 있는 바이다. 시 「웅얼웅얼 봄, 눈이 온다」에서의 '백지'는 "사랑의 후미에 늘 따라다니던/ 사해무인의 공간"이고 그 "백지를 건너가며 우리도 오래 무거웠었"던 시련의 시기였던 것이며, 그러면서도 시인은 시 「일어나라 남자여」에서 "의자 속으로 들어가 마침내 의자의 내면이 돼버린/ 남자"를 "쑥 뽑아/ 강원도 태백 그 어디쯤/ 감자밭의 검은 자궁에 옮겨 심"어 "꽃 한 송이 피워 물고 부끄러운 듯/ (…중략…) /

다산의 신처럼 주렁주렁/ 흙의 달콤한 맛을 처첩으로 거느리고" 다시 태어나게 하기도 한다. 그 정적 속의 변화의 기미를 감측하기 위해서는 다음과 같은 선적 순간의 꽃피어남에 주목할 필요도 있겠다. "시집 속의 시집 그 뜨거운 사슬을 빠져나오니/ 바깥은, 매미 소리 시퍼렇게 우거지고/ 여름 한 귀퉁이에/ 산나리 막 깨어나는 참이다" (「시집 속의 시집」).

필자는 시집 제목의 '절정'을 시인이 피워 올릴 새로운 꽃들이 개화하는 장으로 해석하고 싶었던 것인데, 이러한 '꽃피움'의 모티프는 이화은 시인의 작품에서 반복되고 있는 핵심적인 것이기도 하다. 예를 들어 보자면 다음과 같다.

> 예쁜 방으로 가자고 했다
> 나는 꽃이 아닌데
> 그는 자꾸 내 몸에서
> 꽃잎을 피우겠다고 했다
>
> —「꽃」 부분

> 어쩌다 꽃 피는 나무 있어도
> 꽃 피는 일 무예 그리 크게 부끄러운지
> 스스로 생목숨 끊어버린다 하니
>
> —「죽림」 부분

> 죄 아니다 저절로 꽃 피는 일
> 여기서도 죄 아니다
>
> —「내 사랑 목백일홍」 부분

윤사월 밤 찢어지게 꽃피워 대는
개오동나무
배꼽 밑에 뚫린 구멍의 힘
캄캄한

―「딱따구리와 오동나무」 부분

마실 왔다 주저앉아 화들짝 피어버린
콩 꽃들이
에그머니 실눈 뜨고 피고 피는 오후

―「고추 말리기」 부분

또한 '꽃'의 이미지가 드러난 시들 또한 단순한 소재 차원에 머물지 않고 있어서 시인에게 그 의미하는 바가 작지 않음을 짐작케 한다. 피고 지는 그 생멸의 운행과 꽃술을 중심으로 한 꽃잎의 형상, 그리고 그 다양한 색채와 숨겨진 사연들이 시적 상징물로 '꽃'을 선택케 하는 것이겠지만 이화은 시인의 비유에서 그것은 더욱 더 생기를 띠고 있으며 일종의 화두로 사용되고 있다.

"이 산 속엔 저 혼자 눈이 내리고/ 외롭게 걸어간 길/ 화선지에 핀 붓꽃만 같습니다"(「아름다운 도반」)에서는 눈 내린 길에 찍힌 발자국을 '화선지에 핀 붓꽃'같다고 표현하여 '존재와 그 여백의 조화'를 차분한 비유로 형상화하고 있고, "필 듯 말 듯/ 양달개비꽃이/ 꽃다운 소녀의 그것 같아/ 꼭 그 중심 같아/ 중심에서 나는 얼마나 멀리 흘러와 있는가"(「쓸쓸한 중심」)라는 표현에서 볼 수 있는 삶의 쓸쓸함과, 그러나 그 '변두리' 또한 "버들꽃으로 날아오르는 햇살"(「천 년 후에 묻는다」)을 감촉할 수 있는 또 다른 '중심'이기도 하다는 깨달음

등등이 모두 '꽃'의 형상을 중심으로 표현되어 있다. "육신 하나 바닥에 눕히고 보니/ 아, 비로소 눈앞에 환히 열리는 하늘세상/ 날짐승 날아가다 똥 갈기는/ 그 똥 먹고 불두화 작약 모란 다 피어나는/ 세상 이치 꽃같이 보인다"(「운주사 와불」)에서 보이듯, 이화은 시인에게 '꽃'은 그것을 통해 '세상 이치'까지 볼 수 있는 형상물이자 통로인 셈이다.

이화은의 '꽃' 중에서도 이번 시집에 반복 등장하는 '연꽃'의 형상은 주목할 만하다. "양수리 모텔 진흙 밭에서/ 연꽃들이/ 밤마다 울었습니다"로 시작되는 「꽃밭」은 "새로 핀 음순 같은 연잎들"이나 "아랫도리에 거대한 뻘밭을 매달고/ 연꽃 한 채/ 오늘도 성업중입니다"에서 보듯 '연꽃'이 가진 관습적 상징을 성적 이미지들에 노골적으로 결합시켜 낯설게 표현하고 있기 때문에 독자를 당혹케 한다.

> 진흙판에서 살아남으려면
> 신발에 묻은 흙을 털어서는
> 안 된다 스스로
> 진흙 속으로 들어가
> 한세상 흙탕에 뒹굴어야 한다
> 쫙쫙 제몸을 찢어발겨
> 꽃피어야 한다
> 그놈의 씨를 받아 펑펑
> 그놈의 새끼를 낳아야 한다
> 그리고 거기 뼈를 묻고
> 죽어버리는 것이다
>
> 오 시여
>
> —「연꽃에 대한 한 관념」 전문

우리의 일상은 어쩌면 진흙 속의 몸짓처럼 무엇엔가 얽매여 있어 그것에서 벗어나려 발버둥치고 또 때로는 그 속에 안주하는 것인지도 모른다. 하지만 '진흙판에서 살아남'는 법을 관념하는 시인에게 있어서 이 '진흙'을 대하는 전략은 좀 특이한데, 그것은 바로 '흙탕에 뒹굴'며 '꽃피워내는' 것이다. 마치 구렁이에게 잡아 먹혀 그 속에 무수한 알을 낳아 자신의 새끼들로 하여금 그걸 뚫고 태어나게 하는 '두꺼비 설화'에서의 전략과 같다. 이러한 생존법은 '연꽃'의 것이자 시인의 '삶'이며, 또한 '시'의 것이기도 하다. 그래서 시인은 "뜨거운 하루하루를 꿀꺽 삼킬 뿐"(<자서>)이라고 말했던 것이리라. 언제나 무로 화하려는 실존 상황 앞에서 긴장한, 하지만 꽃을 피우기 직전의 각성의 순간이 또한 그들을 한 데 묶고 있다. '진흙 속에 핀 연꽃', 성과 속의 합일…"밤마다 톡톡/ 마개를 따줘야 비로소/ 부글부글 넘쳐 오르는 서울/ 한 잔의 서울"(「어떤 상경기」)에서는 "아무도/ 꽃의 뿌리에 대해 묻지 않았"(「꽃밭」)지만, 그 관습적 상징성을 새롭게 일깨우기 위해 시인의 어법은 격해져서 '흙탕에 뒹굴고', '제 몸을 쫙쫙 찢어발기고', '그놈의 씨를 받아 펑펑/ 그놈의 새끼를 낳고', '거기에 뼈를 묻고/ 죽어버린다' 이러한 격렬한 행위는 "하늘 높이 날아 올라 차례로 몸을 던져 연못이 어는 걸 막았다는" 겨울 철새들(「겨울 경전」)의 투신 행위와 상통하는 것이다. 진흙 속의 연꽃처럼 모순된 두 세계를 역설적으로 겹쳐 읽고자 하는 시인의 개성적 어법 속에서, 즉 시와 시인, 그리고 연꽃의 형상 또한 성·속의 역설적 결합과 겹쳐지고 어우러지는 존재론적 윤무 속에서 '꽃피움'의 긴장된 순간, '절정'이 포착된다.

위에서 보았듯이 이화은의 시에서의 '겹침'은 이분법적 틀을 파쇄시키는 기능을 하기도 한다. 관습적으로 통용되고 있는 그러한 틀이 감추고 있던 억압적 구조는 이제 '겹침'에 의해 낯선 모습으로 드러나게 되고 독자들은 그 이중적 의미체계를 동시에 의식하게 된다. "넥타이/ 그 길고 단정하게 여민 상징에/ 나는 오래 묶여 있었다"던 시인이 "상징에서도 썩는 냄새가 코를 찌른다"라고 말할 수 있었던 것은 "넥타이만 맨 머리 없는 몸뚱이가/ 클로즈업 되는 거리"를 보면서이다(「시집을 덮는다」. 밑줄은 필자의 것). 그렇게 확고한 듯하던 구분선들은 이제 겹쳐 뭉개지고('웃음'은 그러한 경계 파열의 몸짓이자 소리일 것이다) 새로운 개화의 장이 마련된다.

4.

시인의 상처가 무엇인지 잘 알지 못하지만 우리는 겹치고, 지우고(비우고), 새롭게 피워내는 시적 기법과 형상을 통해 그와 대결하는 시인의 고투의 일면을 지금껏 살펴온 셈이다. 그러한 시적 치유의 상상력에서 '웃음'과 '놀이'는 또 다른 적극적 기능을 담당할 수 있을 것인데 시집 제4부에 실린 작품들에는 이와 같은 면모가 주를 이루고 있다. 그런데 여기에서도 3부의 끝 작품은 그 연결고리처럼 시적 웃음을 미리 내비쳐 주고 있다. '화투'를 글자 풀이하여 "열두 달 피는 꽃 다 불러 모아/ 꽃싸움시켰"(「꽃 없는 밤에」)다고 표현하는 것은 시인의 기지(wit)에 속하지만 그것은 "꽃 없는 밤"에 "아픈 달 모진 달 눈물 나는 달" "복장 터지는 열두 달"을 다루는 시인의 전략의 하나로 주목된다. 상처의 치유에서 나아가 상처와 더불어 놀면서 시인의 언어적 감각과 재치는 더욱 빛난다. 제4부의 첫 작품 「법문을 쏘다」는 지금껏 살폈던, '앙장브망', '꽃피움' 등과 더불어 '웃음'

의 면모를 함께 잘 보여주고 있다.

>
스님과 자장면 먹으러 가네
면발처럼 어둡고 질긴 길을 구불구불 가네
중도 가끔 별식을 하고 싶다고
겉으로 그렇게 말은 하지만
한 이레 절밥에 진력 난 내 속내를
염주알처럼 꿰뚫고 계시네
배운 대로 스님은
자장면 곱배기를 만나
자장면 곱배기를 쳐 죽이네
마주 앉은 자리가 민구하여 나는
단무지와 양파에 두 번이나 식초를 뿌리네
초를 치네
스멀스멀
이빨 사이에서 시큼한 시간이 흘러내리네
보통 한 그릇을 앞에 놓고
떡을 치는 내 꼴을
몇 겹의 세월 저켠에서 건너다보시는
스님 입가에
연꽃 피네 자장면 자죽이
쓱! 크리넥스 한 장에
연꽃 지네

—「법문을 쏘다」 전문

‘스님과 짜장면’이라는 어찌보면 어울리지 않을 대상들의 어긋남에서 그 웃음은 이미 예비되어 있는 것이겠지만(웃음에 대한 ‘불일치이론’—“두 사유체계의 중복은 익살스러운 효과를 낼 수 있는 무궁무진한 원천이다” 베르그송, 『웃음』. 하지만 이렇게 생각하는 것 또한 어찌보면 선입견일 수 있을 터인데, '습관이 영혼에 부과하게 되는 자동주의 또한 우스꽝스럽다는 점'에서 그러하다), 그것을 그려내는 시인의 어법은 그에 썩 잘 어울려 있다. 술술 이어져 흐르면서도 걸쭉한 어투와 기지로 탄력을 주는 시인의 말법은 관습적인 언어사용으로부터, 긴장된 정신적 규범들로부터의 자유로움을 맛보게도 해준다('해방이론'). 여기에서 우리는 앞서 지적했던 '앙장브망'의 기능, 즉 의미론적 겹침 현상이 지속적으로 파동을 일으켜 이어지고 있음을 확인한다. "배운대로 스님은/ 자장면 곱배기를 만나/ 자장면 곱배기를 쳐 죽이네"와 같이 불교적 레토릭이 짜장면에 겹치고, "단무지와 양파에 두 번이나 식초를 뿌리네/ 초를 치네"라는 언어유희(pun), 그리고 "스님 입가에/ 연꽃 피네 자장면 자죽이/ 쓱! 크리넥스 한 장에/ 연꽃 지네"와 같은 기지(wit)는 시집 3부까지의 무거움을 덜어내는 방식이자(4부의 제목은 '공수거의 손바닥'이다), 상처를 치유하는 한 방식으로 운용되고 있는 것이 아닐까("종일 데리고 놀다 함께 잠드는 헌디에/ 침 발라 달래가며 건너가는 이 여름/ 밤" 「상처와 놀다」).

　　용덕사 스님들이 놓아 키우는 수고양이 한 마리가 아랫마을 수녀원에 숨어들어 수녀원 암고양이들의 밥그릇을 빼앗는가 하면 수녀원 규칙상 도저히 묵과할 수 없는 행위를 공공연히 저지른다 하여 원장 수녀님 용덕사 주지 스님께 엄히 항의하였던 바

　　우리 고양이도 절집밥 3년에 웬만한 염불 한 가닥 아뢸 줄 아는 법도 있는 짐승인데 그쪽 암컷이 무슨 힌트를 주지 않았으면 그럴 리 없는 일이라고……수고양이 행위가 크게 싫지만은 않으신 듯 슬쩍 편을 들었다는데

　　짐승들 일에 사람도 아닌 도인들이 설왕설래하는 동안 절집 배롱
나무는 고양이 혓바닥만한 새 잎을 틔워내고 발가락까지 지 애비 꼭
빼다 닮은 아기 고양이 한 마리 선물로 안고 어린 수녀님 용덕사 올
라가시는 길목에 솜털 복실한 처녀 목련도 멍울멍울 수줍게 부풀었
다지 아마

―「어떤 힌트」 전문

　　시집 마지막 작품인 「어떤 힌트」는 독자들에게 화두처럼 던져져
있다. "수녀원 규칙상 도저히 묵과할 수 없는 행위"를 저지른 수고
양이와 어떤 '힌트'를 주었을지도 모를 암고양이에 대한 '道人'들의
'설왕설래'를 뒤로하고, 아기 고양이를 안고 절로 오르는 어린 수녀
의 산행길은 염화미소와 같은 화두의 중심을 이루며 새잎나고 꽃피
는 자연의 이치는 그 길에 조응하고 있다. 새 잎, 아기 고양이, 어린
수녀님, 처녀 목련 등 태어나고 피어나 꽃봉오리를 맺는 다양한 형
상들이 중첩되면서 "죄 없이 한 세상 꽃 피다 지는 일"(「내 사랑 목백
일홍」)의 의미를 묻게 하는 것인데 그것은 혹, 부모의 죽을 병을 고
칠, 죽은 자를 살리는 '바리데기'의 '꽃'은 아닐는지…시집의 마지막
시어인 '아마'가 남겨준 여운은 그 화두와 같은 형상의 의미를 되묻
게 하고 겹쳐 읽게 하면서 독자들의 굳어진 관념을 흔들어대고 있
다. 그 여운의 끝자락을 가늠하는 사이 "글 한 자 못 쓰고 내려가는
길/ 노점 좌판 위에서/ 조껍데기 익은 술내가 헤롱거린다"(「숙성」).

_『유심』 2004 겨울호

그리움과 비움, 그 境界의 언어

박시교론

1.

어느덧 봄이 왔다. 집 근처 양지바른 쪽의 동백은 이미 핏빛 그리움을 몇 송이씩 피워 올렸고 산수유는 며칠 사이에 깜짝 노란색으로 물들었다. 소쇄원의 매화도 진한 향기를 뿜어 행인의 발길을 멈추게 하고 있었다. 이제 조금 더 있으면 벚꽃 분분히 날리는 애잔한 눈부심에 눈 가늘어지고, 아카시아 향기에 취한 봄밤의 뻐꾸기 소리에 몸을 뒤척이게도 될 터이다.

박시교 시인은 '그리움'의 시인이다. 이번 시집 『독작』에 수록된 대부분의 시편이 사랑의 상처, 슬픔, 고통, 외로움, 기다림 등의 애조를 띠고 있다는 점에서 그렇게 말해 볼 수 있는 것이다. 하지만 필자에게는 그러한 슬픔과 분노가 내장하고 있는 情熱이 시인으로

하여금 '죽음'을 껴안고 구도의 길을 나서게 하는 힘으로 나타난다
는 점에 보다 진정한 시적 의미가 놓여 있는 것으로 보였다. 다음
시편은 그러한 경지의 하나를 잘 보여주고 있다.

공초空超 묘 옆에서 아내와 쑥을 캔다

햇살이 미풍에 흔들리는 사월 한낮

산벚꽃 하르르 하르르 지는 소리 들으며

저렇듯 옆에서는 한 세월이 무너지는데

둘만의 향기로운 저녁 식탁을 위해

우리는 아무 말 없이 봄을 캐 담는다

—「쑥을 캐며」 전문

시집 『獨酌』의 시편들 중 내 마음에 오래도록 남았던 작품의 하
나가 바로 위의 시 「쑥을 캐며」이다. 시집의 뒷 부분 은밀한 곳(총
50편 중 42번째 수록)에 놓여 있는 이 작품이 유독 기억에 남았던 이유
는 무엇일까? 따스한 평화로움의 느낌… 그리고 그 뒷면에 놓인 삶
과 죽음의 連脈, 그 존재론적 통찰을 가능케 하는 힘 때문이 아니었
을까? 삶과 죽음이 별개가 아닌 하나의 전체라는 사실을 깨닫는 것
자체가 시인의 삶을 구원하고 있는 모습을 이 작품이 그려 보인 때
문이 아니었을까?
  쑥내음, 따스한 햇살, 그리고 봄바람, 그러한 양지바른 묘 옆에서

쑥을 캐고 있는 시인 부부. 이 모든 情景을 시인은 "햇살이 미풍에 흔들리는 사월 한낮", "산벚꽃 하르르 하르르 지는 소리 들으며" "空超 묘 옆에서 아내와 쑥을 캔다"라고 표현한다. 여기에서 우리는 우선, 시인이 그의 아내와 함께 쑥을 캐고 있는 곳, 그 '장소'에 주목해 보기로 하자.

우리는 누구나 시간과 공간의 좌표 위에서 삶을 엮어가고 있지만 문득 어떤 곳에 멈춰서게 되는 순간이 있다. 강렬한 존재감에 한걸음도 떼기 싫은, 자신의 모순과 분열의 흔적들마저 모두 일순간 초월케 하는 그러한 때와 장소도 있을 것인데, 시인에게 '따스한 햇살의 묏등'은 그러한 시공이 會通하는 場所가 아니었을까?

위의 짐작을 뒷받침하듯이, 시 「쑥을 캐며」에서는 자연과 인간의 어울림이 여러 감각들의 교류를 통해 하나의 照應적 空間 속에서 형상화되어 있다. 그것은 인간과 자연, 일상[俗]과 성스러움[聖]이 통하는 하나의 제의이자 축제, 감각의 향연場이기도 하다.

"햇살이 미풍에 흔들리는 사월 한낮"에서는 시각과 촉각의 조화가 잘 표현되어 있는데, 눈부신 햇살과 그 아래 존재들의 조용한 움직임이 '봄날 아지랑이'에 안긴 듯("산다는 것 모두가 이 봄날 아지랑이 같아" 「봄에게」) 흔들리고 있고(視覺), 사월 한낮 따사로운 봄햇살과 미풍의 신선함(觸覺)이 그것이다. 여기에서는 그러한 작은 흔들림과 촉감 속에, 들고 나는 呼吸, 자연과 시인의 고요한 숨소리가 느껴지기도 한다. 그러한 호흡의 조화에서 차가움과 뜨거움은 다스려지고 평화로운 숨결이 시편 전체를 감싸게 되는 것이다.

바로 이어지는 시구 "산벚꽃 하르르 하르르 지는 소리 들으며"의 환몽적 시·청각, '쑥내음'의 은근히 강렬한 후각적 이미지, 2연의

"둘만의 향기로운 저녁 식탁"이 豫表하는 후각과 미각의 만남 등, "작품의 제요소가 사건적인 서로 관계지움으로 인해 거기에 바이브 레이션이 일어나고 시공간이 열려 장소가 된다. 곧 장소란 터트려짐 의 공간이며 사물이 그러한 현상학적인 펼침에 의해 무한성을 띠는 영역인 것이다."(이우환, 『여백의 예술』, p.266).

한편, 이미 자연과 더불어 호흡하고 있는 시인에게 '꽃잎이 지는 것'은 '한 세월이 무너지는 것'일 뿐만 아니라 자신의 삶의 형상이기 도 하다. 그러기에 이어지는 행에서 시인이 "둘만의 향기로운 식탁 을 위해", 즉 삶의 행복한 영위를 위해 "아무 말 없이" "봄을 캐 담 는다"고 했을 때, 그가 말한 '행복'이란, 죽음과 이웃한 겸허한 삶의 영위요 행복인 것이며, '쑥내음'과 같은 것이다. 그것은 이승의 것도 아니고 저승의 것도 아닌 그 경계 어디쯤, 나와 너의 만남에서 발하 는 향기이다. 이 작품에서 "아무 말 없이"라는 구절은 이러한 존재 의 안과 밖, 인생의 밝음과 어둠을 모두 감수하고 소통케 하는 '장지 문'과 같은 기능을 하며, 부드럽고 고요한 시공간에 參禮하고 그것을 자신의 糧食으로 향유하는 시인의 삶의 자세를 잘 보여주고 있다.

2.

시 「쑥을 캐며」의 평화로움과 따스함은 그러나, 기적처럼, 아리아 드네의 실처럼 시인이 놓치 않으려는 마지막 희망과 같은 것일지도 모른다. 『독작』에 수록된 대부분의 시편들은 시인의 절규, 자학과도 같은 그리움과 기다림의 情念으로 긴장되어 있기 때문이다. 박시교 시인의 시적 지향성을 좀더 깊이 이해하기 위해서는 이러한 외로움 과 상처의 시편들을 검토하지 않으면 안 된다.

상처 없는 영혼이

세상 어디 있으랴

사람이

그리운 날

아, 미치게

그리운 날

네 생각

더 짙어지라고

혼자서

술 마신다

―「독작」 전문

시인이 시집 제목으로 '獨酌'을 내세운 것, "친구여, 되도록이면 나와 멀리 하시라"(「악마의 말」)라고 한 말 등에서 우리는 그의 쓰디쓴 외로움과 그에 결부된 위악적인 면모를 발견한다. 왜 시인은 이러한 방식으로 발언하는 것인가?

사람이 "미치게 그리운" 것이나 "독작"은 쓰라리다. 시인은 실상 강렬한 그리움에 떨며 술잔을 기울이는 것인데, 그가 '그리운 이'를 만나볼 수 있는 것도 어쩌면 그 시간 속에서이다. "네 생각/ 더 짙어

지라고/ 혼자서/ 술 마신다". 독작의 쓰라림, 고독의 아픔은 그리움
을 더욱 짙게 한다. 시인의 '상처'는 그리운 사람과 관계되며, 그 상
처를 도지게 하는 일은 고통스럽지만 그것은 또한 그리움의 환기이
기도 하다. 이 모순된 의미망 속에 시인의 시편들이 편재하고 있는
듯이 보인다.

①
하르르 하르르 무너져 내리는 꽃잎처럼

그 무게 견딜 수 없는 고통 참 아름다워라

─「이별 노래」 부분

②
이 봄 나는
더 야위고
생각의
허기도 진다

마음 빈
자리 있어도
그 누구도
들이지 않고

空腹에
쐬주를 들이붓는
아, 짜릿한
赤手空拳

─「春窮」 전문

위에 인용한 「이별 노래」와 「춘궁」은 시 「독작」의 의미를 이해하는 데 중요한 모티프를 보여주고 있다. ①의 시(「이별노래」)에서 "그 무게 견딜 수 없는 고통 참 아름다워라"라는 구절의 '고통의 아름다움'이라는 모순형용이 발산하는 아이러니는 "네 생각/ 더 짙어지라고/ 혼자서/ 술 마신다"(「독작」)는 것과 동곡이음인 것이며, ②의 작품(「춘궁」)에서 보이는 일그러진 웃음("아, 짜릿한/ 적수공권") 또한 상처를 대하는 시인의 위악적 태도를 다시금 보여준다. 즉, 여기에서의 '독작'은 "마음 빈/ 자리 있어도/ 그 누구도/ 들이지 않고// 공복에/ 쐬주를 들이붓는" 것으로 그려져 있다.

'술'은 시인에게 '생각의 허기'를 달래주고 '마음 빈/ 자리'를 대신 채워주기도 하지만 그 '짜릿함'은 다시금 더욱 자신의 몸을 상하게 하고("더 야위고"), 그 공복과 허기는 허허롭다("생각의 허기도 진다"). 그래서 '赤手空拳'이다. '술'은 시인의 모순적 상황에 부합되는 것이기는 하지만 그것을 근본적으로 해결해 주지는 못하며, 오히려 그 모순적 순환의 틀 속에 가둔다. '춘궁'의 허기와 공복을 넘기려는 시인의 몸부림은 그래서 '赤手空拳'이다. 꽃피는[春] 세상의 요란함 뒤의 굶주린[窮] 시인의 어두운 형상("공복에/ 쐬주를 들이붓는")이 이 시편 뒤에서 웃고 있다("아, 짜릿한").

3.

앞에서 살펴본 바대로 『독작』의 시적 화자는 자신의 외로움을 더 깊게 하고("마음 빈/ 자리 있어도/ 그 누구도/ 들이지 않고" 「춘궁」), 상처를 덧나게 하면서("그 무게 견딜 수 없는 고통 참 아름다워라" 「이별노래」) 그리운 이를 만나고 상처를 치유하려 한다. 하지만 그러한 자학적 방식이 본질적인 치유책이 될 수 없음은 분명하다. 그렇다면 시인은 또 어떠한 시도를 할 수 있는 것일까? 가슴에 깊이 묻은(內) 그리움을 봄풀로 피워내는(外) 방식은 그 중 주목할 만한 시적 변용으로 보인다.

시인은 "그리운 이름 하나 가슴에 묻고" 살며(「지상에서 가장 아름다운 이름」), 눈물을 자학 속에, 그리고 자학을 시행 속에 숨긴다("시의 행간마다 숨겼던 자학의 칼날// 그 속으로 흐르던 뜨거운 눈물이여" 「길」). "가슴에 묻은 깊이 모를 아픔"(「낙화1」)은 그러나 숨겨져 있지만은 않는데, 그것은 "그리움도/ 키가/ 크"기 때문이다(「겨울 철원에서」).

> 내가 봄산에 가서 꽃이 되고 숲 되자는 것은
>
> 수없이 무너졌던 너에 대한 그리움이
>
> 아직도 마음의 나무처럼 자라고 있기 때문
>
> 이만치 떨어져서 바라보기만 하자고
>
> 한때는 짐짓 거리를 두기도 하였지만
>
> 간절한 바람 그마저 허물 수는 없었기 때문
>
> 이제 이러면 되겠느냐, 내가 다시 꽃으로
>
> 잎으로 싱그러운 푸름으로 펼쳐 서면은,
>
> 그래서 내 몸이 봄산과 하나 되면 되겠느냐
>
> —「봄산에 가서」 전문

위의 시에서 시인은 "이제 이러면 되겠느냐, 내가 다시 꽃으로/ 잎으로 싱그러운 푸름으로 펼쳐 서면은,/ 그래서 내 몸이 봄산과 하나 되면 되겠느냐"라고 절규한다. 여기에서, "내가 봄산에 가서 꽃이 되고 숲 되자는 것", 즉 "봄산과 하나"된다는 것은 무슨 뜻인가, 그리고 이것이 왜 시인의 절규로 이해되는 것인가?

우선, 시 「봄산에 가서」의 '꽃'과 '나무'는 피고 지는 생멸의 운행을 시인의 눈앞에 보여주는 존재이며, 그 무너짐(죽음)에도 불구하고 언제나 다시 "꽃으로// 잎으로 싱그러운 푸름으로 펼쳐 서"는 존재이다. "수없이 무너졌던 너에 대한 그리움이// 아직도 마음의 나무처럼 자라고 있"다는 시인에게 '그리움'은 "지워도 돋는 풀꽃 아련한 향기 같은"(「지상에서 가장 아름다운 이름」) 것으로 이해되고 있기에 그는 이미 '봄산과 하나'인 듯도 하다.

하지만 자연과 시인의 이러한 소통은 수사적 기법("마음의 나무처럼", "풀꽃 아련한 향기 같은")을 통해, 그 비유 속에서만 이루어지고 있다. 즉, '나'의 결핍, 그리움과는 대조적으로 "싱그러운 푸름으로 펼쳐" 있는 자연의 생명은 '너'에 대한 '나'의 그리움을 더욱 아프게 환기하는 '거리'를 둔 것이며, 따라서 시인이 '봄산에 가서 꽃이 되고 숲' 되는 것, "그래서 내 몸이 봄산과 하나 되면 되겠느냐"라고 말할 때 그것은 안타까운 그러한 자연과의 '거리'를 반향하고 있는 절규로 들린다. "이제 이러면 되겠느냐…그래서 내 몸이 봄산과 하나 되면 되겠느냐"

따라서 이 작품의 울림은 이중적 '거리'의 겹침과 긴장 속에서 이루어지고 있다고 볼 수 있다. 허물고 허물어 보지만 끝내 허물 수 없었던 너에 대한 그리움과 '간절한 바람'이 환기하는 나와 너 사이

의 거리와 시인의 모순된 태도가 일으키는 긴장이 그 하나이고, '봄
산'과 하나되어 보려 하지만 결코 소멸되지 않는 나와 자연의 그 존
재론적 '거리'와 안타까움 등이 그것이다. 그러한 긴장된 울림의 겹
침이 이 시의 어조(tone)를 '절규'로 읽게 한 것이리라.

4.

시인은 자학적 고통 속에서 그리운 이를 떠올려 보기도 하고, 상상
적 합일을 통해 그 간극을 무화시켜 보고자 하지만, 그러한 만남은
언제나 '거리'에 대한 인식의 강렬함에 근거한 것이라는 점에서 비극
적인 것이다. 그렇다면 시인이 가야 할 길은 어디에 있는 것인가?

무엇이 그리움이고

무엇이 안타까움인가

그 경계 안팎으로

드센 눈발이 친다

이제는

놓아버려도 좋을

사랑이라는

끈 하나.

—「폭설」 전문

시인은 "무엇이 그리움이고/ 무엇이 안타까움인가/ 그 경계 안팎으로/ 드센 눈발이 친다"라고 말하고 있지만 사실 '그리움'과 '안타까움'은 '경계'를 나누기 어려운 인간적 '집착'에 다름 아니며, 나와 너, 시인과 자연 사이에 놓인 '거리'에서 유발된 결핍된 욕망의 다른 이름일 뿐이다. 따라서 시인이 '경계'란 말을 했을 때 필자에게 주목되었던 것은 그 다음 시행이었다. "그 경계 안팎으로/ 드센 눈발이 친다"

이 작품에서 '드센 눈발'이 의미하는 바는 무엇인가? "이제는/ 놓아버려도 좋을/ 사랑이라는/ 끈 하나", '그리움'과 '안타까움', 그 인간적 공간 위로 퍼붓는 '눈발'은 모든 집착을 벗어나라는 깨달음의 말이기에 다른 무엇도 아닌 '드센'으로 수식되었던 것이다.

하지만 시 「폭설」은 그 경계, 즉 인간적 집착의 현장과 그 벗어남의 시도가 이루어지는 그 경계에 위치하고 있는 것으로 해석해 보는 것이 좀더 인간적이며 시적인 진실에 부합될 듯하다. "공문(空門)의 안뜰에 있는 것도 아니고 그렇다고 바깥뜰에 있는 것도 아니어서, 수도도 정도에 들어선 것도 아니고 그렇다고 세상살이의 정도에 들어선 것도 아니어서, 중도 아니고 그렇다고 속중(俗衆)도 아니어서……"(박상륭, 『죽음의 한 연구』, p.9) 욕망과 무욕, 그리움과 깨달음의 그 '경계', 즉 애련의 정을 여전히 짐진 채 깨달음의 길을 가고자 하는, 경계에서 '드센 눈발'을 맞고 있는, 비로소 길 위에 서게 된 시인의 모습을 떠올려보는 것이다.

「독작」에서의 쓰라림과 「봄산에 가서」의 절규가 그리움과 안타까움, 인간적 집착과 욕망에 기원하는 것이라면, 「폭설」은 그 고통스런 삶의 현장에서 들려오는 깨달음을 향한 시인의 發願인 것이며, 「쑥을 캐며」는 시인이 이르고자 하는 세계의 일단을 그려보인 것이라고, 나는 박시교 시인의 이번 시집『독작』의 주요 시편들의 의미를 구조화해 본다. 하지만 이들 시편들 모두 그가 처한 "벼랑의 끝"(「암병동일지」)에서 일구어진 것이라는 점에서, 시편 하나 하나에는 죽음과 삶, 상처와 치유의 고통스러운 싸움의 흔적이 배어 있다는 점에서 다른 것이 아니다. ……이 봄, 슬픔 속에 있는 이들 모두 위로 慈悲의 '꽃비' 내리소서.

_『유심』 2005 여름호

열정 뒤에 숨겨진 우울, 우울 뒤에 숨겨진 힘
박후기 신작시론

　최근 젊은 시인들의 활동이 활발해지고 있는 느낌이다. 『작가세계』 2003년 여름호를 통해 등단한 박후기 시인의 정열적인 활동은 그 중에서도 인상적인 바가 있었다. 박 시인은 창작에서뿐만 아니라, 시낭송을 통한 새로운 예술적 표현의 가능성을 실험하고 사회활동에도 적극적으로 참여하고 있었던 것이다. 자신의 몸 하나 추스르기 힘들어 위축되거나 모두들 이기적이고 맹목적인 결단만을 추수하고 있는 지금 이 시대에 그러한 꿈과 의지, 힘과 열정이 있다는 것, 그것만으로도 그의 활동은 충분히 주목할 가치가 있는 것이 아닐까? 하는 생각이 들기도 했다.

　박후기 시인은 필자에게 최근 신작 6편(「검은 장화 속의 날들」(1~6)과 「탐구생활」 연작 5편)과 기존에 발표한 작품 중 5편을 함께 보내왔다. 필자의 글쓰기를 배려한 조처였으리라. 하지만 그에 관해 잘 모르고 있던 필자는(같은 세대의 시인들에게 큰 관심을 갖고 있지 못했다는 부끄러움과 부채의식, 그리고 그것은 스스로의 삶에 대한 방기이기도 했다는 점에서, 이번의 기회는 필자에게도 소중한 계기가 될 듯하다) 인터넷을 뒤적여 그의 또 다른 작품들도 함께 읽어보지 않으면 안 되었고 그에 관한 몇몇 기사와 정보도 수집해 보았다. 아래의 글에서는 짧게나마 박 시인의 '신작시편'을 분석·소개하는 데 중점을 두되, 필요한 경우 이미 발표된 그의 작품들도 참조해 보았다. 그를 움직이지 않으면 안 되게 하는 힘, 창작뿐만 아니라 그 외의 삶의 양태들로 표출되는 그 따스하며 뜨거운 힘의 정체, 그리고 "열정 뒤에 숨겨진 우울"(「우울한 탱고」, 『현대시학』, 2004. 4)을 만나기 위해서…….

1.

80년대 말 기형도가 '빈집'을 통해 그려보였던 우울한 유년의 기억과 가족사를 필자는 박후기 시인의 신작 「검은 장화 속의 날들」에서도 느끼고 있었다. 그 도저한 허무주의까지도… 그리고 그것이 그를 '창작'과 '행동'으로 내모는 힘 중의 하나로 작용하였을 것이라 짐작하기도 하였다. 하지만 기형도에 비할 때, 박후기 시인의 시편들은 좀더 쉬운, 일상의 어법으로 표현되어 있는 것으로 보였다. 이는 무엇을 의미하는 것일까? 기형도처럼 바로 그 곳에서 쓰러져버리지 않는다면 어떤 방식으로든 길을 내야 하는 것이 아닐까? 필자에게는 그러한 박 시인의 어법이 어쩌면 '직설적인' 젊은 세대의 독자들에게 다가가는 힘을 갖는 것으로 보이기도 했다. 그러한 개성적이자 세대적인 어법 속에 자신의 개인적 상처와 방황, 나아가 시대의 아픔과 현실의 문제들을 담아내고자 하는 노력은 그의 시적 지향이

고립적인 것이 아닌, 타인과 세계와의 소통을 향하고 있는 것이라는 점에서 음미해 볼 만한 일인 것이다.

> 자식 걱정이 어떤 것인지, 어린 나는 알지 못했다. 지는 해를 등에 지고, 털벙털벙 비좁은 농로를 걸어가던 순한 어미 소가 자꾸 뒤돌아보던 이유를 알지 못했다. 벼락처럼 등짝에 떨어지는 채찍 때문이 아니란 걸, 둑 위를 천방지축 뛰어다니는 어린 새끼 걱정 때문이란 걸 그땐 알지 못했다.
>
> —「검은 장화 속의 날들 1」

누구에게나 자신의 '고향'과 '부모'에의 기억이 의식 밑바닥 깊은 곳에 가로놓여 있듯이, 박후기 시의 바탕에는 그 두 테마가 반복적으로 환기되고 있다. 하지만 누구에게나 있을 그러한 테마들이 시인의 개인적이고 역사적인 상처와 맞물려 드러나고 있다는 점에 주의해야 한다. 여기에 박 시인의 시적 특성이 놓여 있기 때문이다.

우선, 위의 작품에서는 단순하면서도 강렬한 이미지('둑 위를 천방지축 뛰어다니는 어린 새끼를 자꾸 뒤돌아보는 어미소') 속에 아버지에 대한 시인의 회한을 담아내고 있다. 이제 성장하여 되돌아본 유년의 자신은 "천방지축 뛰어다니는 어린 새끼"의 형상이었고, "자식 걱정이 어떤 것인지" 알지 못하는, 아니 알 수도 없고, 알려고도 하지 않았던 자신만의 세계를 살고 있었다. 그런 유년의 시인이 "순한 어미소가 자꾸 뒤돌아보던" 그 까닭을 스스로 묻고 답하게 된 것은 세월이 한참 지난 후, 그 스스로 '어린 새끼를 자꾸 뒤돌아보는 어미소'의 모습을 하게 되었을 때, "아버지가 이생에서 부른 마지막 노래. 울고 넘는 박달재"를 자신이 가끔 읊조리게 되었을 때, 그래서 "가끔 천둥산 박달재를 울고 넘"으며, 아버지를 떠올리게 되었을 때였다(「검은 장화 속의 날들 6」). 하지만 어쩌랴. 세월이 아로새긴 그 상처를……, 더군다나 "벼락처럼 등짝에 떨어지는 채찍"을 맞으면서도 오로지 자식 걱정뿐이었던 부모를 떠올리는 그 아픔을…… 이제는 스스로 짐지며 살아 나가야 한다는 것을.

> 검은 장화 속 같은 날들이었다. 들일을 마치고 돌아온 아버지가 검은 장화를 벗으면, 퉁퉁 불어터진 발가락들이 꽈배기처럼 꼬여 서로를 끌어안고 있었다. 빚보증 같은 건 서지 말라니까! 밤마다 엄마가 소리치며 울부짖었다. 검은 장화 속 같은 날들이었다.
>
> —「검은 장화 속의 날들 2」

위의 시편에 보듯, 시인의 어릴 적 기억은 그리 평화롭지만은 않다. "검은 장화 속 같은 날들"의 연속. 빚보증을 잘못 선 아버지는 안팎으로 외로운 처지였다. "들일을 마치고 돌아온 아버지가 검은 장화를 벗으면" "퉁퉁 불어터진 발가락들"은 "꽈배기처럼" 시커멓게 꼬여 있었고, 그 땟국물 묻은 발가락들은 아버지 삶의 피로함과 곤궁함을 상징하는 듯하였다. 어머니가 밤마다 "소리치며 울부짖었" 던 것도 어쩌면 그러한 궁핍을 초래한 '신의'와 그에 대한 '배신'을 동시에 향한 것이었으리라. 유년의 시인이 들었던 어머니의 그러한 절규는 아버지의 "검은 장화 속" 퉁퉁 불어 기괴한 물질로 변한 그 발가락들의 형상과 함께, 충격적으로 다가와 고통스럽게 머물렀던 것이다("아버지는/ 어린 나를 문득문득 뒤돌아보게 만드는,/ 내 발목을 집어삼킨 물구덩이 같았어요" 「도두리」). 시인은 그곳에서 "해진 백판 재킷과 함께 너무 빨리 늙어 갔다."(「검은 장화 속의 날들 3」).

> 밤마다 명멸하는 유서(由緖), 철 지난 크리스마스트리가 얼어붙은
> 유리문 밖에 서서 힘겹게 불빛의 대(代)를 이어갔다. 나는, 뗏목처럼,
> 의자를 붙여 만든 잠자리에 누워 희미하게 빛나는 천장의 야광별 일
> 가를 오래도록 바라보았다.
>
> —「검은 장화 속의 날들 4」

필자는 위에 인용한 부분에서 많이 머물러 있었던 듯하다. 박후기 시인만의 사유와 시적 형상을 바로 이 곳에서 만날 수 있었기 때문이며, 또한 그의 가족사와 그들이 살았던 이 땅의 역사가 바로 이 부분에서 연접되어 "명멸하는" 듯하였기 때문이다. 시인의 고향은 평택 팽성읍 도두리로 알려져 있다. 미군 부대가 새로이 들어선다는 곳, 그곳은 오래 전부터 미군기지가 있어왔지만, 2005년 현재 더욱 확대된 모습의 기지촌으로의 변화를 앞두고 있다. 그리고 다른 시편을 보자면 그의 아버지는 바로 그 곳에서 일을 했고 임종 또한 그곳에서 맞으셨다("미군부대 격납고 지붕 위에서/ 땅 위로 내리꽂힌 아버지"「뒤란의 봄」,『시작』 2004년 봄호). 이러한 사항들은 시 외적인 정보이기는 하지만 그의 여러 시편들을 묶고 있는 큰 줄기가 되고 있는 것도 사실이다. 기지촌. 박후기 시인이 태어나고 자란 그 곳 "미군부대 철조망 사이로 남몰래/ 펩시콜라를 건네주던 아버지"(기발표작 「도두리」)의 기억이 남아 있는 곳. 그 곳에서 "열 아홉 살" 성년이 된 시인은 "역 광장 앞 음악다방에서" "어린 창녀들과 비틀스를 들으며 낮술을 마셨고" "몸을 더럽혔"지만「검은 장화 속의 날들 3」), "밤마다 명멸하는 유서(由緖)", 자신의 현재를 있게 한 그 내력을 잊을 수는 없었다. "뗏목처럼, 의자를 붙여 만든 잠자리에 누"운 스물 직전의 시인에게, "얼어붙은 유리문 밖에 서서 힘겹게 불빛의 대를 이어가"는 "철 지

난 크리스마스트리"와 자신이 누워 바라보는 "희미하게 빛나는 천
장의 야광별 일가"의 사연들은 자신과 무연한 것일 수 없었다(그래서
그토록 "오래도록 바라보았다").

> 밥은 먹고 다니는 거냐? 아버지는 설탕도 넣지 않은 쓴 커피를
> 마시며, 나를, 이해한다고 했다. 용서하지 못할 것도 없는, 눈 내리
> 는 겨울밤이었다.
>
> —「검은 장화 속의 날들 5」 부분

시인과 그의 아버지와의 관계는 사실 겨울밤 하얗게 내린 눈 속
에 묻혀버린 지 오래이다. 하지만 시인은 그것을 다시 고통스럽게
퍼올리지 않으면 안 되는데, 자신의 현재를 확인하는 길은, 그 내력,
즉 아버지의 삶을 회상하는 일에 연결되어 있기 때문이다("명멸하는
유서"). 아버지가 시인에게 했던 말 '나는, 너를, 이해한다'는 그 말,
당신이 혼자 속으로 수없이 되뇌었을 짧은(그러나 짧지만도 않은) 그
말에 담긴 뜻을 시인은 어쩌면 평생토록 해석해 가야 하는 것인지
도 모르겠다.

> 사촌과 함께 텅 빈 역 광장을 지나갈 때, 붉은 유리방 안에서 낯
> 익은 얼굴이 아는 체 했다. 나는 천천히, 아버지 뒤에 서서 걸었다.
> 아버지가, 어미 소처럼 자꾸 뒤돌아보았다. 그날 밤, 중국집 둥근 요
> 리 탁자에 둘러앉아 고량주를 마시며 듣던, 아버지가 이생에서 부른
> 마지막 노래, 울고 넘는 박달재. 나는 천둥산 박달재를 한 번도 가보
> 진 않았지만, 지금도 가끔 천둥산 박달재를 울고 넘는다.
>
> —「검은 장화 속의 날들 6」

　박후기 시인의 아버지에 대한 기억은 쓸쓸하고 어둡다. 시인이 "아버지 뒤에 서서 걸"었을 때, 그마저 잊히지 않아, "어미 소처럼 자꾸 뒤돌아 보"던 아버지. "아버지가 이생에서 부른 마지막 노래"를 듣던 바로 그 곳 그날 밤의 장면들이 떠올라, 시인은 "가끔 천둥산 박달재를 울고 넘는다." 아니 시인이 세상 풍파 속에서, 자신도 모르게 그 노래를 읊조리고 있을 때, 아버지와 함께 했던 그날 밤, 그 곳의 장면이 떠오르게 되는 것인지도 모르겠다. "밤마다 명멸하는 유서(由緖)" 그 가늘고 질긴 인연의 실은 아버지와 시인, 시인의 현재와 유년 사이의 공간에 놓여져 밤마다 명멸하고 있으며, 이 땅의 과거와 미래를 함께 비추고 있기도 하다.

2.

　박후기 시인의 신작 「탐구생활」 시리즈는 흥미로운 착상과 가벼이 볼 수 없는 깊이를 가지고 있다. 하지만 몇몇 시편들에는 착상의 기발함이 작품의 전면에 부각된 듯하여, 오히려 아쉬운 대목도 없지 않았다. 시인이 재치있는 어법을 구사하고 있는 부분에서 필자는 머뭇거리고 있었던 것이다. 그것은 그와 같은 언어적 기교가 그의 작품 전면으로 나서면서 그 자체가 시의 메시지를 가리는 듯한 기미가 보인다는 점에서였다. 예를 들어, 「탐구생활－숫돌」에서는 '낯을 닦다'와 '낫을 갈다'에서의 언어적 유사(음과 의미의 유사성)를 이용한 위트(wit)가 전경화되어, "닳아빠진 손바닥으로/ 검게 탄 얼굴을 닦"던 아버지와 낫을 갈며 "밤새 무뎌진 마음의 칼날"을 갈았다던 아버지의 무거움을 채 담아내지 못하고 앞서 달려간 것이 아닌가 하는 생각이 들기도 했던 것이다. 이는 기존의 작품들 즉, "철봉 대신 연봉에 매달리며 살아"간다는 표현에서의 언어적 재치(「철봉은 힘이 세다」), 전신주 위의 애자와 인명의 중첩(「애자의 슬픔」) 등에서도, 그 기교적인 면이 두드러져 보이면 보이는 곳일수록 제기될 수 있는 문제가 아닐까 생각해 보았다. 하지만 필자의 이러한 지적은, 모든 것을 소화해버리고 마는 자본주의적 '식탐'(이는 시인이 소통하고자 하는 세계의 특성이기도 하다)에 대한 필자 자신의 기우에 불과한 것일 수도 있다.

하지만 필자의 이러한 우려를 새삼 과장하지는 말자. 그의 시는 결코 그러한 곳에 머무는 것을 목표로 한 것이 아니므로……. 이러한 생각을 굳히게 해준 작품으로 필자의 눈길을 가장 많이 끌었던 것은 「탐구생활」 연작 5편 중에서 '변기'를 부제로 한 것이다.

열 번의 구토 끝에

나는 너를 끌어안고

잠이 든다

소용돌이치며 사라지는

네 뒷모습에

내 눈물을 파묻는다

입으로 너를 만나는 날은

차라리 슬퍼서 좋다

눈물 그렁그렁 매단 채

슬픔 한 조각 건네주려

네 입 속에 혀 들이미는 나보다

앞뒤 배설 말없이 받아주는

네가 더 인간적이다

—「탐구생활—변기」 전문

구토. 시인이 "열 번의 구토 끝에" "끌어안고/ 잠이" 들었다던 그 변기. 어쩌면 그것은 그가 바라보는 세상이고, 세상살이의 이치일지도 모른다. 그런 세상을 향해 시인은 "앞뒤 배설 말없이 받아주는/ 네가 더 인간적"이라고 세상(?)을 추켜세운다. 구토하는 것은 인간이며, 그 구토를 받아주는 것은 세상(변기)이다. 시인이 세상과 소통하는 방식 중의 하나가 '구토'인 셈이다. 여기에서 문득 해골물을 먹고 깨달음을 얻었다던 원효대사의 옛이야기를 떠올려 보기도 했다. 감상이든 주관이든 그것에 얽매이지 않겠다는 것. "소용돌이치며 사라지는/ 네 뒷모습에" "눈물 그렁그렁 매단 채/ 슬픔 한 조각 건네주려/ 네 입 속에 혀 들이미는 나"는 '배설'하는 '나'이다. 그러한 "앞뒤 배설 말없이 받아주는" 변기를 보며, 시인은 "네가 더 인간적"이라고 말한다. 인간적? 오히려 그 너머가 아닐까? 인간의 똥, 오줌, 눈물, 땀 그 모든 것을 "말없이 받아주는" 경지를 시인은 '인간적'이라고 표현했을 뿐, 사실은 그 너머를 가리키고자 했던 것이리라. 온갖 주관적 감상과 아집 너머의 역사적 흐름, 그리고 그 너머의 존재론적 통찰을 그것은 겨냥하고 있었던 것은 아닐까?

필자에게는, 박후기 시인이 이번 신작에서 보여주었던 깊은 사유들, 즉 자신의 가족사를 이 땅의 역사 한 가운데 놓고 바라보던 그 시선들("밤마다 명멸하는 유서" 「검은 장화 속의 날들」)과 주관적 감상의 배설보다 세상의 가장 낮은 곳에 머무는 것이 가장 높은 경지임을 깨닫게 한 탐구활동(「탐구생활─변기」) 등은 시인의 작품에 대한 믿음을 갖게 하기에 충분한 것이었다. 필자는 박후기 시인의 열정과 힘이 바로 그와 같은 삶의 통찰과 역사적 시선들에 근거하고 있음을 느낀다. 벤야민이 말했던, "자기에게 닥친 시련이 얼마나 오랜 세월 동안 준비되고 있었는지 깨닫는 현대인은 자신의 힘을 존중할 수 있다"는 점에서, 박후기 시인의 힘과 우울, 그리고 그 뒤의 열정의 근거를 찾아볼 수 있었던 것이다. 그를 끊임없이 일깨울 그러한 거대한 힘이 앞으로 또 어떠한 모습으로 전개될지 궁금하다.

_『시로 여는 세상』 2005 가을호

동심원(童心願)·동심원(同心圓)
홍성란론

1.

"'도리(道理)와 문견(聞見)'으로 하여 '동심(童心)'은 지워져가고 벅찬 하루를 온몸으로 맞받아치며, 마음과 힘을 오로지 한곳으로 쏟을 수 없음에 괴로워하였다." 홍성란 시인의 시집 『바람불어 그리운 날』(태학사, 2005)의 서두에 실린 '시인의 말' 첫 부분이다. 온갖 것이 녹아 사라지는 이 시대에 "마음과 힘을 오로지 한곳으로 쏟"으며 살고 있는 사람이 그 얼마일까? 그러지 못하는 것에 대한 자책과 분노는 이미 일상에 미만해 있는 듯이 보인다. 헌데 시인은 여기에서 또다시 새로운 '출발'을 이야기하고 있다("다시 출발이다" 「시인의 말」). 그 분노와 회한을 되돌이켜 이제 어디에서, 또 어디로 가야 하는 것인가? 그러한 생각을 하며 필자는 우선, 다음의 시편에 주목해 보았다.

여기, 풀밭에선 누구도 돋보이지 않아//
깔아뭉갤 수 없는 애틋한 숨결이다/
깨물어 죽일 수도 없는/ 가늘디가는// **후롱초**.

살빛은 희디희어/ 구겨버릴 수 없는 **詩魔**/
시마, 이 풀밭에선 무엇도 돋보이지 않아//
연둣빛 포승에 묶인/ **거만한 계집종**.//

잘 보이지 않아도, 잘 들리지 않아도/
언덕엔 흙이 쌓이고 물은 고여 우물이 깊다//
세상은 말없이 흐르다 검지 높이 올린다.

―「거만한 계집종」 전문

출판된 시집에서는 행 배열을 달리하고 있지만, 홍성란 시인의 작품들이 정형적 시형을 토대로 하면서도 자유로이 시행 배열을 하고 있다는 점을 드러내기 위해, 그리고 논의의 편의상 이 작품에 대해서만큼은 위의 형식으로 재배열했으며, 또한 이 작품에서 핵심어로 보이는 '후롱초', '시마', 그리고 '거만한 계집종'은 진한 글씨로 표기해 보았다. 시인 또한 각주를 달아 '후롱초'와 '시마'에 대해 설명하고 있었다.

먼저 '후롱초'. "후롱초 : 봄맞이꽃의 다른 이름. 실낱같이 가늘고 긴 줄기 끝에 깨알보다 작은 다섯 장의 흰 꽃잎을 단 꽃들이 대여섯 송이씩 무리 지어 낮게 핀다." '실낱같이 가늘고 긴 줄기'…"깔아뭉갤 수 없는 애틋한 숨결", "깨물어 죽일 수도 없는/ 가늘디가는// 후롱초", 그것('후롱초')이 비록 '실낱같이 가늘고 긴 줄기'에 매달린 가녀린 존재일지라도 부인할 수 없는('깨물어 죽일 수도', '깔아뭉갤 수도 없는') 그 자신의 생명(또는 그 분신)의 한 형상임을 시인은 주장하고 있다.

다음은 '시마'… 시인은 그것이 이규보의 「구시마문(驅詩魔文)」에서 온 것임을 밝히고 있는데, 이규보의 개인문집 『동국이상국집』에 실린 그 글에서는, 시의 해악을 열거하면서도 결국 모든 폐단이 시인 자신에게 있었음을 깨닫고 다시 '시'를 스승으로 삼겠다는 결론을 내고 있었다. 이러한 글을 홍 시인이 인용한 까닭은 무엇인가? 이규보처럼 시인 또한, '시마'로 인한 시달림을 겪어온 바이면서도, 또한 마찬가지로 그것이 자신의 주인된 바를 거부할 수 없다는 뜻일까? "명성이 사방에 떨치게 하였으며, 고귀한 사람들이 모두 자네의 모습을 우러러보게 하였네. 이것은 내가 자네를 적지 않게 도운 것이며 하늘이 자네를 한량없이 후하게 대우한 것이네"(이규보, 「구시마문」, 『동국이상국집』) 시 「거만한 계집종」에 보이는 반복된 '부정' 어구들 ('돋보이지 않아', '잘 보이지 않아', '잘 들리지 않아' 등등)은 그것이 부정하고자 하는 것의 의미를 오히려 강화하는 것으로 읽혀진다. 그런 의미에서 시인은 '시마'를 결코 거부할 수 없었을 것이다. 물론 여기에는 간단치 않은 애증의 사연, 부정과 긍정의 교차가 놓여 있다.

그렇다면 '거만한 계집종'은 무엇을 뜻하는가. "면할 수 없는 '시마(詩魔)'의 종살이 와서, '거만한 계집종'으로 행복하고 싶었으나 낳은 시로 하여 잠 못 이뤘다."(「시인의 말」)… 앞서 보았듯, '시마'란 홍성란 시인에게 있어서는 이 세상과 시인 자신을 연결시켜 주는 뿌리나 줄기같은 것일 수도 있다. 하지만 그 줄기는, '가늘고 긴' 것으로 또한 '가늘디 가는' 꽃만을 피워내게 하여, 시인으로 하여금 '잠 못 이루게' 한다. '거만한 계집종'으로서 시인은 세상으로부터 수액을 빨아올려 몇 송이 꽃으로 피워 올린다. 하지만 그러한 과정에는

'주인'의 허락과 명령(그것이 '시마'가 허락한 영역 안에서의 일이었기에 시인은 여전히 '계집종'일 터이다), 그리고 '종'으로서의 고된 노역의 시간 또한 수반되어 있을 것이다("아수라에/ 뿌리박고/ 꽃은/ 왜/ 못 피우리" 「어리연꽃」). 여기에선 이미 '주인'과 '종'의 형상이 구분키 어렵게 겹쳐 있다. '꽃을 피워 올렸다/ 꽃으로 피어났다'는 언술의 중첩으로 그 양상을 이야기해 볼 수도 있을 듯하다. 독자로서 우리는 여기에서 일단, 새로운 출발을 이야기하는 시인에게 있어, 이러한 '꽃피움'의 형상이 강렬한 이미지로 제시되어 있다는 점만 기억해 두기로 하자.

꽃 피우지 못해 웃자라 온 어제

살구나무 가지치듯 환하게 날 버린다

여문 꽃 내일은 맺으리라

깊이 우려낸

그 어제

—「여문 꽃」 전문

시인에게 그렇게 중요한 의미를 갖는 것으로 보였던 '꽃피움'에 성공하지 못하는 상황이라면 어떻게 해야 하는가. "살구나무 가지치듯 환하게 날 버린다"라고 시인은 답한다. '내일 여문 꽃을 맺으려면' '깊이 어제를 우려내야 하고' '나를 버려야 한다'. 그것이 지금 시인이 해야 할 일이다. 비워내야 채울 수 있기 때문이다('햇깍두기를 담그려면 오지 속을 말끔히 헹궈내야 하듯' 「생강나무 2월」). 이러한 비우고-채우는(버리고-모으는) 행위는 홍성란 시인의 많은 작품들에서 중요한 모티프로 작용하고 있다.

버릴 것을 미리 알고 더디 골라 모은다

백담계곡 물을 나와 고른 돌 덜어낸다

그 마음, 그 여름 가져와
둔 데 지금
모른다

—「공부」 전문

시인은 '空공부'를 하고 있다. 백담계곡의 맑은 물에 씻긴 깨끗한 돌에서 한 번 배우고('버릴 것을 미리 알고 더디 골라 모았던 그 여름의 그 마음'), 그에 대한 집착에서도 다시 한번 벗어나는 공부를 하고 있는 중이다('그 마음 둔 데 지금 모른다'). 하지만 이런 공부는 그 '역(逆)'을 생각하게도 한다. 즉, '버릴 것을 미리 알고 더디 골라 모은다'는 것은 '채울 것을 준비하기 위한 의도에서 비운다'는 것을 떠올리게도 하는 것이다. 비우고 버리더라도 이렇듯 홍성란 시인이 결코 포기할 수 없었던 것, 그것은 무엇인가. 그리고 그것은 과연 '채움'을 지향하는 것인가, '비움'을 지향하는 것인가? 비움으로서 채움이 되는, 비워야 의미가 있는 통로같은 것, 그러한 구도의 길 위에 시인은 서 있는 듯하다. 시인의 말에 따르면 그것은, "자연과 내통할 줄 아는 會心의 능력"을 기르는 것과 다름이 없으며, 그것이 바로 시인이 생각하는 바의 언제나 새로운 출발점일 듯하다("회심의 능력은 어린아이의 마음을 잃지 않는 데서 가능하다. 이를 본받아 우리 시대의 정신을 담되 구도자연의 자세를 나는 버리지 않을 것이다." p.87 '시인의 산문' 중에서).

2.

비우고 버렸기에 이제 시인에겐 "아무것도 무거울 게 없"다(「말아톤」). 때묻지 않은 동심, 그것은 자유로운 상상의 시공간이며, 따라서 이성에 의해 제어되기 전의 본능의 자유로운 분출을 예견케 하는 것이기도 하다. 홍성란 시인이 '패러디' 기법과 '사설시조'의 형식을 통해 보여주고 있는 '언어의 질주'가 그 대표적인 모습일 듯하다.[1]

한 선사 제자를 가르치는데 제자 하는 대로 내버려두었으니,

그 선사 외출한 사이 선사 친구 찾아와 보되, 제자가 선사 자리 차지하고 노는 꼴 눈뜨고는 볼 수 없네. 스승의 거처를 묻자 "그 자식? 어디 갔는지 몰라!" "네 이놈, 스승을 그리 함부로 대해서 되느냐?" 그 제자 훈련 잘 시켜 예의범절 반듯하니 흐뭇하여 제 절로 떠나고. 선사 돌아와 고분고분한 제자를 보고 탄식하여 가로되, "어떤 놈이 내 제자를 이렇게 버려 놓았단 말이냐?"

모른다,
눈물 핑 돌아
울음 낮게 운 이유.

—「어떤 선문답」 전문

---

1) 패러디 기법이 주목되는 것은 그것이, "응집되고 지속적인 의미의 근원으로서의 주체에 대한 전반적 개념에 위기가 생겼다고 보는 유럽의 이론가들의 생각을 반영" 하고 있기 때문이다(린다 허천, 『패로디 이론』, p.12). 또한 사설시조와 관련해서도 패러디가 "창조와 재창조, 과거에 접촉하게 하는 하나의 중요한 방법"이라는 점에서 그 연관성을 생각해 볼 수 있다. 위의 책, p.164.

위의 시는 육근웅의 글 「선시, 언어로 언어 너머를 엿보는 해체시」
의 마지막 구절을 패러디한 작품이며, 사설시조의 형식을 띠고 있
다. 세속의 규범에 묶이기 전의 동심의 세계는 어쩌면 선시가 지향
하는 경지와 통하는 바가 많을 듯하다. 그것은 모든 분별을 넘어선
경지이며, 시인이 가고자 하는 길의 출발점이자 도달점, 처음이자
끝일 것이다. 그러한 곳에서야 비로소 언어들이 풀려져 나와 질주하
기 시작한다.

시 「봄을 찾습니다」에서는 "나열과 반복의 수사", "직설적 언어"
등 사설시조의 형식 속에, '봄을 찾는' 시인의 제어하기 힘든 심정을
풀어내고 있고("개야, 개야 버려진 개야 눈밭에 몰래 놓친 개야 꼬리 사리고
곁눈질해가며 캉캉 짖는 때 묻은 개야 야윈 턱 홀쭉한 배로 캉캉 캉 짖는 개야
네 울음 꽝꽝 잔설이 희끗 아까시나무 사이로 꽝꽝 언제 오냐고 어디 있냐고
목이 타는 버려진 개야.// 그 울음, 봄을 찾아서 어디만큼 갔느냐" 「봄을 찾습니
다」 부분), 또한 「반칙 — 고금소총」에서는 "적나라한 에로티시즘"이
표출되어 있다("빙빙 샘가를 빙빙 돌다가 그만 넘치는 샘물에 풍덩 빠져 넘
실 우줄 우줄 넘실 우줄우줄 해서는 그만" 「반칙」 부분). 그러한 거침없는
언어에는, "다시나 가자 휘영청"(「아라리잡가」), "검불덤불 들판을 가
자" "멀리 가자"(「유목민처럼」)에서 볼 수 있듯이, 새로이 출발하고자
하는 시인의 염원이 담겨 있다.

> 마음은 '홰냥노루' 궁궁 울리며 달려라 육신은 도 닦는 그릇이라
> 그릇이라 세상의 소리마저 읽는 관음보살 이 저녁
>
> 펼친 길은 '꽃다님'길 궁궁 울리며 달려라 비워도 비워도 뼛속까
> 지 못 다 비운 불가불 찬란히 깨어질 그릇 홰냥노루 달려가라
>
> —「궁 궁 울리며 달려라」 전문

홍성란 시인에게 "육신은 도 닦는 그릇"이다. 그것은 "비워도 비워도 뼛속까지 못 다 비운 불가불 찬란히 깨어질 그릇"인 것이기에 오히려 '찬란히 깨어질' 질주 속에서야 비로소 '세상의 소리'를 담아 낼 수 있게 되는 것인지도 모른다. 위의 시에서 보듯, 시인이 '유목민처럼' 들판을 달려가고자 하는 데에도(반복되는 "궁궁 울리며 달려라"에서처럼) 이렇듯 비우고 다시 채우고자 하는 願望이 작용하고 있다.

3.

견딜 수 있을 만치 조금은 나이 들어 견디어 가는 날이 우습구나
조금은

불지른 겨울 삭정이
맺힌 말이
타닥,
뛴다.

아무렇지도 않게 가는 날이 서러워 알면서 또 그냥 보내는 날이
가엾어

말씨들
꽃처럼 돌아온 저녁
바람 먹고
훅,

큰다.

―「따뜻한 상징」 전문

비우고 버리는, 달려나가 깨어지는 찬란한 구도의 길에서 시인은 "맺힌 말이/ 타닥" 튀고(역동성), 말씨들이 "바람 먹고/ 훅," 크는 것(성장)을 본다. 우리는 여기에서 구도의 열기가 키워낸 말들을 만난다. 그 '열기'는 사실 홍성란 시인의 섬세한 감각 속에서 오래 꿈꾸어진 것이기도 하다.

> 따끈한 찻잔 감싸쥐고 지금은 비가 와서 부르르 온기에 떨며 그
> 대 여기 없으니 백매화 저 꽃잎 지듯 바람 불고 날이 차다
>
> ―「바람 불어 그리운 날」 전문

시집 제목과 동명의 이 작품에서 우리는 냉온감각의 混流를 민감하게 그려내는 시인의 면모를 접하게 된다. '비바람 불고 추운 날'에 '따끈한 찻잔을 감싸쥔' 시인은 '부르르 온기에 떤다'. 시인은, '그대가 여기 없다는 현실'과 그런 부정적 현실을 통해서 더욱 그대 생각을 떠올려보는 것의 아련한 슬픔과 그리움의 교착된 심정을 그런 모순적 감각으로 표현한 것이다.

아무튼, 섬세한 熱感의 소유자인 홍성란 시인에게 특히 열기에의 지향, 내 몸을 깨뜨리는 질주라 하더라도 그것이 일으켜 내는 열기와 그 역동적 몸짓이 대기와 만나 '훅' 키워내는 말들의 탄생과 성장은 내밀하게 꿈꾸어진 것일 수 있다. 필자에게는 다음과 같은 시편들 또한 그러한 '따스함'을 향한 지향과 관련된 것으로 보였다.

> 몇 번은 붙잡힌 듯
> 바스라진
> 날개를

바윗돌 된장잠자리
쉬고 싶은
가을볕

안경 눈
가끔 굴리는
등허리가
따습다

―「쉬고 싶은 가을볕」 전문

동그랗게 등이 굽은 엄마와 "동그란 슬픔"(「뇌」)을 가진 시인에게 "등허리가 따습다"라는 표현은 얼마나 위로와 안식을 주는 말일 것인가.

우선, '둥근 것'에 대해…야스퍼스는 "모든 현존재는 그 자체에 있어서 둥근 듯이 보인다."라고 말한 바 있다. 이에 대해 바슐라르는 "현존재는 둥글다"라고 고쳐 말한다. "존재를 관조하는 게 아니라 존재를 그의 직접성 가운데 사는[體驗] 것"이 중요함을 강조하기 위한 그 나름의 조처다. 그가 보기에 "만약 우리들이 그러한 표현들의 최면적인 힘에 복종한다면, 금방 우리들 전체는 존재의 둥금 속에 들어 있게 되며, 금방, 호두 껍질 속에서 둥글어지는 호두처럼 삶의 둥금 속에서 살게 된다. (…중략…) 이젠 우리들이 그것을 이용하여 존재의, 제 중심에서의 응집을 배울 차례이다."(바슐라르, 「원의 현상학」, 『공간의 시학』).

바로 여기에서 우리는 본고의 서두에서 인용한 '시인의 말'을 다시 떠올리게 된다. "마음과 힘을 한곳으로 쏟을 수 없음에 괴로워하였다"는 그 말. 홍성란 시인은 "존재의, 제 중심에서의 응집"을 새로운 출발점으로서 갈망하고 있었던 것이며, '버리고 비우기' 또한 그에 도달하고자 하는 수행의 일종이었으며, 바로 그 중심에의 희구가 이 시편에서의 "등허리가 따습다"라는 표현으로 무의식 중에 형상화된 것이리라.

눈부시게 밝고 따스한 가을볕, 그 앞에 붙은 "쉬고 싶은"이라는 수식어에서 우리는 역동적 질주가 일으켜내는 (한여름의) '열기'와는 또 다른 의미의 평화로운 (가을볕의) '온기'를 느끼게 된다.

_『유심』 2005 겨울호

'빛'이 된 '울음'의 정경

김태정론

"고향을 생각할 수 있다면 푸근한 사람이라 생각해 본다. 늘상 그리운 친구들… 8월에" 사촌형이 내게 건네준 시집 안쪽에 적혀있던 글귀다. 형과 형 친구의 그 '푸근한' 정이 담긴 시집을 받아본 것이 올해 초봄이었으니 꽤 많은 시간이 흘렀다. 형은 나에게도 그런 마음을 전하고 싶었던 것일까. 세상에 표할 뜨거운 그 무언가를 무언의 형식으로 내게 드러내 보인 것인지도 모르겠다. 형 집에서 아침잠이 깨자마자 일어나온 전철역 벤치에서 나는 이 시집의 앞 부분을 읽고 거기에서 멈출 수밖에 없었다. 시인 김태정. 63년생이니 형과 나 사이의 나이쯤이 될 터이다. 이 시대 젊음들의 쓸쓸한 초상이 스쳐 지나가고 있었다.

「호마이카상」. 시집수록 첫 작품이다. "시도 되지 못하고 밥도 되지 못하는/ 나의 현재가 문득 초라해졌다" 초라한 현재의 내 모습…
죽도 밥도 아닌 세월을 허송하며 무섭게 변해가는 시간의 물결에 떠
밀려 이르른 이곳 지금 나의 모습이다. "죽도 밥도 아닌 세월이 문득
쓸쓸해졌다/ 이 초라함이,/ 이 쓸쓸함이 무서워졌다." 이것일까? 내가
그날 그곳에서 눈물을 훔치며, 가슴에 새기고 있었던 구절이.

시인은 "그림동화 원고를 메운다/ 삼십여 년 전의 아비가 되
어……"(「슬픈 싼타」) 삼십여 년 전의 아비가 그랬던 것처럼 시인은
원고지에서 '무언가를' 구하고 있다. 그것은 무엇인가. "시인도 되지
못하고 소설가도 되지 못한 아비", "사랑도 혁명도 희망도/ 아비에
게는 한끼의 봉지쌀도 되어주지 못하던/ 1960년대 그 미완의 성탄
전야"…이 부분에서 나는 문득 우리 시대 아버지의 초상 또한 그러
하다는, 아니 더욱 쓸쓸하고 초라하며 세월의 무상한 변화에 속수무
책으로 바라보기만 하고 있었다는 것을 깨닫는다. 그가 기대하던 자
식의 삶 역시 그러했으므로…… "만삭의 아내/ 그리고 눈 내리는 성
탄 전야"를 쓸쓸히 바라보았을 아비, "심청이는 심봉사와 해후하고/
홍길동은 혁명을 시도하고/ 춘향이는 사랑을 꽃피우"는 그 원고 속
동화 이야기 너머의 현실을 보며 쓸쓸해했을 '슬픈 싼타' 이야기는
우리 아버지들의 이야기이자 우리의 이야기이기도 하기에… 이러한
뒤늦은 인식은 아픔을 수반한다.

김태정 시인이 "부모님 영전에 바쳐지는 술 한잔, 물 한모금"이
되길 바랐던 이 시집(「시인의 말」), "팔공년대에 대한" "증오이고 애
정이라 해도 좋"을 이 시집(「나의 아나키스트」)은 그렇게 형과 나, 아
니 이제 벌써 486이 되어버린 세대의 심금을 울리고 있었다. '사아
랑도 며엉예도…….'

‘개새끼!’ ‘씹새끼!’. ‘개새끼!’ ‘씹새끼!’. ‘개새끼!’ ‘씹새끼!’ 꼭 이렇게 단조롭게(뭔가 아직도 부족하기에) 반복되는 쌍욕이, 이제 시인을 “견디게 해준다는 것”, “시와 욕은 그래서 하나라는 것”(「시의 힘 욕의 힘」). 배설의 힘. 아래로 위로 쏟고, 입으로 코로 눈으로 내뱉는 것. 그래서 김 시인의 시를 읽으며 나 또한 배설을 하지 않을 수 없었던 것일까.

나앞서어얼으은 타햐아앙에에에서어 그으나알 바암 그으 처어녀 어어가아 웨엔이이일이이인지이 나아르을 나아아르을 모옷이이이잇 게에 하아아아네에 기타아아아 주우울에에 시일으은 사아라앙 뜨으 내애애기이 사아라아앙 우울어어어라아 추우어어억의 나아의 기이 이타아아여어

—「울어라 기타줄」 부분

“무심한 듯 유정하고 유정한 듯 무심한 그의 사랑을 지탱해주는, 가래침 같은 모멸과 치욕과 증오를 다스리게 해주는, 아무도 모를 그의 직립의 비밀”(「울어라 기타줄」)은 노래든 욕이든, 시든, 눈물이든 그 무엇이든가에 있어야만 했다.

“물푸레나무를 생각하는 저녁 어스름” “어쩌면” “아주 슬픈 빛깔일지도 모르겠지만” “묵언정진하듯 물빛에 스며든 물푸레나무” 그 “파르스름”한 빛깔(「물푸레나무」)은 앞으로 오래도록 김태정 시인을 떠올리게 하는 색깔이 될 듯하다(시집의 흰바탕 푸른줄의 인상과 함께). 그것은 “그 모든 한국적 영광과 한국적 비애”(「최초의 성찬」)를 넘어, “한 시절을/ 오래, 휘청였”던 시인이 바라보게 된 빛이라 생각되기 때문이다. 그것은 또한, 이광수 선생 노래의 「반야심경」 한 구절을

떠올리게도 하는 색채였다. "……색즉시고옹공즉시새액수사앙행식 역부우여시이사리자아아시이제법공상불생불며얼……불생불멸…… 불생불멸……불생불멸……"(「미황사」) 시인이 "언제나 이 대목에서 목이 메곤 하였"다는 대목, 생과 사, "빛과 어둠의 경계에서 홀로 충만했"던 '빛'이 된 '울음'의 정경(「미황사」)… (시집 2, 3부의 시편들 감상은 생략).

_2005년 8월 웹진 <문예연구>에 수록

『유마경』을 통해 본 한용운의 한시 두 편

1.

저는 이번 방학 동안, 불연 이기영 선생의 엄밀하면서도 자상한 불교 경전 해석과 문장력, 그리고 그 열정에 매혹되어 있었습니다. 자꾸 쓰러지고 흔들리는 나를 그나마 지탱해준 것은 선생의 말씀뿐이었던 듯합니다. 자신이 깨달은 바를 모두 주고자 하는 선생의 '보살도'는 이 땅에서 공부하고 있는 필자를 크게 부끄럽게 하는 것이기도 했습니다.

지난 주말 연구실 선후배들과 함께 지도교수님을 모시고 강원도 백담사에 다녀왔습니다. 제가 맡은 대상은 만해 한용운이었고, 아래의 글은 그 자리에서 제가 발표한 원고입니다. 이 자리에는 어울리지 않을 형식일 수 있겠지만, 그 뜻만 받아 주시면 좋겠습니다.

2.

『불교대전』(1914)을 편찬한 바 있는 만해 한용운이 그 많은 경전 중에서 유독 『유마경』 하나를 선택하여 우리말로 번역하고 있었던 것은 주목할 만하다. 1933년부터 시작된 번역 작업은 결국 미완에 그치기는 했지만(그 이유가 잘 알려져 있지는 않지만 신문에 소설을 연재하며 궁색한 살림을 꾸려야 했던 그의 말년을 생각해 보면 짐작하지 못할 것도 없다), 우리는 그의 작품과 삶의 행적 자체에서 바로 그 '유마거사'의 면모를 발견하기도 한다.[1]

『유마경』은 『반야경』과 더불어 초기 대승불교의 대표적 경전 가운데 하나이다. 잘 알려진 바대로 대승불교가 등장하던 시기 인도에서는 부파불교의 형식주의, 율법주의에 대한 비판이 일고 있었는데, 특히 『유마경』에서는 '菩薩行'[2]을 강조하고 새로운 불국토관[3]을 제

---

1) 조명기는 이미 『한용운전집』 (3)에 실린 「만해 한용운의 저서와 사상」에서 "한용운은 곧 한국의 유마"라고 지적한 바도 있다. 만해의 시조 중 「春晝(춘주)」에도 '유마'에 대한 언급이 있다("따슨 빛 등에 지고/ 유마경 읽노라니/ 가볍게 나는 꽃이/ 글자를 가린다./ 구태여 꽃 밑 글자를/ 읽어 무삼하리요.").

2) '보살행'은 『유마경』에서 크게 강조하고 있는 바인데, '유마거사의 병'을 이야기한 부분이 가장 많이 알려져 있다. 一切衆生病일새 是故로 我病이오 : "모든 중생이 앓고 있으므로 나도 앓고 있는 것입니다"(이기영, 『유마경강의』 상, p.327). 菩薩의 病者는 以大悲로 起하느니라 : "보살이 병든 것은 大悲 때문입니다."(p.329)

3) '불국토관'에 대해서 『유마경』에서는 다음과 같이 설명한다. "衆生之類 是菩薩佛土(중생지류 시보살불토) : 중생의 類가 곧 보살의 불토니라."(이기영, 위의 책, p.89) 이에 대한 이기영의 설명 : "보살의 불토라는 것은 지금 보살이 일해야 하는, 보살이 만들어야 하는, 보살이 성취시켜야 하는 불국토란 뜻이죠 보살의 일터라는 말입니다. (…중략…) 피동적으로 어떤 다른 사람의 힘으로 기도를 잘해서 죽은 다음에 거기 간다고 하는 그러한 정토가 아니라, 그 사람 자신이 만들어야 하는 곳이에요 자기 자신도 불국토로 만들어야 하고, 자신이 몸담고 있는 가정도 불국토로 만들어야죠 그러니까 그 보살이 어디서 일하게 되느냐 하는 데 따라서 그 사람의 불국토는 정해진다는 말입니다."

시하는 등 참신한 사상을 거침없이 펼치고 있었다. '선종' 중심의 우리의 경우에(선종에서는 경을 존중하지 않는 전통이 있기도 한데) 이 경전의 정신은 높이 평가를 받아 온 것으로 보이며, 불교유신에 전념하였던 만해에게는 더욱 그 의미가 컸을 것이다. 이러한 점에서 『유마경』에 대한 일차적 검토가 필요함을 생각해 보게 된다.

아래에서는 한용운의 한시 두 편을 이 경전의 사상을 통해 감상해 보고자 하는데, '한시'는 만해의 시편 중에서 가장 많은 수를 차지하고 있으며, 그의 일생을 통해 지속적으로 창작되었다는 점에서 주목될 가치가 있는 것으로 생각된다. 물론 이러한 작업은 극히 제한적인 것이기에 좀더 체계적이고 종합적으로 이루어져야 할 것인바, 『님의 침묵』을 비롯한 그의 대표적 작품들과 한시, 그리고 시조 등의 시편들이 그의 소설이나 평론과 더불어 고찰되어야 할 것이고, 또한 이러한 문자적 기록은 그의 사상이나 행동을 이해하고 설명하는 기본적인 자료로 활용되어야 할 것이다.

만해의 한시는 미당 서정주가 지적한 바 있는 대로, "그의 한시의 문장 맛은 그의 한글 시집 『님의 침묵』이 못가진 것들도 상당히 많이 보완해서 가지고 있"는 듯이 보인다. 필자는 이러한 '문장 맛'을 음미하기 위해 두 편의 작품을 골라 보았다.

3.

> 宇宙百年大活計
> 寒梅依舊滿禪家
> 回頭欲問三生事
> 一秋維摩半落花

—「觀落梅有感」 전문

전집1	미당
우주의 크나큰 조화로 하여	하눌 땅 맛 도맡아서 길이 한번 살자고
선원(禪院) 가득 예전대로 매화가 벌어……	梅花는 여전히 절간에도 피어서,
머리 돌려 삼생(三生)의 일 물으렸더니	「永遠도 그런 거냐?」 물으려 하니
한가을 유마(維摩)네 집 반은 꽃 졌네	내 읽던 維摩經 위에 반쯤은 落花하네

현대문학을 전공한 연구자로서 느끼는 문제점 중의 하나는 만해를 포함한 근대 개화·계몽기 문학인들의 업적을 제대로 평가하기 위해서는 그들이 남긴 무수한 한자 기록을 제대로 소화해 낼 필요가 있는데, 실제로는 그러지 못하고 있다는 점이다. 이를 극복하기 위해서는 한자 자체를 능숙하게 해독하는 능력이 우선적으로 필요할 것이나, 차선책으로 생각해 볼 수 있는 것은 바로 '번역'이다. 한시를 직접 독해하든 잘된 번역들을 비교검토하든, 작품 이해에 다양한 노력을 경주할 필요가 있다고 판단하여 위에서는 대표적인 번역문 두 가지를 함께 제시해 보았다.

위의 시는 절 안에 가득 핀 '매화' 꽃이 떨어지는 것을 보며(觀落梅) 쓴 시이다. 이 작품에서 마지막 행, 특히 마지막 구절("半落花")은 주목을 요한다. 『전집』에서는 이 부분을 "유마네 집 반은 꽃 졌네"로, 미당은 "내 읽던 維摩經 위에 반쯤은 落花하네"로 달리 번역하고 있지만 그 각각의 번역은 또한 나름대로의 맛이 있다. 즉, 전자는 이미 '경전' 안으로 들어가 있고, 후자는 '경전'을 읽고 있는 시인의 면모에 초점을 맞춘다. 하지만 시인이 이미 경전 속 인물과 구분하기 힘든 경지에 있을 때 그러한 분별은 무화된다.

먼저 위의 시에서는 몇 가지 모순적 상황이 벌어지고 있다. 매화가 '피고' '지는' 것이 동시에 제시되어 있는 것이며(피면서 지는 것이 실제 있는 일이기도 하겠지만, '一秋'라는 어휘를 사용하여 매화가 피는 봄과 모순을 일으킨 것은 시인의 의도라고 보인다), '반낙화'에서 '반'이 암시하는 '경계'적 모호성이 그것이다.

　이러한 문제를 풀기 위해, 우선 3행의 '三生事'에 대해 생각해 보자. '삼생'이라면 불교에서 말하는 전생, 현생, 내생, 또는 과거, 현재, 미래를 말한다. 시인은 절 안 가득 핀 매화꽃을 보면서, 즉 그것의 生滅을 생각하면서 또한 자신의 生死의 문제를 묻고자 한다(回頭欲問三生事). 하지만 그때 문득 머리를 치는 구절이 있다. "보리는 삼세를 초월한 것"이라고 『유마경』 중 천녀가 말한 이야기(非謂菩提 有去·來·今 : 보리에 과거와 현재와 미래가 있다는 말은 아닙니다)가 그것이다. 낙화를 보던 시인은 생사의 문제에 부닥치게 되지만 시인의 눈 앞으로 떨어지는 '낙화'는 또한 시인으로 하여금 '천녀 낙화'를 상기케 하며, 이어 바로 그 『유마경』의 가르침을 떠올리게 한 것이다. 즉, 생사의 분별심을 초월한 깨달음의 경지를 '낙화'는 암시하고 있었던 것이다.

　하지만 어려운 부분은 바로 '半落花'의 '半'의 의미일 듯하다. 이를 이해하기 위해서는 『유마경』의 '천녀낙화' 부분에서부터 다시 시작하지 않을 수 없다. 천녀가 꽃을 뿌렸는데 보살들에게는 꽃이 달라붙지 않고 대제자들에게는 꽃이 몸에 달라붙어 떨어지지 않았다는 이야기. 이에 대해서는 번뇌망상의 악습이 아직도 남아 있기 때문에 꽃이 몸에 달라붙었다는 것. 생사를 두려워하기 때문에 색, 성, 향, 미, 촉이 그 허점을 노려 치고 들어오는 것이라는 설명이 나와 있다(이기영, 『유마경강의』 하, pp.44~52 참조). 헌데 왜 '반낙화'인가? 이를 필자는 '보살행'을 가리키는 것으로 이해하고 있다. 시인은 열반이 쏟이고 생사가 假라는 것을 알고 있지만, 고통받는 중생을 위해 스스로 열반에서 나와 생사의 세계로 들어오는 것이 보살행이라는 것, '헛되고 헛됨'을 알지만 그 깨달음의 경지에 머무르는 것이 아니라, 중생과 생사의 고통을 함께 하기 위해 방편으로서의 '병'을 취한 유마거사의 길을 가리키기 위해, '半'을 쓴 것이 아닐까? 그것은 '空, 假, 中'으로 해석해 보았을 때 中, 바로 공과 가를 연결시키는 '중도제일의제(中道第一義諦)'4)를 가리키는 것이다. 『유마경』의 '천녀낙화'가 '假'의 헛됨만을 가리키고 있는 것이 아니라, 空과 假의 분별심 자체를 비판하고 있는 것으로 해석해 볼 때, 비로소 우리는 위의 시에서 '반낙화'가 의미하는 바를 짐작해 볼 수 있을 듯하다.

4.

> 昨冬雪如花
> 今春花如雪
> 雪花共非眞
> 如何心欲裂

―「見櫻花有感」 전문

---

4) "유무 이변(有無二邊)을 떠난다고 하는 이야기는 공·가·중, 中道第一義諦(중도제일의제)로 이해하고 살아가라는 용수의 이야기와 같아요. 중도라는 것은 어느 쪽에 치우치지 않는다는 이야기가 아닙니다. 본질적으로 공이라는 것을 투철하게 알고, 나라는 것은 없다고 탁 각오하고, 그러나 인연이 있는 동안에는 잠깐 동안이라도 있는 것이니 열심히 살아가라는 겁니다. 그러니까 열심히 살아가면서도 집착을 안 갖죠. 집착을 안 가지고 인연을 잘 맺으려고 하죠. 그것이 중도제일의제입니다."(이기영, 앞의 책, pp.41~42)

전집1	미당
지난 겨울 내린 눈이 꽃과 같더니	간 겨울의 꽃 같던 눈
이 봄에는 꽃이 되려 눈과 같구나	올봄의 눈 같은 꽃
눈과 꽃 참 아님을 뻔히 알면서	눈도 꽃도 다 하염없을 뿐인걸
내 마음은 왜 이리도 찢어지는지.	어쩌자고 가슴아 미어지려 하느냐.

이 작품에서의 핵심 또한 마지막 행의 끝구절('心欲裂')에 놓여 있다. 전집에서는 '찢어지는 마음', 미당은 '미어지는 가슴'으로 번역했지만 그 뜻이 다른 것은 아니다. 눈이 꽃으로 보이든, 꽃이 눈으로 보이든, '눈'과 '꽃'은 모두 참이 아니라 假일 뿐이다(雪花共非眞). 그걸 시인은 잘 알고 있다. 하지만 그의 마음은 번뇌로 찢어지고 미어진다(心欲裂). 아직 깨달음에 이르지 못하였단 말인가?

이 부분의 의미를 깊이 이해하기 위해 우리는 앞서 살폈던 유마 거사의 가르침을 상기해 볼 필요가 있다. '중생이 고통 속에 있는데, 해탈이 무슨 말인가' '같이 아파하며 깨달음의 길로 濟度해야 하는 것이 아닌가'라는 그 가르침을 위의 시에 비추어 보는 것은 지나친 것일까?

필자는 만해 한용운이 현실 속에서 몸부림치며 다양한 방편을 통해 자신의 몫을 하고자 했던 것(불교 대중화를 위한 『불교대전』 편찬과 번역, 조국의 자유독립에의 염원, 『유심』이나 『불교』와 같은 잡지사를 통한 계몽 활동, 시와 소설을 통한 대중에의 호소 등)이 모두 위의 시에 나타난 것과 같은 '마음'에서 비롯한 것임을 새삼 생각해 본다.

_2005년 9월 웹진 <문예연구>에 수록

이규보의 시를 읽다

800여 년 전 고려 중엽의 문인 이규보의 시 한편을 적어봅니다. 그의 시는 재기가 번득여 독자들로 하여금 남몰래 미소를 짓거나 웃음을 터트리게도 하지만 결코 가볍지 않았고, 사람의 심금을 울리면서도 거기에 머물러 있게 하지 않습니다. 안개 속을 걷는 듯 여기 저기 이것저것 기웃거리게도 되는 요즘 거기에 걸맞은 방식의 독서가 전혀 소득이 없는 것은 또한 아니어서, 이러한 작품을 알게 되기도 하는가 봅니다.

동서양, 고전 현대 가리지 않고 자신의 눈에 맞는 작품을 만난다는 것은 언제나 행복한 일일 것입니다. 앞이 보이지 않을수록 그러한 선지식들을 찾아 배우자는 다짐을 하곤 합니다. 최근 우연한 기회에 이규보의 시선집(『백운거사 이규보시집』, 민속원, 1997)을 읽었습니다. 그의 개인문집 『동국이상국집』1)을 본격적으로 읽어야겠다는 생각을 하고 있지만 이 선집에서만 하더라도 저는 행복한 시간들을 가질 수 있었습니다. 내가 이렇듯 사는 것이 나만의 문제는 아니라는 것, 그리고 그 속에서의 애씀이 무의미한 것만은 아니라는 것, 같은 길을 갔었고, 가고 있는 도반들이 존재한다는 것(물론 저는 그 길의 초입에 머물러 있지만 말이죠)은 제게 큰 위로가 되는 것이었습니다. 또한 그것은 위축되고 고립되었던 시간들을 정리하고 새로운 마음으로 길을 나서봐야겠다는 용기를 주는 것이기도 했습니다.

> 춘삼월 십일 일에
> 아침 거리 하나 없어
>
> 아내가 갖옷을 잡힌다기에
> 내 처음엔 나무라며 그만두게 했네.
>
> 추위가 이미 갔다면
> 누가 이것 전당잡겠으며
>
> 추위가 다시 온다면
> 오는 겨울 난 어찌 하느냐면서.
>
> 아내가 대뜸 볼멘 소리로
> 당신은 왜 그리 어리석어요
>
> 갖옷 비록 좋은 건 아니라지만
> 제 손으로 직접 지은 것이라

---

1) 70년대 말에서 80년대 초까지 민족문화추진회에서 간행한 『(국역) 동국이상국집』(전7권)은 많은 연구자들이 참여하여 성취한 훌륭한 번역의 모범을 보여주고 있다.

진정 당신보다 더 아끼지만은
뱃속이 이 보다 더 급한걸요.

하루에 두 끼니 먹지 않으면
옛사람도 허기진다 하지 않았소.

허기지면 그날로 죽을 뿐인데
오는 겨울 기약이 어찌 있겠소.

하인 불러 바로 내어주면서
잘하면 며칠은 지낼 거라 했는데

얻어온 것 너무나 뜻밖이어서
하인 놈이 혹 떼먹었나 의심했는데

제가 되려 분한 기색 가득히 하여
전당포 주인 말 일러 주기를

봄 가고 여름 오는데
어찌 갖옷 사겠냐고.

아예 두었다가 겨울이나 지내라고
나에게 여분 있어 다행이로되

가진 여분 없었더라면
한 말의 좁쌀도 어림없다고.

내 듣고 너무나 부끄러워서
나도 몰래 눈물 흘러 턱을 적시네.

공력 들여 지은 옷인데
하루 아침에 거저 버리고도

오히려 큰 가난 구하지 못하고
허기진 아이들만 늘어서 있네.

젊은 시절 돌이켜 생각해보니
세상일 아무것도 알지 못했네.

수천 권 책 읽으면
과거 급제 수염 뽑기 같다 하기에

늘상 거들먹거리며
좋은 벼슬 절로 생길 줄 알았네.

운명이 어찌 이다지 기구하여서
가는 길이 고난과 슬픔 뿐인가.

가만히 앉아 생각해보니
모든 것 나의 잘못 때문이라네.

술 좋아하는 것 어찌하지 못해
마셨다 하면 천잔 씩 들이부었고

평소 마음 속 지녔던 말도
취했다 하면 이내 참지를 못해

모두 내뱉고 말았을 뿐
비방이 뒤따르는 줄 알지 못했네.

내 처신 이와 같았으니
가난코 굶주리기 참으로 당연하네.

아래로는 사람들 비웃음 사고
위로는 하늘 도움까지 잃어버려서

가는 곳마다 흉허물이고
하는 일마다 비뚤어지네.

이 모두 내가 부른 것
슬퍼한들 누구를 원망하리요.

여러 잘못 스스로 손꼽아 보며
회초리 들어 세 번이나 때렸다네.

지난 일 후회한들 어찌 하리요
앞으로나 힘껏 애써 보려네.

—이규보, 「옷을 전당잡히고 느낌이 있어 짓다」

이규보의 「典衣有感示崔君宗藩」이라는 한시의 번역본입니다. 그
또한 30 전후의 그 어느날, 회초리를 들어줄 그 누군가가 눈물겹게
그리운 날 이 시를 쓰지 않았을까요? 일찍이 과거에 급제했으나(그가
사마시에 합격한 것이 나이 22세 때), 관직에 나간 것은 늦은 나이였다고
알고 있습니다(전주에 부임한 것은 32세 때입니다). 작품의 내용을 보면
출사 전, 그 즈음의 작품일 걸로 짐작됩니다.

이규보의 시에는 적나라한 자기폭로와 반성과 더불어 유머와 위
트 또한 있습니다. 이런 것이 있기에 그와 그의 작품은 상황에 얽매
이지 않는 여유로움을 가지면서도 현실을 떠난 것도 아닌, 삶의 균

형감각을 유지할 수 있었다고 생각됩니다. 이를 보여주는 한 작품만
더 인용해 보죠.

> 머리 기른 속인도 삭발한 중도
> 여색 좋아하는 마음은 모두 한가지.
>
> 만약에 석가여래 신통술 없었다면
> 아난(阿難)도 하마터면 마등(摩登)의 유혹에 빠졌으리.
>
> 이 중이 옹졸한 짓 하다가 잡혔다 하나
> 뭣하러 그자들을 국법으로 다스리나.
>
> 아이들 낳게 두었다가 모두 장대하거들랑
> 논밭으로 내몰아서 농사 짓게 하면 되지.
>
> —이규보, 「중이 파계하여 벌을 받았다는 소식을 듣고 시를 지어
> 희롱하다」(「聞批職僧犯戒被刑以詩戲之」)

도서관 서가 사이에서 그의 시선집을 펼쳐 볼 때 제일 먼저 눈에
들어왔던 것이 바로 이 작품입니다. 혼자 읽다 피식 웃었고, 대출하
여 그날로 남은 작품들을 읽지 않을 수 없었던 것이죠. '詩魔'에 대
한 그의 글을 찾다 덤으로 이런 작품도 읽은 것이니 인연이라면 우
스운 인연일 겁니다.

이규보의 유머와 위트는 어쩌면 세상을 처리하는 그의 처세였을
듯합니다. 그렇게 그는 세상과 또한 자신을 제어하면서, '白雲'의 세
계를 향하고 있었던 듯합니다. 공의 나이 24세 때 아버님 상을 당하
여 천마산에 우거하면서 스스로를 '백운거사'라 칭하였으니 그 '백
운'이라는 어휘에는 그 자신의 실존과 그걸 품고 넘어서려는 그의

지향하는 바가 모두 담겨 있지 않았을까 짐작될 뿐입니다.

다음과 같은 선시의 세계는 시인의 재치와 관조, 그리고 그가 지향하는 바를 모두 잘 보여주고 있는 듯합니다. 더 적절한 작품도 있겠지만 일반에게 잘 알려진 그의 대표작의 하나이기에 인용해 보겠습니다. 한 작품만 소개하겠다는 것이 여기에까지 이르렀네요. 이제 다 왔습니다.

> 「저물녘 산에서 우물 속의 달을 읊다」
> (「山夕詠井中月 二首」 중 두 번째 작품)

> 山僧貪月色　산속의 스님이 달빛 탐내어
> 幷汲一瓶中　물 길어 한 항아리 가득 담았네.
> 到寺方應覺　절에 가면 당연히 알게 되리라
> 甁傾月亦空　항아리 물 쏟고 나면 달빛 또한 빈 것을.

이미 오래전 이 작품을 접한 사실이 있는 것을 보면 저는 시인을 알고는 있었던 셈이죠. 다만 그 꽃만을 보았을 뿐이긴 하지만 말입니다. 이제 그렇다면 그 '빈 것(空)'을 통해 우리는 어디로 향해야겠습니까? 단조로운 일상에 작지만 소중한 여유를 주면서도 시인은 독자들을 이러한 물음 앞에 세워두고 있습니다.

_2005년 10월 웹진 <문예연구>에 수록

한 알 사리로 다지는 노래
박재두론

　운초(耘初 또는 云初) 박재두(朴在斗 : 1936~2004)의 시를 읽다보면 우
선, 뼈, 피, 손톱과 같은 육체적 이미지들이 강렬한 인상으로 다가온
다. 하지만 그것은 다시 그 자체의 내밀한 상호 작용을 거치고 정화
되어 어느 순간 '사리'나 '진주'와 같은 맑고 단단한 보석으로 화해
있다. 하늘의 맑은 기운과 정기를 받아들여 오랜 '익힘'의 과정을 거
쳐 느리게 형성된 보석들이 발하는 빛과 같은 것…… 그렇게 '비린
피'를 '하나도 비리지 않은 피'(「화살은 날아」)와 '산뜻이 씻은 맑은 정
신'(「참솔 생즙을 마시고」)으로 승화시켜 자신의 삶과 작품으로 結晶해
낸 것. 이것이 박재두 시를 읽고 난 후의 전체적인 인상이었다.

　필자는 박재두의 첫 시집 『유운연화문(流雲蓮花紋)』(금강출판, 1975)
과 그의 사후 간행된 시선집 『박재두시조집―쑥뿌리사설』(태학사,
2004)을 함께 읽어 보았다. 첫 시집은 흥미롭게도 題字와 장정을 시

인 스스로 하고 있었고, 그 자신이 그린 그림(주로 꽃그림)과 프롤로그가 각 부의 첫머리에 놓여 있었다. 필자가 시선집보다는 첫 시집에서 그의 체취를 더 크게 느끼고 있었던 것도 이와 같은 시인의 세심하면서도 열성적인 손길 때문이었던 듯하다. 문제는 두 시집에 공통으로 실린 작품들의 표기가 다른 경우가 더러 있어서, 지엽적인 것으로 치부할 수도 있었던 것이, 선택을 하지 않으면 안 되는 상황으로 나타나기도 했던 점이다. 결국 필자는 표기의 일관성을 유지하기 위해, 시선집에 실린 작품 중 첫 시집과 겹치는 것들을 인용할 경우에는 첫 시집 『유운연화문』의 표기를 따르기로 하였다.

1. '뼈, 피' - 육체적 이미지의 질료적 · 역동적 상상력

박재두의 시에서 '뼈'의 이미지는 대부분 '자존심, 오기' 등의 어휘와 함께 나타난다. "또아리 틀고 앉던 오기의 뼈다귀며"(「낮잠」) "오십 대 뼈다귀만 남은 오기마저 걸치고"(「오늘 흐리고, 내일……」) "그 유혹 선뜻 물리칠 자존심 찾아다오 (…중략…) 꾸겨 던진 내 오기도"(「참솔 생즙을 마시고」) "숫자란 그늘에 묻혀 숨죽이고 숨어 지낸/ 누렇게 시든 선의의 곧은 뼈대."(「월동준비」) 등등. 시 「월동준비」에는 시인이 '뼈'를 통해 드러내고자 했던 의미가 비교적 명료하고 인상깊게 형상화되어 있어 먼저 살펴볼 필요가 있다.

> 늦가을 바람 없는 날
> 겨울맞이 전정을 했다.
> 회를 치는 눈보라에 흔들릴 가지들은
> 적당한 죄목을 붙여
> 가윗날을 대었다.

얇은 인정에도 때없이 흔들리고
유혹의 바람 앞에 휘어지는 잔가지를
눈감고 벌을 내렸다.
아픈 살을 잘랐다.

숫자란 그늘에 묻혀 숨죽이고 숨어 지낸
누렇게 시든 선의의 곧은 뼈대.
포근한 볕살이 닿고
바람도 좀 들게 하고……

찌든 매연 산성비도 거뜬히 걸러내고
사정의 회오리에도
눈썹 하나 까딱 않을
두둑한 배짱을 지닌
덩치 하나 남겼다.

─「월동준비」 전문

　시인은 '바람에 쉽게 흔들릴' 가지들을 잘라내면서, 그에 "적당한
죄목을 붙여/ 가윗날을 대"고 있다. 그것은 일종의 위트(wit)이기는
하지만 가볍지 않고 진지한, 의지적인 행위이다. 즉 위의 시에 그려
진 '전정(剪定)'은 자신의 살을 잘라내는 것과 같은 아픔을 동반하는
행위이며("눈감고 벌을 내렸다./ 아픈 살을 잘랐다."), "그늘에 묻혀 숨죽이
고 숨어 지낸/ 누렇게 시든 선의의 곧은 뼈대"에 햇살을 들게 하고
바람을 쏘여주려는 것이기에 진지하고, 어떠한 바람에도 흔들리지
않을 "두둑한 배짱을 지닌/ 덩치 하나"를 단련시키는 일이므로 의지
적이다. 차가운 겨울을 나기 위해서는 그러한 내밀하고 핵심적인 영
역(뼈, 자존심)으로 생각과 힘을 모을 필요가 있는 것이며, 우리 또한
삶의 어느 지점에서 시인이 그려 보인 이 시의 형상을 떠올려 보게

도 될 것이다.

하지만 인간의 의지란 또 얼마나 불완전하고 약한 것일까. 그것은 더 강해지기 위해서 깨어짐을 감수해야만 하는, 오히려 그러한 좌절을 양식으로 삼아야만 하는 것이겠기 때문이다. 이와 같이 박재두 시에 나타나는 '뼈'의 궁극적인 뜻은, 변치 않는 형상으로서보다는, 시련 속에서야 비로소 다시 생성되고 단련되는 것으로 보아야 할 듯하다.

> 만년 아니라, 억만년, 억만광년이라도
> 겹겹 짓누르는 어둠밑에 다져보라
> 심장도, 더운 네 피도 보석으로 익는다.
>
> 넝마전에 흩어질 너희 화사한 황금방석
> 상처도 피로 감싸면 진주로 굳힌단다
> 찬란한 빛을 다려라. 꽃따리를 지어라.
>
> 살도 뼈도 삭아내리는 일천의 밤낮
> 통곡보다 아픈 한 알 사리로 다지는 노래
> 스스로 끌러 바치리, 빛을 거느린 아침아―.
>
> ―「빛을 부르는 새―닭의 초상」 전문

"살도 뼈도 삭아내리는 일천의 밤낮", "겹겹 짓누르는 어둠밑에"서, 시인은 "통곡보다 아픈 한 알 사리로 다지는 노래"를 부른다. 짙은 어둠 속에서 '뼈'마저 이미 삭아내리고 없지만 시인은 부서진 그것을 다시 '한 알 사리'로 빚어내고 있는 것이다. "상처도 피로 감싸면 진주로 굳"힐 수 있다는 시인의 믿음은 확고하지만, 그 아픔은 진정 각질을 뚫는다("파랗게 불티가 난다. 한 점 뼈끝을 깨고……"「매화 눈

뜬다.). 시인이 유년시절 자신의 아버지로부터 들었던 '육자배기' 또한 그러한 '상처를 피로 감싼' 고통의 노래였으리라. "잠결에 돌아 누우면 뼈마치던 육자배기"(「육자배기-아버님 초상」).

시인의 '뼈(자존심, 오기)'는 세상의 풍파 속에서 깨어지고 삭아졌지만, 시인은 그것을 '피'로 감싸, '한 알 사리로 다져' 낸다. 굳은 고체인 '뼈', 깨어지고 부서진 그것을 다시 다져 새로운 존재로 태어나게 하기 위해서는, 눈물이든 이슬이든 피든, 액체가 필요할 것이다.

> 그 아득한 거리, 너는 별로 도사리고
> 무쇠 당근질에 녹아내린 피를 받아
> 붓끝에, 무딘 붓끝에 이 아픔을 찍는다.
>
> 꽃같은 무지개로 엮어 채운 이 지병(持病)을
> 수천 길 지층에다 한 덩이 진채로 다져
> 터지듯, 통곡 터지듯 신기루를 그리자.
>
> ―「이런 役事(2)―소경이 그리는 벽화」 전문

"무쇠 당근질에 녹아내린 피", "수천 길 지층에다 한 덩이 진채"로 다진 그것으로 그린 '벽화', 그것은 소경이 그린 것이자, 시인의 창작과정 자체를 담아낸 그림이다. 가슴 속에 응어리진 "꽃같은 무지개로 엮어 채운 이 지병"을 '꽃즙으로 문지르고'(「얼음 풀리는 날에」), "눈물마저 짓이겨"(「매화 눈 뜬다」) "터지듯, 통곡 터지듯" 새로이 '꽃' 피워낸 것, 그것이 박재두 시인의 시편들인 것이며 그 자신 삶의 영상이기도 하다.

> 허리띠를 늦추어라, 풀리는 강물 곁에서는
> 전신엔 피가 돌아, 달디단 피가 돌아
> 비리디 비린 속엣 것 맑혀가려 하느니―.
>
> 선하품, 선하품을 하며 아직 덜 깬 머리맡은
> 어리미쳐 멀미나는 속병만 남아돌아
> 들내어 햇살 앞에다 꽃즙으로 문지르자.
>
> ―「얼음 풀리는 날에」 전문

피를 맑게 정화하고 생동감 있게 새로 뛰게 하는 것. 이는 거듭 태어나는 존재의 환희를("얼음 풀리는 날"을) 가리키는 생생한 육체적 이미지의 하나이다. 우리에게는 그와 같은 결과도 주목되지만 그 과정 자체가 더욱 중요하며, 따라서 그러한 변화에 작용한 힘과 의미를 되물어 보아야 한다.

우선 그러한 변화를 가능케 한 힘으로, 위의 시에서 그것은 '햇살'("들내어 햇살 앞에다 꽃즙으로 문지르자")로, 「한송이 민들레」에서는 '새벽놀', '이슬'("별빛에도 익는 이슬을 따면/ 새벽놀 휘말리는 내 피도 고와라")로 제시되어 있다. 전자는 바슐라르가 말한 '불'의 정화 작용을 떠오르게 하며, 후자는 '물'의 정화 작용일 것이다. 그러한 '질료적 상상력' 속에서 '피'는 맑혀지고, 다시 그것은 새로운 생명으로 약동한다("쓰디쓴 약을 다려다 더운 피를 돌려라" 「한송이 민들레」).

"한 줄기 볕살 앞에도 눈물겨워" 하며(「방과후」), 그 끝모를 '은혜'를 느껴 알고 스스로 "비단 한 필 짜내"고자 했던 시인(「이런 길쌈」)이었기에 자연의 그와 같은 힘이 그의 역동적인 질료적 상상력 속에 작용하고 있는 것은 너무나 자연스럽다. 이때 '뼈'와 '피'는 정화의 대상(죽어야 하는 것)이자 재생의 주체인 것(새로이 태어나는 것)으로 나타나며, 그러한 '죽음-재생'의 중층적 구조를 추동하는 힘은 자연의 은혜와 이에 감응하는 시인의 감성과 의지의 상호작용에 있을 것이다. 햇볕, 이슬(← 피), 바람, 흙(← 뼈). 이러한 자연의 질료적 상상력 속에서 박재두 시의 육체적 이미지들이 기능하고 있었던 것이다.

2. '씨앗과 개화'의 의미망

박재두 시인의 시에 등장하는 육체적 이미지 중 특이한 것으로 '손톱'을 들 수도 있다. 시인은 돌멩이에 자신의 이름 석 자를 "손톱 찍어 새겨 넣"기도 했고(「돌멩이 한 알 주워」), "허물만 손톱이 길어 찬 하늘을 긁어"대기도 했다(「들풀같이」). 또한 시인은 "발 밑에서 하늘까지 수직으로 막아선 산을/ 밤마다 침을 바르고 손톱으로 찍어낸다./ 바늘귀 터지는 빛이 몸을 섞는 날까지……"(이런 役事1」).

한 오십 년 걸러 한 번쯤이라도
가시 막아 유혹에 엉겅퀴로 돋아나서
자주꽃
머리에 이고
다리 휘도록 섰더라면

손톱 찍을 자리도 없는
단단한 슬픔의 벽
입석으로라도 비집고 들어가서
실뿌리
바래지도록
까치발로 서봤으면

―「엉겅퀴 꽃으로」 전문

위의 시에서 시인은, 엉겅퀴 가시처럼, 자신에게 다가오는 유혹을 가로막고, "손톱 찍을 자리도 없는/ 단단한 슬픔의 벽"에 스스로의 자리를 마련하겠다는 의지를 보여준다. '손톱 찍을 자리도 없는 바로 그 곳에 손톱찍기'. 식물의 뿌리내림에는 그와 같은 격렬한 의미도 있었던 것이다(이는 동물적 상상력을 통해 파괴적 양상을 보였던 로트레아몽과 비교되는 부분이기도 하다). "자주꽃/ 머리에 이고"있는 엉겅퀴의 척박한 땅과의 투쟁, 이는 시인의 모랄이자 다음의 '씨뿌리기'의 모티프와도 연결된다.

> 일 없이 지나는 구름 옷자락이나 비치우는
> 개울을 끼고 앉은 수양버들 한 그루가
> 기름진 머리를 풀고 귀를 기울이던 곳.
>
> 실바람이 명주실처럼 감기는 참대밭 머리
> 떨어진 돌멩이 한 알 진주처럼 주워들고
> 가만히 볼을 부비고, 속삭여도 보다가…….
>
> 내 이름 석자 손톱 찍어 새겨 넣고
> 풀잎이 잎맥 새기듯 감쪽같이 적어놓고
> 둥지에 알을 떨구듯 숨겨두고 왔으니…….
>
> 먼 훗날 그 나라에 소리없이 봄비는 내려
> 꽃은 또 숯불처럼 빨갛게 달아오르면
> 봄언덕 풀포기 벌듯 깨어나길 빌었다.
>
> —「돌멩이 한 알 주워」 전문

위의 작품에서 "가만히 볼을 부비고, 속삭여도 보다가" 자신의 이름 석자를 새겨 넣었던 '돌멩이 한 알'은 유년의 시인의 꿈을 담고

있는 것이었고, 아무도 모르게 숨겨둔 그것이 '먼 훗날' '봄비' 내리
는 어느 날, 꽃피고 '풀포기 벌듯' 피어나길 시인은 빌었다. 그것은
기약없는('먼 훗날') 기다림(수동성)일 수도 있지만, 그 기다림을 형상화
하는 창작행위에는 좀더 적극적인 시인의 꿈과 삶의 의미가 녹아
있을 것이다(능동성). 즉, 시인이 씨를 뿌리는 것은 기다리는 일밖에
달리 어쩔 수 없는 외적 상황을 암시하면서도("나는 또 내일을 바라 씨
앗이나 뿌리자" 「서리 내릴 즈음」), "칠칠한 어둠을 찢고" "지금 네 살아
있음을/ 천명하라,/ 천명하라"(「씨앗을 뿌려놓고」)는 내면의 울림을 이
미 담고 있는 것이기도 하다.

　　　한 포기 풀도 이끼도 차마 발붙이지 못하는 곳
　　　평생을 기어 올라도 이르지 못할 낭떠러지
　　　눈감고 기다림 한 올, 내 여기 그물을 짠다.

　　　한 오라기 햇빛도, 잠자리, 박쥐라도
　　　미처 못 오르고 나가 떨어지는 동굴
　　　눈부신 날개가 걸려 파닥일 빛 기다려 그물을 친다.

—「거미에게」 전문

　시인이 아무도 오르지 못할 '낭떠러지'에 그물을 짜는 것은 "눈부
신 날개가 걸려 파닥일 빛"을 기다려서이다. 즉, '기다림'은 '꿈'을
내장하고 있는 것이며, 이러한 '응축-펼침'의 축이 시인의 또 다른
작품들에 일정한 울림과 파장을 만들어내고 있다. 예를 들면 "얼마
나 사무쳤으면 이 마음 피를 토하리"(「동백꽃이 피는 뜻」)에서의 '삭임'
과 '피를 토함'이 그러하며, "눈감고 못 거둘 숨결 풀어 피는 목련
꽃"(「목련」) 또한 그러한 恨과 解恨의 양상을 보이고 있다. 여기에서

주의해야 할 것은 그 두 가지 양상이 별개의 것이 아니라는 점이다. 즉 「꽃의 묵시」에서 보여주고 있듯이 한 섞인 노래 한 곡조가 이미 한풀이의 의미를 갖고 있기도 한 것이며, 여기에서 우리는, '탑'을 쌓고 바위에 불상을 새겼던 옛 도공들의 祈願을 헤아려 보는 것도 좋을 듯하다("바늘끝 쑤시는 아픔 가슴 골을 파고 들어/ 층계마다 불지른 노래 한 채 탑이 쌓이는데/ 귀먹고 눈먼 사내야 하마 말문 터지나." 「꽃의 묵시」 2연).

시인은 피토하듯, 꽃이 피듯, 그렇게 '춤'추고자 한다. 박재두 시인의 시에 그토록 많이 등장하는 꽃들(모란, 동백, 목련, 연꽃, 찔레꽃, 진달래, 복사꽃, 매화 등등)은 대체로 그와 같은 역동적인 시인의 꿈을 일깨우고 顯示하고 있는 것들이다. "또 한번 살고 싶어라. 꽃나무에 물 오르면……"(「꽃샘바람에」).

우선, 꽃들이 역동적인 이미지 속에서 그려지고 있는 양상을 짚어 보자면, "신들린 풍악 잡히고 줄을 타는 꽃"(「꽃과 찬양대1」), "일제히 솟는 불기둥 뒤집히는 색채의 폭발"(「꽃밭의 모반」), "터치는 연꽃 향기로 나울치며 길을 낼까"(「구름결에」), "피묻은 머리를 들고 일어서는 꽃"(「어떤 내란-모란 피는 날」) 등의 예를 들어볼 수 있다.

> 먼 신화 시대의 뒤안을 돌아나와
> 오월 아침 햇살, 눈부신 하늘을 연다.
> 피묻은 머리를 들고 일어서는 꽃을 보아라.
>
> 가슴으로 치른 내란, 적막한 함성으로
> 깃발 나부끼며 달려오는 끝 없는 대열
> 맨발로 돌밭 헤쳐온 뜻을 대강 알겠다.
>
> ─「어떤 내란-모란 피는 날」 전문

"오월 아침 햇살, 눈부신 하늘을" 여는 "모란 피는 날" 시인은 그 꽃피는 모습 속에서 "맨발로 돌밭 헤쳐온 뜻"을 읽어낸다. 그 여정이 험난한('피묻은', '돌밭') 것이었을 뿐만 아니라, 힘찬 것이었음을('헤쳐온', '깃발 나부끼며 달려온') 지적한 것이다. "피묻은 머리를 들고 일어서는 꽃"은, 우리가 앞서 살폈던 시인 스스로가 자신의 육체(뼈와 피)를 갈고 다져서 만들어낸 삶과 작품의 형상이기도 했던 것이다.

> 벌판을 휩쓰는 불길, 하늘을 뒤덮은 연기.
> 피칠한 머리를 든다, 흩어진 깃발을 기워
> 숨 멎는 외마디 외침. 살이 운다, 뼈 떨린다.
>
> 깨어있는 가슴에도 바람은 불을 지르나,
> 들썩이는 물결, 대문도 활짝 열어놓고
> 얼미친 춤이나 추자, 고이춤 빠뜨리고……

—「모란 피는 날」 전문

시집 『유운연화문』에 수록된 이 작품에는 박재두 시의 강렬하고 역동적인 이미지들이 담겨 있는데, 그것은 일련의 작품들 즉, "땀 절은 속옷을 들고/ 탈춤이나 출까부다"(「개화기의 시」 중 <2. 꽃핀 날에>), "바보처럼 웃는 꽃"(「개화기의 시」 중 <3. 다시 꽃핀 날에>), "추어라 추어. 모두 미친 불춤이나 추어"(「꽃피는 날―모란 밭에서」) 등 꽃피는 것을 묘사하는 작품들과 동일한 의미망을 형성하고 있다. 즉, 외피를 찢고 나오는 고투의 과정('땀 절은 속옷'), 일상의 틀에서 벗어난 삶의 경지('바보처럼 웃는', '미친 불춤')를 파괴적(카오스적) 이미지 속에 담아내고 있는 것이다.

마음 맨 밑바닥의 가장 맑은 물 한 가닥
피릿대로 떠다 풀어 이승 밖을 돌아가면
석가님 입김에 뜨는 구름이나 될까 몰라.

절로 마음가는 사람에게나 섬기고 싶은 한마디,
어느 구렁논 진흙 밑에 아껴 묻어두고 보면
터치는 연꽃 향기로 나울치며 길을 낼까.

알아주는 이의 귓전을 서성이는 바람이거나
내리깐 속눈썹에 피다 지는 무지개나
장지로 가리운 목숨 흩어지는 한점 구름.

─「구름결에」 전문

"마음 맨 밑바닥의 가장 맑은 물 한 가닥"을 마련하기 위해 고투한 것도 시인이지만, 그것을 "석가님 입김에 뜨는 구름"이 되게 하는 것 또한 시인이 "피릿대로 떠다 풀"며 기원했던 바일 것이다. 필자에게는 이러한 구도가 의미심장한 것으로 보였고, 또한 박재두 시인이 시집의 제목을 '유운연화문'으로 정했던 이유 또한 이 작품에 있을 것으로 이해되었다.

위의 시에서 2연 3행 첫 구절 '터치는'은 선집에서는 '터지는'으로 고쳐져 있는데, 이 경우에는 평음(ㅈ)보다는 격음(ㅊ)이 '개화' 또는 '길내기'라는 의미의 격동적 울림을 더욱 강조할 듯하고, 또한 바로 뒤에 이어지는 '나울치며'와도 음성적으로 어울리는 것이 아닐까 생각해 보기도 했다. 사소한 것일 수도 있지만, 시집 제목인 '유운연화문'의 두 사물('연꽃', '구름')을 그대로 담고 있는 작품이기에 그러한 미묘한 차이 또한 작게 보이지 않았던 것이다. 시인은 구름이 흩어지는 모습을 보면서 동시에, "어느 구렁논 진흙 밑에 아껴 묻어"둔 "섬기고 싶은 한마디" 말이 "터치는 연꽃 향기로 나울치며 길을 내"고 있는 것을 본다. 그것을 앞서 살핀 격렬한 '춤'의 맥락에서 읽어 볼 수도 있고(이때는 '터치는'이 적합할 듯하다), 이 시 자체의 맥락에 가깝게 "석가님 입김에 뜨는 구름"과 어울리는 것, 즉 격정을 승화시킨 것으로 해석할 수도 있을 것이다(이때는 선집의 표기가 적절하다). 하지만 이러한 해석들은 어찌보면 '활자'(언어)에 집착한 옹색하고 조급한 풀이로 느껴지기도 한다. '구름'과 '춤'이 한 가지 양태만으로 나타날 리 없기 때문이다. 또한 부처님의 부드러운 미소가 그 어떤 격렬함보다 더 가슴을 치는 것일 수도 있으니 말이다.

3. 궁핍한 현실의 詩化 – 연금술적 상상력

지금까지 필자는 박재두 시인의 작품들을 육체적, 역동적 이미지에 초점을 맞춰 살펴보았다. 즉 그러한 이미지들이 그의 작품세계를 특징짓는 것으로 보았던 것인데, 그 의미 작용을 설명할 수 있는 틀로서 이제 끝으로 '연금술'에 대한 논의를 끌어와 본다. 잘 알려진 바와 같이 물질적(물, 불, 공기, 흙)·역동적 상상력을 통해 '질료의 운동양상', 즉 '형상' 밑에 감추어진 의미를 드러내고자 했던 것은 바슐라르의 주요 업적이었고, 한 연구자가 제안하고 있는 바처럼 그것을 '이미지의 연금술'로 설명해 볼 수 있다고 한다면(이지훈, 『예술과 연금술』, 창비, 2004), 뼈, 피의 육체적 이미지의 역동적 상호작용과 씨뿌리기와 그것의 '개화' 등 박재두 시의 주요 모티프들이 이루어 내는 결합과 용해, 존재론적 변환에의 꿈 또한 그러한 의미망 속에 놓아 볼 수 있을 것이다.

이 돌(연금술사들이 꿈꾸었던 '현자의 돌'—필자 주)은 수없이 모순적인 과정을 거쳐 태어납니다. 근원물질은 불의 연소와 물의 용해, 고체의 분리와 황의 결합, 기체의 승화와 액체의 고정, 그리고 부패와 부활을 거칩니다. 그럼으로써 '비천한 실체'로서의 근원물질은 자신의 '숨은 형상' '숨은 별자리'(constellation)를 발현하여 거듭납니다. 이렇게 태어난 현자의 돌은 모든 원소의 성질을 벗어난 돌이라고 일컬어집니다. 그럼에도 태초에 세상을 만들었던 붉은 대지와 마찬가지로 자신에 닿는 여러 광물들이 스스로 완성되는 것을 도와줍니다.

—이지훈, 위의 책, p.365

우리는 이미 박재두 시에서 '불의 연소'와 '물의 용해'를 통한 정화('맑히기')와 '고체의 분리'('뼈' 부숨의 고통)와 '기체의 승화', '액체의 고정'('피'로 감싸서 사리와 진주 만들기), 그리고 '부패와 부활'의 양상을 간략하게나마 살펴왔다. 이제 이르러 보자면 그것은, 시인이 처한 궁핍한 현실 속에서(그의 시에 수없이 등장하는 '가난' 모티프는 이 땅 민중의 '수난'의 역사를 대표적으로 보여준다) '현자의 돌'과 같은 하나의 보석을 탄생시키기 위한 시적 고투의 양상들로 설명될 수 있을 듯하다. "또 다른 언어의 생성을 통해 또 다른 현실이 생성하는 순간"(이지훈, 위의 책, p.367)을 꿈꾸었던 시인. 박재두 시인이 그 '붉은 피'를 생생하게 돌리고자 했던 것은 이러한 거듭남에 대한 꿈, 새로운 삶과 창조된 이미지들(작품)에 대한 희구에 따른 것이다. 현실의 고통을 짐진 바로 그 육체를 통해 현실에 응전하는, 그리하여 그것을 "통곡보다 아픈 한 알 사리로 다지는 노래"(「빛을 부르는 새—닭의 초상」)로 자아내었던 것. 여기에 박재두 시의 힘과 그의 '자존심'의 근거가 있었던 것이다.

_2006년 『유심』 봄호

根源에서 들려오는 노래
조오현론

눈이 계속 내리고 있다. 내려 쌓여, 집 근처 산책로가 마치 큰 산 등성이 길인 듯 보인다. 그 길을 걸어오다 오현 스님의 「설산에 와 서」(1 : 29)[1]를 떠올렸다. "질타(叱咤)같은 눈 사태(沙汰)여"… 나를 향 하는 구절인 듯, "돌에다 한(恨)을 새기듯/ 집도(執刀)해온 어제날들은/ 아득한 그 원점(原點)에/ 도로 혼침(昏沈)이었구나", 내 아픈 곳을 찌 른다. "내 울음을 내 못 듣"던 그 '혼침'의 시기를 이제 접어야 하는 것이 아닌가?

『심우도(尋牛圖)』는 시인 조오현이 그의 나이 48세 때인 1979년 발간한 첫 시집이다. 평범치 않은 삶의 이력, 늦은 나이의 등단, 그 리고 그 이후 10여 년이 지난 시점에 펴내게 된 시집인 만큼 거기에

---

1) 편의상 작품의 출처는 '시집 : 페이지' 형식으로 표기한다. 제1시집 『심우도』(한국문 학사, 1979)는 '1'로, 제2시집 『산에 사는 날에』(태학사, 2001)는 '2'로 표시함.

는 그의 삶과 문학의 여러 곡절이 함께 놓여져 있는 듯이 보인다. 그 자신 밝히고 있듯이 그것은 "60년대말 白水의 영향"을 받고 쓰여진 것과 "70년대초 鏡虛와의 만남"에서 얻어진 것들로 크게 구분해 볼 수 있는 것들이다. '백수' 정완영은 현대시조를 振作시킨 인물이며, '경허' 선사는 한국 근대 禪僧의 대표적 인물이 아닌가. 이들로부터의 영향은 이후 조오현 시인의 진로에 큰 영향을 미쳤으리라 짐작케 한다. 한편 첫 시집이 출간된 이후 두 번째 시집이 나오기까지에는 또다시 20여 년이 흘러야 했다. 2001년에 나온 시집『산에 사는 날에』또한 하나로는 통괄하기 어려운 다양한 시세계가 펼쳐져 있는 것으로 보인다. 이렇듯 필자가 조오현 시인의 시집을 읽으며 무엇보다도 그 통시적 변화 양상에 주목한 것은, 그가 자신의 삶을 내던져 시 창작과 구도의 길을 함께 걸어온 선승인 때문이다. 즉, 그의 작품을 읽으며 필자는 그 속에 드러난 깨달음의 行程을 따라가 보고 싶다는 욕심을 내고 있었던 것이다. 별 준비가 되어 있지 않은 상태에서 그건 정말 터무니없는 욕심에 불과한 것이겠지만, 스스로의 삶의 무게에 짓눌려 지내는 자의 목마름은 그런 무모함을 또한 기꺼이 무릅쓰게 했다.

1.

우선 필자는 조오현 시인의 첫 시집의 맨 앞에 수록된 「할미꽃」, 그리고 그의 등단작 중에서도 제일 먼저 발표된 「염원」(발표 당시의 제목은 「몸을 씻어 주세요」), 이 두 작품에서부터 출발해 보고자 한다.

이른 봄 양지밭에

나물 캐던 울 어머니

곱다시 다듬어도
검은 머리 희시더니

이제는 한 줌의 귀토(歸土)
서러움도 잠드시고.

이 봄 다 가도록
기다림에 지친 삶을

삼삼히 눈 감으면
떠오르는 임의 양자(樣子)

그 모정(母情) 잊었던 날의
아, 허리 굽은 꽃이여.

하늘 아래 손을 모아
씨앗처럼 받은 가난

긴 긴 날 배고픈들
그게 무슨 죄(罪)입니까

적막산(寂寞山) 돌아온 봄을
고개 숙는 할미꽃.

—「할미꽃」 전문 1 : 16

1972년 1월 『시문학』에 발표된 이 작품을 시인이 시집 제일 앞에

배치한 까닭은 무엇인가? 그건 자신의 문학적 原點을 잊지 않고자 한 스스로의 다짐의 표시는 혹시 아니었을까? "이른 봄 양지밭에/ 나물 캐던 울 어머니"… 시인은 햇볕 따스한 어느날 양지바른 곳에 피어 있는 '할미꽃'을 마주하여 그리운 어머니의 얼굴을 떠올리고 있다. 거기에서는 어머니를 그리워하며 보냈던 그의 유년과 그런 자식이 못잊혀 되돌아와 준 어머니의 안쓰러운 마음('할미꽃'에는 손녀의 집을 눈앞에 두고 쓰러져 죽은 할머니의 넋이 담겨 있다는 전설이 있다)이 만나고 있기도 하다. 그 만남의 광경은, 죽음이 갈라놓은 시간만큼이나 길고 깊은 슬픔을 자아낸다. 3연에서 우리는 또한 '가난'으로 인한 '상처'가 유년의 시인에게 깊이 각인되어 있었음을 알 수 있다. 그리하여 이 작품에서 "고개 숙는 할미꽃"은 어쩌면 그러한 상처를 자식에게 안겨준 어미의 슬픔을 그려내기 위한 형상인 듯도 하다. 하지만 시인은 말한다. 어머니, "그게 무슨 죄입니까" '그건 어머니 잘못이 아닙니다.' 시인은 "적막산(寂寞山) 돌아온 봄" 어느날 "고개 숙는 할미꽃"을 대하여 어머니에의 그리움과 안타까움을 어찌하지 못한다. 그건 시인이 미처 다 말할 수 없었던 가장 깊은 마음의 '상처'가 아니었을까?

> 울엄마 무덤 가에는 진달래만 타는가
> (…중략…)
> 삼삼히 떠오르는 가슴 속 상처처럼
>
> —「봄」 부분 1 : 42

> 어머니 머리맡에
> 눈물만을 남기신 생애

그냥은 차마 그냥은
감을 수 없었으라!
(…중략…)
부처님 전 밝힌 설움이
행여나 꺼질세라

칠 남매 기르신 정이
강물 되어 넘쳤네

─「종연사(終緣詞)」 부분 1 : 45~46

한(限)없이 거느린 애(哀)
이 세상을 끊고 갈 때

─「베틀에 앉아」 부분 1 : 57

어머니 사련(邪戀)의 아들 그 목숨의 반경(反耕)이어

─「심우도(尋牛圖)─견우(見牛)」 1 : 98

주로 초기 시편들(70년대 초 '경허'의 영향을 받기 이전의 시편들)에서
많이 보이는 '어머니'와 관계된 이러한 표현들은 그것이 시인의 문
학적 출발의 중요한 뿌리의 하나였음을 짐작케 한다. 어머니에의 그
리움이 '씨앗'의 형상으로, 그의 마음 깊은 곳에 묻혀 있는 것으로
보이며("뜨거운 말씀을/ 솔씨처럼 묻으시고"「석굴암대불」 1 : 18) 거기에는
시인의 유년의 '상처'가 또한 새겨져 있다. 이후의 작품들이 그러한
씨앗의 다양한 발현태인 것으로 미루어 생각해 본다면, 그 전후 이
야기를 담고 있는 듯한 이 작품에서의 "고개 숙는 할미꽃"의 영상은
간과되기 힘든 것이라고 말할 수 있겠다.

진흙덩이 뚫고 나온 난생이 잎입니다
갈증에 목이 몰아 시들어 버리기 전에
목숨의 계류를 끼고 살게 하여 주세요.

스스로 못자라는 나약한 줄깁니다
가쁜 숨 몰아쉬면 향기로운 내음 일고
벌이 와 잉잉거려도 웃게 하여 주세요.

상념(想念)은 맴을 돌고 업(業)은 짙어옵니다
우화(羽化)할 번데기처럼 허물 다 벗기도록
무심(無心)한 수양 그늘에 몸을 씻어 주세요.

-「염원(念願)」 전문 1 : 38

위 작품은 『시조문학』(1966. 9)에 「몸을 씻어 주세요」라는 제목으로 발표된 시인의 제1회 추천작이다. 즉, 제일 처음 발표된 조오현 시인의 문단 데뷔 작품인 셈이다. 시인으로 하여금 끊임없이 길을 떠나게 하였던 '갈증'과 또한 그로부터 벗어나 그가 추구하고자 했던 조화로운 세계의 一端("향기로운 내음 일고/ 벌이 와 잉잉거려도 웃"을 수 있는), 그리고 그에 이르는 방법의 하나("우화(羽化)할 번데기처럼 허물 다 벗기도록/ 무심(無心)한 수양 그늘에 몸을 씻어 주세요.")가 이 작품에 인상적으로 함께 나타나 있는 것이다. 그리하여 우리는, 자신의 '상처에서 꽃을 피우고' "그 자신의 마음 속에 본원적인 샘물이 솟아오르"게 하는 것(헤르만 헤세, 『싯다르타』, 을유문화사, 1973, p.186와 p.18)이 조오현 시인의 시 창작과 求道의 첫머리에 놓인 문제의식이었다는 것을 알 수 있다. 시 「비슬산 가는 길」은 그러한 길의 초입에 서 있는 시인의 모습을 보여주는 듯하다.

비슬산(琵瑟山) 굽이 길을
스님 돌아 가는 걸까

나무들 세월 벗고
구름 비껴 섰는 골을

푸드득 하늘 가르며
까투리가 나는 걸까.

거문고 줄 아니어도
밟고 가면 운(韻) 들릴까

끊일 듯 이어진 길
어어질 듯 끊인 연(緣)을

싸락눈 매운 향기가
옷자락에 지는 걸까.

절은 또 먹물 입고
눈을 감고 앉았을까

만(萬)첩첩 두루 적막(寂寞)
비워 둬도 좋을 것을

지금쯤 멧새 한 마리
깃떨구고 가는 걸까.

―「비슬산 가는 길」 전문 1 : 20

지금 시인은 '스님 돌아 가는 굽이 길을' '구름 비껴 섰는 골을' 따라 절에 오르고 있다. "끊일 듯 이어진 길/ 이어질 듯 끊인 연(緣)을" 밟고 가는 시인에게는 어떠한 '운(韻)'이 들려오고 있는 것일까? 이런 시각에서, 필자에게는 '…하는 걸까'라는 이 시의 형식적 각운보다는 "싸락눈 매운 향기"에 이 작품의 핵심적인 '韻'이 있다고 보인다. 그것은, 그 차갑고도 시원한, 따끔거리면서도 토닥여주는 듯한 싸락눈을 맞으며 "매운 향기"를 이야기하고 있는 시인의 그 자리에서 울려나는 '울림' 때문이다. "비슬산 굽이 길을/ 스님 돌아 가는 걸까", '까투리는 어떠한 사연의 골짝을 나는 것이며', 지금 '내가 가는 이 길에는 어떠한 운명이 기다리는 것인가', "끊일 듯 이어진 길/ 이어질 듯 끊인 緣을// 싸락눈 매운 향기가/ 옷자락에 지"고 있다. '비슬산 가는 길'에서 만난 "싸락눈 매운 향기"에는 聖과 俗의 구분이 '逆의 습―'로 이르게 되는 접합점이 다양한 이중적 감각들과 의미들로 구축되어 있어서, 그 때 시인이 흘리는 눈물이 기쁨의 것인지 슬픔의 것인지 분간하는 것이 무의미한 그런 지점을 그가 통과하고 있는 것으로 읽혀지는 것이다.

2.

조오현 시인의 초기시에 나타난 '갈증'을 우리가 하나의 간절한 '발심'으로 이해해 본다면, 이후 그의 시적 편력은 깨달음에 이르기 위한 '삼엄한 구도행'을 펼쳐나간 것으로 이야기해 볼 수 있을 듯하다. 그 '구도행'의 첫머리에 <산거일기>와 <달마> 연작이 놓여 있다.

어느 신의 뜻으로도
한 생은 버릴 수 없어

뜨지도 잠기지도 않고
가만 드는(提) 산목단(山牧丹)

골보다 깊은 사모를
잎으로나 접었다.
　　―＜산거일기(山居日記)＞ 중 2 「골보다 깊은 사모(思慕)를」 1 : 22

　위의 시에서 "뜨지도 잠기지도 않고/ 가만 드는(提)"이라는 표현은
중력을 거슬러 오르는 은근한 의지를 표현하는 것으로 읽을 필요가
있다. 즉, 무화된 관념적 상승도 아니요, 또한 좌절하여 주저앉은 것
도 아닌, 자신의 존재론적 무게를 감당하며 스스로를 일으켜 세우는
의지적 몸짓이 거기("가만 드는")에는 있는 것이다. 그것은 그 어느 "골
보다 깊은 사모"를 지닌 자가 그것을 표출하는 방식의 하나일 것이
다. 필자에게는 이러한 은근한 힘이 조오현 시인의 시적 세계를 형성
하는 바탕이 되고 있다고 보이며, 그러나 그것은 또한 "골보다 깊은
사모"가 불러 일으켜 내는, 어찌할 수 없는 힘이기도 할 것이다.
　시인으로 하여금 길을 나서게 한 그 힘은 그러나 발심의 깊이만
한 逆境을 뚫고자 하는 것이어서, 시인은, "손발톱은 다 물러 빠지
고" "단 벌 그 목숨도 두 어깨에 무거운데" "목숨을 켜는 날이 선
바람소리"(＜달마(達摩)의 십면목(十面目)＞ 중 「끊어진 소식으로」)를 마주해
야 했다. 그와 더불어 그의 시적 변화 또한 본격적으로 일어나고 있
다. '경허' 선사의 영향을 받았다고 하는 70년대의 시편들은 이렇게
시작된다. 이 시기 시인에게는 "미친 하늘 뇌신이 와서/ 세상을 다

때려부수고 서천 번개로 가자"하고(「내 몸에 뇌신(雷神)이 와서」), 이제 "속살 깊이 울던 울음도/ 먹피로 삭아버"렸다(「살갗만 살았더라」). 그 자리에서 시인은 "대 내린다 대 내린다/ 신통 대 내린다 (…중략…) 피 받아라 피 받아라/ 공수 받듯 피 받아라"(「산중문답―傳偈」)라고 신내림 춤을 추기까지 한다.

> 이날토록 아린 가슴을 갈아놓은 피의 먹물
> 만지(滿紙), 하늘 펼쳐놓자 역천(逆天)인가 온몸이 떨려
> 바로 쓴 생각조차도 짓이기고 말다니!
>
> ―「내가 쓴 서체(書體)를 보니」 2연 1 : 74

위에 인용한 부분에서 보듯, 시인은 자신이 지금껏 지녀왔던("이날토록 아린 가슴을 갈아놓은 피의 먹물") 그 "생각조차도 짓이기고" 하늘을 거스른 듯한 고절감에 온몸을 떨고 있다. 이러한 격한 변화는 백척간두에 선 듯한 아슬아슬한 경계를 그가 통과하고 있음을 느끼게 한다. 그것은, "내가 나를 찾는/ 끝없는 미행 속에"서, 자신을 둘러싸고 있는 온갖 것이, 나아가 자기 자신이, 타파되어야 할 은산철벽으로 화한 그러한 경계가 아니었을까? 거기에서 한발 더 내딛기를 시인은 부르짖고 있는 듯하다. "일러라―이 세상 살릴/ 네 일구를 네 일구를"(「네 일구를」)

「진이(塵異)」, 「파환향곡(破還鄕曲)」, 「일색과후(一色過後)」(1~5) 등의 작품에서는 자신의 참 모습을 보려는 시인의 구도행이 절정이자 고비에 이르고 있는 것으로 보인다. "한 생각 만석들이를/ 다 거둬 몽글어도" 벗겨지지 않는 "목숨의 겨". 과연 그것은 "몇 생을 거듭 대껴야/ 꺼끄럽지 않"게 될 것인가(「진이」).

일찍이 깊은 줄 몰랐던
내 목숨 생수(生水)받이에

그 누가 말도 없이
돌을 집어 던지는지

막아도 매일 막아도
터지는 생활(生活)의 둑.

터지고 터져
분노까지 터져버려

곧이곧대로 믿은
내 인생에 내가 던진 부표(否票)

끝끝내 막지 못했네.
찾아내지 못했네.

—「일색과후(一色過後)1」 전문 1 : 82

　'생수받이'란 땅에서 나오는 물을 받아서 짓는 논을 말한다. 따라서 "내 목숨 생수받이"란 자신의 '가슴을 갈아낸 피의 먹물'로 경작해온 삶을 가리키는 말이리라. 하지만 이제 시인은 "곧이곧대로 믿은" 자신의 그러한 삶에 '부표(否票)'를 던지지 않을 수 없다. "막아도 매일 막아도/ 터지는 생활의 둑/// 터지고 터져/ 분노까지 터져버"렸고, 그렇게 되었음에도, 시인은 아직, 찾아헤맨 그 무언가를 "찾아내지 못했"다.

온몸에 열기가 번지고 으스스 떨리는 도한(盜汗)
벌써 몇 년째인가 쿨룩쿨룩 쿨룩쿨룩
이름난 의원은 많아도 약이 없는 나의 병.

얼마를 더 앓아야 기침이 멎을 건가
한밤 내 토사(吐瀉)를 해도 세상은 비릿비릿하고
뱉은 건 병균 아니라 내 살점 묻는 피.

진작 다친 몸이라면 붕대라도 감았을걸
눈을 부릅떠도 보이지 않는 저 환부를
오늘도 도려내지 못하고 쿨룩쿨룩 쿨룩쿨룩.

—「일색과후(一色過後)5─천만(喘滿)」 전문 1 : 89

도대체 이 시기 시인에게는 무슨 일이 있었던 것일까? 우리는 다만 위의 시편들에 나타난 시인의 求道 行脚의 일면을 보면서, 그러한 격렬함이 초기시의 간절한 '발심'에서 추동되어 나온 것임을 거듭 짐작할 수 있을 뿐이다. "눈을 부릅떠도 보이지 않는 저 환부", 도려내야 할 그 '상처', 바로 그것이 이제 시인에게는 은산철벽과 같은 화두로 화한 것이었으리라. 그걸 붙들고 자신과의 싸움을 벌이고 있는 이러한 작품들이, 필자에게는 시인의 두 번째 시기의 시세계를 대표하는 듯하며, <심우도> 연작은 그 한 매듭을 짓고 있는 것으로 보인다.

어젯밤 그늘에 비친
고삐 벗고 선 그림자

그 무형(無形)의 그 열상(裂傷)을
초범(初犯)으로 다스린다?

태어난 목숨의 빚을
아직 갚지 못했는데

하늘 위 둔석(窀穸)에서 누가 앓는 천만(喘滿)이다
상두군도 없는 상여 마을 밖을 가는 거다
어머니 사련(邪戀)의 아들 그 목숨의 반경(反耕)이어.

—「심우도—見牛」 전문 1 : 98

　시인은 드디어 그가 그토록 찾아다니던 '소'를 본다(見牛). 그런데
그것은, '그늘'에 비친 형상이며, 고삐를 벗고 선 '그림자'로 그려져
있다. 우선, 이 점이 주목된다. "그 무형(無形)의 그 열상(裂傷)", 그 '상
처'는 형체가 없는 것이며, '그늘' 속에서 '그림자'의 형상으로밖에 잡
아낼 수 없는 그런 것이다. 그것이 '나'의 병에 약이 없던(「일색과후(一
色過後)5 − 천만(喘滿)」) 까닭이기도 하며, 이런 인식을 드러내기 어려운
이유이기도 하다. 하지만 바로 그 경계상(그늘, 그림자)에서 시인이 자
신의 환부를 비로소 마주보게 되었다는 사실은 주목될 필요가 있다.

무늬진 꽃구름을 넘나드는 그 여일(餘日)이
산과 들 물빛으로 놓고 가는 그늘이면
이 천지 적막의 땅이 어디엔들 안 열리리.

낙엽진 영(嶺)너머로 일월(日月)이야 보내 두고
본래 지닌 대로 노을에나 타다보면
지친 발 이승의 길이 저승엔들 못미치리.

학 앉은 높은 솔 숲 청산조차 묻어 둘 걸
무삼일 가다 말고 열두 골을 밟는 달빛

다시 와 깊은 산창(山窓)에 그림자를 놓는가.

―「정(靜)」 전문 1 : 32

이 시에서 '노을'(또는 그 빛과 그늘)은 위에서 말한 境界像의 일종으로 해석해 볼 수 있다. 그것으로 인해, "산과 들 물빛으로 놓고 가는"에서의 대지와 물이 서로 어울리게 되고, 마지막 연에서처럼 시인과 사물과의 조응, 감응이 이루어지는 것이다(시인이 기거하는 산창에 그림자를 놓는 달빛). 그리고 또한 시인이 "이 천지 적막의 땅이 어디엔들 안 열리리"라고 표현하듯 새로운 '열림'이 가능해지는 것이어서 그것은 이승에서 저승으로까지 펼쳐져 있다("본래 지닌 대로 노을에나 타다보면/ 지친 발 이승의 길이 저승엔들 못미치리"). 시 「일월(日月)」(1 : 54)에서도 "하루해 잠기는 수평(水平)/ 꽃구름이 물드는데// 닫힐 듯 열리는 천문(天門)/ 아, 동녘 달이 또 돋는다."라고 하여 '닫힘'과 '열림'의 순간이 포착되어 있다.

출발점과 도착점이 만나는 곳, '닫힘'과 '열림', '떠남'과 '머묾'이 통하는 곳, 만남과 이별, 생과 사의 그 경계에서 '웃음'이 터져나온다.

히히히 호호호호
으히히히 오허허허

하하하 으하하하
으이이이 이 흐흐흐

껄껄걸 으아으아이
우후후후 후이이

약(藥)없는 마른 버짐이 온 몸에 번진 거다

손으로 짚는 육갑(六甲) 명씨 박힌 전생(前生)의 눈이다
한 생각 한 방망이로 부셔버린 삼천대계(三千大界)여.

—「심우도—人牛俱忘」 전문 1 : 102~103

가끔씩 보이던 '의성어'가 이 작품에서 돌출한다. 그 '웃음'은 시인
이 안으로 삭히던 '울음'이 터져 나온 것처럼, "약(藥)없는 마른 버짐
이 온 몸에 번진" 것처럼 주체할 수 없이 안팎이 툭 터트려진, "한
생각 한 방망이로 부셔버린" 그런 세계를 형상화한 것이리라. '인우
구망'…사람과 소 모두 잊는, 모두 비어 있는 경지…"이 경지 이르러
야 조사의 마음과 합치게" 될 것이며(곽암의 게송), "범속함과 거룩함
둘 다 집착하지 않"게 될 것이다(자원의 서문).2) 여기에서 우리는 텅
빈 圓, 일원상(一圓相)을 그리고 있는 시인의 모습을 보게 된다.

3.

제 2시집에 수록된 <萬人古則> 연작을 중심으로 한 이후의 '선
시'들에서 시인은 불교적 관용구나 레토릭에 기대어 자신의 화두를
지속적으로 참구해 나간다. 몇 가지 사항을 중심으로 필자는 이것의
의미를 생각해 보았다. 우선, 첫 시집에서 둘째 시집 발간에 이르는
20여 년의 시간적 공백이다. 이 시기 동안 시인은 '불교신문'이나 조
계종 총무원에서 주요직책을 수행한 바 있는데 이는 중생 교화의
길로 이해된다. '만인고칙'에서의 '만인'이 뜻하는 바도 그러한 맥락
에서 풀이해 볼 수 있을 것이다. 둘째, 선가 전래의 화두를 본격적으
로 끌어들여 자기 응시의 '거리'를 확보하는 효과가 있다는 것, 그리

---

2) 장순용 편, 『선이란 무엇인가—십우도의 사상』, 세계사, 1991, pp.67~68.

고 이와 관련된 것이기도 하지만, 셋째, 구도 수행과 깨달음 이후의
'교화' 활동으로 연결된 지점을 이 작품들이 보여주고 있다는 점 등
이다. 따라서 우리는 <만인고칙>을 중심으로 한 '선시'들에서, 그가
얻었고 또한 후학들에게 전하고자 하는, 주요 관심사의 일단을 살펴
볼 수 있을 듯하다.

　<만인고칙(1)> 중 먼저, 시인이 지금껏 걸어온 길을 가리키는 듯
한 작품으로 다음과 같은 것이 있다.

> 벗어 들 헌 짚신 그 한 짝도 없이
> 한 생각 일사천하(一四天下), 일백일십성(一百一十城)을 다 밟아보고
> 그 걸음 그 몸짓으로 밀뜨린 은산철벽
>
> 　　　　　　　　　　　ㅡ「향상일로(向上一路)」 전문 2 : 18

'은산철벽'…은빛 산, 그리고 차고 검은 돌과 바위, 그리고 사물
들…빛과 어둠…그것은 미망 속에 갇혀 있는 인간 존재를 포함한,
온 세상을 가리키는 말로 이해된다. 시인은 피할 수도 없이 그 철벽
과 대면하여("벗어 들 헌 짚신 그 한 짝도 없이"), "그 걸음 그 몸짓으로"
그것을 타파해 나간다. 시인의 작품에 자주 등장하는 '칼'이 필요한
것도 바로 이때다.

> 진작 찾아야할 부처는 보이지 않고
> 허공에서 떨어지는 저 살인도(殺人刀) 저 활인검(活人劍)
> 한 사람 살아가는데 만 사람이 죽어있구나
>
> 　　　　　　　　　　　ㅡ「조주대사(趙州大死)」 전문 2 : 18

　위의 시에서 "한 사람 살아가는데 만 사람이 죽어있구나"라는 것

은 그가 "일체의 시비와 번뇌를 밑바닥까지 철저히 죽여 없앤" "大死底人"이기 때문이다(조오현 역, 『벽암록』, p.152). 살리기 위해 죽인다는 말이 나오는 것도 그 맥락이다("저 살인도(殺人刀) 저 활인검(活人劍)"). 조오현 시인은 이에 대해 "그('대사저인')가 되살아났다는 것은 다시 시비가 일어났다는 뜻이 아니고 깨달은 사람의 책무인 교화 활동을 한다는 뜻이다. 그러니까 조주의 질문은 어떻게 교화활동을 할 것인가 하는 것이다."(『벽암록』, p.152)라고 말한다. 즉, '칼'은 그 자신에게 필요했을 뿐만 아니라, 수행을 하는 후학들에게도 필요한 것이다. 또한 그 의미는 대립상으로부터 결연히 벗어나는 데 있다. "한치 앞도 볼 수 없는 천야만야 생사의 간두(竿頭)"에서 시인은 "이제는 손을 놓아라 살아 남고 싶으면"(「천평행각(天平行脚)」 2 : 22)이라고 말한다. 크게 죽어야 크게 산다는 뜻이리라. 또한 시인이 "몇 겁(劫)을 울던 울음 모두 울어 버리고/ 몇 겁을 웃던 웃음 모두 웃어 버리고/ 시방찰 문전 앞에서 허물 벗고 가거라"(「백장야호(百丈野狐)」 2 : 19)라고 말하여, 또 다른 세계로의 존재론적 변환을 가리키고 있다.

4.

무금선원에 앉아
내가 나를 바라보니

기는 벌레 한 마리가
몸을 폈다 오그렸다가

온갖것 다 갉아 먹으며
배설하고

알을 슬기도 한다.

─「내가 나를 바라보니」 전문 2 : 9

위의 시는 둘째 시집 첫 작품이다. 평이한 듯한 서술이 눈에 띄지만 그 경지를 짐작하기가 쉬운 것은 아니다. 조오현 시인은 시 「무자화」, 「일색변」, 「무설설」 등에서, 화두를 타파한 후의("언제 어디로 가나 따라 다니는 의단(疑團) 덩어리/ 이제는 깨뜨려 버려라 말할 때가 되었다." 「보수개당(寶壽開堂)」 2 : 17) '평상심'의 경지를 보여주는 듯하다. 차별, 대립을 초월한 '일색'의 경계를 보여주고 있는 「일색변(一色邊)」 연작 중 「일색변6」에는 특히 시인 자신이 걸어온 삶이 투영되어 있는 듯하여 주목해 보았다.

놈이라고 다 중놈이냐
중놈소리 들을라면

취모검(吹毛劍) 날 끝에서
그 몇 번은 죽어야

그 물론 손발톱 눈썹도
짓물러 다 빠져야

─「일색변6」 전문 2 : 29

이 시기에 두드러져 보이는 반복법이나 리드미컬한 어법('그 물론', '그 무슨', '─하고 있는거다' 등등), 그리고 유년의 회상('童僧'의 형상을 포함하여) 등도 주목할 만하다. 그것은 차이와 분별을 이미 넘어선 경지에서 발현하는 구체적 현상들의 실마리가 될 듯하기 때문이다.

하지만 필자에게는 이 시기 조오현의 시에서 특징적인 것은 오히려, 그것이 초기시의 '갈증'에서 완전히 벗어난 다른 세계인 것이 아니라, 그 안타까움과 간절함의 정조를 포함하고 있으면서도 거기에 구속되어 있지 않은, '중도'의 경지를 보여준다는 점에 있다고 생각한다. 이미 벗어났지만('파환향'), 되돌아온 것이다('환향'). "설움의 소리를 듣고/ 차마 못갈 보살(菩薩)−"(「관음기(觀音記)」 1 : 47)의 길을 가겠다는 것은 이미 그의 '초발심' 시부터 갖고 있던 마음가짐이 아니었던가. '출가', 속세로부터의 떠남은 바로 그러한 고통으로부터의 고개돌림이 아니라, 관음보살이 보여준 '자비행'에 있음을 이 작품에서 다시금 확인할 수 있다.

따라서 시인이 오랜 도반의 죽음에 접하여 "돌에도 숨결이 있어 검버섯이 돋아났나/ 한참을 들여다보다가 그대로 내려왔다"라고 말할 때의 "길가에 버려진 듯 누운 부도"를 한참동안 들여다보는 장면(「재 한 줌」)이나, 미천골 선림원지의 "버려진 하나 복련석 손을 짚어 보았다/ 얼마나 많은 아픔이 남아야 탑신이 되나" "한참을 돌아다 보았다 돌아다 보았다"(「미천골 이야기로」)라고 말할 때, 우리는 시인의 초기시의 밑바탕에 놓였던 바로 그러한 애잔한 정조가 다시 되돌아 온 것을 목도한다. '크게 죽어 되살아온' 그것은 바로 시인으로 하여금 '발심'하게 하고, 구도행을 추동하였던 바로 그것, 바로 그 아픔이다.

5.

그렇다면 그가 도달한 시적 경지는 과연 어떠한 것인가? 필자는 그것을 시 「산창을 열면」 등에서 보이는 '조화와 융합의 에로스', 그리고 「파지」, 「일색과후」, 「선화(禪話)」 등의 후기시에 자주 등장하는 '동승(童僧)'의 면모에서 찾아 볼 수 있을 것으로 생각한다.

        화엄경 펼쳐 놓고 산창을 열면
        이름 모를 온갖 새들 이미 다 읽었다고
        이 나무 저 나무 사이로 포롱포롱 날고……

        풀잎은 풀잎으로 풀벌레는 풀벌레로
        크고 작은 푸나무들 크고 작은 산들 짐승들
        하늘 땅 이 모든 것들 이 모든 생명들이……

        하나로 어우러지고 하나로 어우러져
        몸을 다 드러내고 나타내 다 보이며
        저마다 머금은 빛을 서로 비춰 주나니……

                        ―「산창을 열면」 전문 2 : 57

"하늘 땅 이 모든 것들 이 모든 생명들이……// 하나로 어우러지고 하나로 어우러져/ 몸을 다 드러내고 나타내 다 보이며/ 저마다 머금은 빛을 서로 비춰 주"는, 온갖 생명들의 '調和'와 존재의 희열이 위의 시에는 있다. 리듬감 있는 열거법 속에서 펼쳐지는 이 모든 것들의 '輪舞'는 바로 '화엄'("수많은 것들이 상입·상즉하고 있는 모습이 마치 가지가지 아름다운 꽃들로 장엄된 것 같은" 이기영, 『불교개론강의(하권)』, p.279)의 세계를 가리키고 있는 것이 아닐까? 그래서 시인은 그 세계의 일원인(一中一切多中一/ 一卽一切多卽一) "이름 모를 온갖 새들"이 이미 그것을 읽을 필요가 없다고 표현한다. 이미 그 자체가 화엄 세계이기 때문이다.

시 「관등사」(2 : 74) 또한 이와 유사한 측면을 갖고 있어 눈길을 끈다. "나무며 풀잎들이며 이 모든 유정무정들/ 다시 태어나는 크나큰 기쁨 하나로/ 저마다 축복을 안고 법열에 젖어 있구나.// (…중략…) 정토는 따로 없어라 출렁이는 관등물결." 팔모등, 수박등, 연등, "손에 지등, 맘엔 심등" 등 온갖 염원을 담은 관등물결은 '화엄'의 세계를 표상하기에 더없이 적합한 모습이리라.

> 조실스님 상당(上堂)을 앞두고
> 법고를 두드리는데
>
> 예닐곱 살 된 아이가
> 귀를 막고 듣더니만
>
> 내 손을
> 가만히 잡고
> 천둥소리 들린다 한다.
>
> ―「파지(把指)」 전문 2 : 59

　시인이 도달한 지점은 또한 앞서 언급한 바 있는 '平常心'의 세계이다. 차별과 분별의 日常과는 달리, 탁 트이고 넓은, 그래서 예닐곱 살 된 아이와 시인을 굳이 구분할 필요도 없는 그러한 세계가 위의 시에 펼쳐져 있는 것이다. 더 이상의 말은 사족이 될 뿐이겠지만, 이 작품에서 필자에게 흥미로웠던 것은 법고 두드리는 소리에서 천둥소리를 듣고 있는 아이, "내 손을 가만히 잡고" 있는 "예닐곱 살 된 아이"가 다름 아닌 유년의 시인의 모습으로 읽혀진다는 점이다. 즉, 위의 시는 '십우도'의 마지막 장면(「입전수수」)에서 늙은 스님과 동자승이 마주보고 이야기하는 장면(柴山全慶, 『十牛圖』, p.121 그림 참조)을

떠오르게 하는데 시인 또한 그 바로 앞의, <심우도> 아홉 번째 작
품인 「반본환원」에서 "아, 나는 아직 동진(童眞)이네"라고 하여· 어릴
때 출가했던 자신의 모습을 상기시키고 있기 때문이다.

        나이는 열두 살
        이름은 행자

        한나절은 디딜방아 찧고
        반나절은 장작 패고……

        때때로 숲에 숨었을
        새 울음소리 듣는 일이었다

        그로부터 10년 20년
        40년이 지난 오늘

        산에 살면서
        산도 못 보고

        새 울음 소리는커녕
        내 울음도 못 듣는다.

─「일색과후」 전문 2 : 77

제2 시집의 마지막에 수록된 작품이다. "내 울음도 못 듣는다"라
는 표현은 이미 우리가 초기 시편들에서 볼 수 있었던 것이 아닌가.
그렇다면 다시 원점이라는 말인가? 하지만 初發心時便正覺(초발심시
변정각)이라는 말을 떠올려 본다면 우리는 시인의 행적에 대한 이해
에 도움을 받을 수 있을 듯하다. 즉, 어머니와의 만남에 대한 기원이

그의 발심을 촉발시킨 것이라고 한다면(초발심이 곧 깨달음이라는 말을 바로 이곳에 대입해 본다면 시인은 그러한 만남에 대한 기원 속에서 이미 어머니와 만나고 있었다고 이야기해 볼 수도 있다), 그것은 또한 '내'가 현실의 '나'를 무한히 벗어나는 '수행'을 거쳐 진정한 '나'와의 만남, 아니, 진정한 '나'와 하나가 되는 것, 그리하여 그 하나됨 속에서 어머니와의 만남이 가능해지는 큰 하나가 되는 것으로 그의 행정을 그려볼 수도 있는 것이다.

시인이 문성준 선사로부터 받은 화두인, "보리달마는 왜 수염이 없는가"(<달마의 십면목> 프롤로그 참조)에 대해, 이기영은 그 화두는 '직접 확인해 보면 된다', 즉, 참선을 하고, 마음 공부를 하라는 뜻이라고 설명을 한다. "친견했다고 하면 (…중략…) 벌써 두 개가 생겨버렸어 (…중략…) 진짜 친견이라는 것은 하나가 돼 버리는 것, 진짜 자기가 된다는 것이죠. 그야말로 시시한 자기를 다 잊어버리고 모든 사람과 더불어 하나가 될 수 있는 그런 참된 자기가 됐을 때에는 이미 자기가 된 게 아니라 모든 사람들과 하나가 된 것이라고 이야기할 수 있겠죠."(이기영, 『무문관강의』, p.86 '호자무수(胡子無鬚)' 해설 중)

따라서 우리는 조오현 시인의 '발심'과 '화두참구'의 과정, 그리고 깨달음과 '교화'에 이르는 길을 그의 시편들을 통해 도식적이나마 그려볼 수 있게 된 듯하다. 하지만 중요한 것은 우리 자신이 스스로의 울음을 듣는 일, 자신의 본래 모습과 대면하는 일일 터이다. 그렇기에 결론에 이르러 비로소 이런 의문이 든다. 나는 무엇을 읽은 것인가? 내가 읽은 것은 과연 시인 조오현의 작품이었던 것일까? 밖에는 아직도 눈바람이 일고 으르렁거리는 소리마저 내고 있다.

_2006년

우주와 역사의 접점 찾기

비평론 제3부

- ▸▸ '민족문학'과 '민족주의문학'
- ▸▸ 폴드만의 해체 비평
- ▸▸ 현대시의 '언어유희'와 '웃음'
- ▸▸ 근대에 應戰하는 시와 비평
- ▸▸ 『발터 벤야민과 아케이드 프로젝트』를 읽고

'민족문학'과 '민족주의문학'

1.

E.J.홉스봄이 말한 것처럼 "'민족문제'는 논쟁적이기로 악명높은 주제"임에 틀림없다. 우리의 '민족문학' 논의 또한 예외가 아니어서, 그것은 좌·우 이데올로기의 격렬한 대립의 장이 되기도 했다. 모두들 '민족문학'을 운위하고 있었지만 서로의 입장은 조화되기 어려운 것이었고, '문학'을 보는 방식에도 커다란 차이가 있었던 것이다. 그러한 이론적 대립과 경직화의 양상으로 인해 작품에 대한 편향된 선택과 재단비평이 뒤따랐고, 그에 따라 민족문학의 입지마저 좁아지게 된 것이 현실적 상황이 아닌가 생각해 본다. 이러한 내부적 상황에다, 통속화된 해체주의와 몰가치적인 포스트모더니즘의 유행은, '민족문학'을 운위하는 일마저 이데올로기에 집착하는 일, 시대착오

적인 일로 여기게 하고 있다.

이러한 상황에 이르게 된 원인을 진단하는 일은 다양한 방식으로 시도될 필요가 있겠지만, 그 원인의 일정 부분은, 이데올로기로서의 '민족주의문학'과 문화적 개념으로서의 '민족문학'을 구별하지 않고 사용한 데서 찾아볼 수도 있겠다. 이것은 단순히 용어구분의 문제에 머물지 않는다. 이미 많은 문제점을 노정해 온 70년대 이후의 창비 계열의 '민족문학'을 비판하면서, 새롭게 개념 정의를 하고 있는 오세영의 논의는 바로 이 부분을 지적하고 있어서 주목된다.[1]

> 현실 참여의 한 형태로서 부조리한 정치체제나 외세에 투쟁한 문학만을 민족문학으로 규정하려는 종래의 견해는 (…중략…) 넓은 의미에서 모두 민족문학으로 포함시킬 수 있음에도 불구하고 좁은 의미로는 정치적 이데올로기로서의 민족주의 문학과 문화적 개념으로서의 민족문학은 구별되어야 할 것이다.
>
> —오세영, 「민족문학 수립의 한 과제」

C.헤이스에 의하면, '민족'은 동일언어를 사용하고 역사적 전통을 공유하는 인민의 문화적 집단으로 규정되며, '민족주의'는 애국심과 민족의식과의 융합체로서 애국심의 대상이 민족국가로 향할 때 비

---

1) 오세영 「민족문학과 민족주의문학」(『서정적 진실』, 민족문화사, 1983), 「민족문학 수립의 한 과제」(『동서문학』, 1989. 4) 참조. 오세영은 앞의 글에서 '민족문학'의 성립에 필요한 몇 가지 조건을 제시하고 그 범주화를 시도한 바 있다. 그 내용을 간단히 정리해 보면, 첫째, "민족어, 즉 모국어의 이상적인 구사", 즉 "민족문학은 모국어만이 지닌 특징을 가장 아름답고 섬세하게 문학작품으로 승화시킬 수 있어야 한다"는 것. 둘째, 한국적인 삶의 형상화, 셋째, 한국문학 양식의 계승 발전, 넷째, 민족의 기층적 사고(문학적 감수성) 또는 전통적 사상(민족정신)에 대한 탐구 노력이 필요한 점 등이다.

로소 생겨나는 것이다.2) 이와 같은 관점에서 보았을 때, 백낙청이 주장하는 '민족문학'은 실상, '민족주의문학'이라는 것이 드러난다. 그는 「민족문학의 개념의 정립을 위해」(『월간중앙』, 74. 7)에서, 민족문학을 철저히 역사적인 성격을 띠고 있는 것으로 규정한다. 그가 주장하는 민족문학은 "민족의 주체적 생존과 그 대다수 구성원의 복지가 심각한 위협에 직면해 있다는 위기의 소산"이며, 그러한 "역사적 상황이 존재하는 한에서 의의 있는 개념이고, 상황이 변하는 경우 그것은 부정되거나 보다 차원 높은 개념 속에 흡수될 운명 속에 놓여 있는 것"이다. 이와 같이 백낙청의 민족문학 개념은 통일된 민족국가 형성을 지향하는, 특정한 역사적 시기의 산물이다. 하지만 그러한 관점의 '민족주의문학'을 마치 '민족문학'의 전부인 것처럼 말하는 것에서부터 문제가 발생하기 시작한다. 즉, 문학작품 속에서 역사적 현실에 대한 적극적인 관심을 드러내지 않는 작가들의 작품은 '민족문학'에 미달하거나 제외되어야 하는 대상으로 "젖혀 놓"게 되는 것이다.3)

'민족'을 특정한 역사적 시기의 산물이 아니라 통시대적인 실체로

---

2) Carlton J. H. Hayes, 차기벽 역, 『민족주의－이념과 역사』(한길사, 1981) 중에서 제1장 "무엇이 민족주의인가?" 참조.

3) 70년대 이후 창비계열 '민족문학'의 편협한 시각에 대한 비판은 여러 글에서 반성되고 있다. 권성우 「현실주의 창작방법론의 도식화와 민족문학의 진로」(『문예중앙』, 1988. 9), 김영민 「한국문학, 새로운 계보학 창출을 위하여」(『대화』, 1996. 2), 방민호 「90년대 문학의 비판적 성찰과 새로운 문학의 모색」(『당대비평』, 1997 겨울), 이광호 「'민족문학'의 역사적 범주에 관하여」(『환멸의 신화』, 민음사, 1995), 이재현 「생산적 대화를 위하여 · 2 혹은 희망과 연대를 위하여」(『실천문학』, 1991 가을), 정과리 「민중문학론의 인식구조」(『문학과사회』, 1988 봄 창간호), 진정석 「민족문학과 모더니즘」(『민족문학사연구』, 1997년 제11호) 등의 글을 그 예로 들어본다.

보는 입장, 즉, 언어, 종족, 영토, 문화적 동질성에 기반한 인류 역사의 자연스러운 구성단위로 '민족'을 생각하는 입장은 그와 같은 주장에서는 고려되고 있지 않다. 하지만 정치·경제적 범주와는 다른 우리의 '문화적'(신화, 역사, 공속의식 등) 측면의 특수성을 외면하고서 '민족문학'을 논의할 수는 없을 것이다. 물론 근대성과 그에 수반된 요소들에 의한 커다란 사회·문화적 변화를 무시할 수는 없겠지만, 그러한 근대적 변화 또한 이전부터 존재해온 전통적인 구조 내에서 일어나며, 근대적 변화가 전통적 구조에 영향을 미치는 만큼 그것에 의해 조건 지워지기도 한다는 점을 간과해서도 안 될 것이다.

바로 그와 같은 문화적 영역에서의 연속성과 변화된 모습을 탐구하는 것이야말로 '민족문학' 논의가 담당해야 할 중요한 과제일 것이다. 민족은 민족으로 생존하기 위해서는 정체감, 전통, 신화, 상징 및 의사소통의 코드 등과 같은 문화적 중심을 지녀야 한다. 만약 그 중 하나라도 지니지 못하면, 민족은 다시 그것을 만들어내야 할지도 모른다. 그것은 현재적 관점에서 역사를 재구성하면서 납득할 만한 중심 요소를 발견하는 작업, 즉 '전통의 현재적 재구성' 작업이 될 것이다. 물론 이러한 작업은 충분한 역사적 분석을 통해 공동체의 문화적 유대감 및 공속의식에 함축된 상징성과 신화의 내용과 형태, 그리고 그것들이 보다 확대된 근대사회 속에서 차지하는 역할까지도 검토할 것을 요구한다. 바로 이 부분, 근대적 상황 속에서 그러한 '영속적'인 민족성을 확인해야만 하는 과제가 여전히 남아 있는 것이며, 이러한 작업을 수행한 결과에 의해서 비로소, 문화적 측면에서의 '민족문학'론은 그 당위론적인 주장의 차원을 넘어설 수 있을 것이다.

2.

필자는 앞에서, 창비계열의 '민족문학'론을 '민족주의문학'이라고
정의하고 또한 그것이 "문학작품 속에서 역사적 현실에 대한 적극
적인 관심을 드러내지 않는 작가들의 작품은 '민족문학'에 미달하거
나 제외되어야 하는 대상으로 '젖혀 놓'게" 하였다고 비판했다. 바로
그와 같은('젖혀 놓'는) 비평방식이 우리의 '민족문학'을 왜소하게 만들
고 이데올로기화한 것으로 생각했기 때문인데, 백낙청 자신이 '민족
문학'론을 전개하기 시작한 시기에 쓴 바 있는 다음의 글은 그것이
우연적인 현상이 아님을 보여주고 있다.

「역사적 인간과 시적 인간」(『민족문학과 세계문학』, 창작과비평사, 1978)
이란 글에서 그는, 바르트의 구조주의와 엘리아데의 신화론을 비판
하고 있는데, 특히, 후자에 대한 비판은 그가 주장하고 있는 '민족문
학'의 성격의 일단을 드러내고 있다는 점에서 주목된다. 즉, 백낙청
은 "새 역사를 위한 <행동에의 계시>와 무관한 시와 시론을 한묶음
해서 젖혀놓"(백낙청, p.176)기 위해서, 당시 한국문단에 커다란 영향
을 끼치고 있었던 엘리아데의 사상을 공격할 필요가 있었고, 그러기
위해서 그의 이론이 우리나라 사정과는 무관한 기독교 문화권의 이
론임을 증명하는 방식을 택했던 것이며, 결국 엘리아데의 글을 자의
적으로 왜곡하게 됐던 것이다. 백낙청이 엘리아데를 비판하기 위해
서 인용하고 있는 부분을 그대로 옮겨 보면 다음과 같다.

근본적으로 우리는 신을 배제하지 않는 자유의 철학을 받아들이지
않고는 원형과 반복의 지평을 함부로 초월할 수가 없는 것이다. 실제

로 이것은 원형과 반복의 지평이 유태·그리스도교에 의해 최초로 초월되었을 때도 입증되었는데, 유태·그리스도교는 종교체험 속에 하나의 새로운 범주, 즉 신앙의 범주를 도입한 것이다. (…중략…) 신앙은 어떠한 자연 <법칙>으로부터도 절대적으로 해방된 것, 그러므로 인간이 상상할 수 있는 가장 드높은 자유를 의미한다. 그것은 우주의 존재론적 구성에까지 간여하는 자유인 것이다. 그러므로 그것은 더할 수 없이 창조적인 자유이다. 다시 말하면 그것은 인간이 창조에 협력한다는 공식─원형과 반복의 전통적 지평이 초월된 이래로 인간에게 주어진 최초의, 그러나 또한 유일한 공식을 형성하는 것이다. 오직 그러한 자유만이(그 자유의 구속론적, 그러니까 엄밀한 의미에서 종교적 가치는 별문제로 하고) 현대인을 역사의 공포로부터 막아줄 수 있다. 이 자유는 다시 말하면, 그 원천을 신에다 두고, 신에게서 그에 대한 보장과 밑받침을 찾는 그러한 자유이다. 이 이외의 모든 현대의 자유는 그것이 그것을 소유한 인간에게 어떠한 만족을 줄 수 있다 할지라도 역사를 정당화하는 데는 무력하다. 그리고 이것은 자기 자신에게 정직한 사람에게는 역사의 공포와 동일한 것이다.

─엘리아데, 정진홍 역, 『우주와 역사』(현대사상사, 1976),
pp.220~221의 부분을 백낙청이 고쳐서 인용한 것
(백낙청, pp.179~180)

이러한 인용문만을 놓고 본다면 엘리아데는, 현대인을 "기독교적 신앙의 영역으로 다시 흡수"(백낙청, p.181)하려는, "현대의 <역사적 인간>이 신앙으로 복귀하지 않고서는 절망할 수밖에 없다는 생각"(백낙청, p.181)을 가지고 있는 독단적인 이데올로그로 보일지도 모르겠다. 하지만 엘리아데는 이 글에서 결코 '기독교'만이 현대인들의 절망과 역사의 공포를 덜어 줄 수 있는 유일한 길이라고 '주장'한 것이 아니다. 전체 글의 문맥을 드러내기 위해서, 그 뒤의 이야기를 좀 더 인용하자. "유대-그리스도교적 어의(= 신에게는 모든 것이 가능하다)

에서의 믿음이 '발명'된 이후부터 원형과 반복의 지평을 버리고 떠난 사람은 신관념을 통하지 않고는 그 공포에 대항하여 이 이상 더 자기 자신을 방어할 수가 없게 되어 버리고 말았다."(엘리아데, p.222) 엘리아데는 더 나아가 "신의 존재가 고대인보다 현대인에게 한층 더 강하고 긴박하게 강요되고 있다"(엘리아데, p.222)는 사실을 드러내고 있기도 하다. 『우주와 역사』의 마지막 문단은 좀더 명시적으로 엘리아데 자신의 입장을 보여주고 있다. "이러한 면에서 볼 때, 그리스도교는 그것이 명백하게 '타락한 인간'의 종교임을 실증하고 있다. 현대인이 치료 불가능하게 역사 및 진보와 제휴되어 있는 한, 그리고 역사와 진보가 둘 다 원형과 반복의 낙원에 대한 최종적인 포기를 뜻하는 하나의 타락인 한, 그 정도만큼 그리스도교는 '타락한 인간'의 종교인 것이다."(엘리아데, p.223)

위의 내용을 본다면, 백낙청이 "엘리아데 자신의 결론은 차라리 기독교적이다"(백낙청, p.179)라고 했던 것은 명백한 오독이라는 것이 드러난다.4) 위의 인용문은 기독교인들을 자극할 수 있는 내용으로 되어 있다는 점을 그는 애써 외면하고 있는데, 그것은 다분히 의도적인 행위인 것이다. 백낙청이 엘리아데를 "서구의 존재론과 사물관에 얽매여 있는 사람"(백낙청, p.181)으로 평가하려 한 것 또한 같은 문맥에 놓인다. "필자는 소크라테스 이전의 인간(다시 말해서 전통적인 인간)이 우주내의 그의 상황에 과했던 가치부여에서 철학적 인간학

---

4) 그가 "번역문은 더러 생경한 대목도 있어 이 글에서 인용할 때는 필자 나름으로 바꾸어서 옮겨보기도 했다."(백낙청, p.178)라고 한 점을 보면, 따라서 그가 원서와 비교하며 꼼꼼하게 읽고서 한 말이기 때문에, 그것은 의도적인 오독이라고 판단할 수밖에 없다.

이 무엇인가를 배울 수 있으리라고 믿는다. 더 분명하게 말한다면, 형이상학의 문제가 고대의 존재론에 대한 지식을 통해 갱신될 수 있으리라고 주장하는 것이다."(엘리아데, p.9 ; 백낙청, p.181)라는 엘리아데의 말을 인용한 후 그는 "여기서 <존재론>뿐 아니라 <가치부여>라는 개념도 철두철미 서양철학의 그것이며 엘리아데가 이해하고자 하는 원시체험에는 낯설은 사고방식을 전제하고 있는 것"(백낙청, pp.181~182)이라고 설명한다. 하지만 그 인용문에서 엘리아데는 '존재론'이나 '가치부여'와 같은 말(용어)을 사용하고는 있지만, 그러한 것을 증거로 곧바로 "서구의 존재론과 사물관에 얽매여 있는" 것으로 해석하는 것은 논리적인 비약일 듯하다. 엘리아데는 거기에 '얽매여' 있으려고 하지 않았을 뿐만 아니라, '얽매여' 있으려는 것을 비판적으로 바라보고 있기 때문이다.

백낙청의 이 글 「역사적 인간과 시적 인간」의 끝부분은, 바르뜨와 엘리아데의 이론을 서양적인 '지식'의 하나로 처리한 본론의 내용에 바탕하여 다음과 같이 마무리되고 있는데, 이것은 성실한 지적 대화를 포기하고 상대 진영을 위협하는 수준에 이르고 있다.

> 형이상학이건 형이하학이건 지식이 진리 자체로 오인될 때 그것은 곧 인간에 의한 진리의 망각이며, 지식이 진리를 망각한 인간의 단순한 도구가 되고 기계가 됨을 뜻한다. 비유컨대 지식은 자기를 낳아준 진리를 배반하고 진리와는 남이 된 인간의 앞잡이가 된다. 한마디로 <매판>이 되어 <만백성의 살림마을인 대지>를 파괴하고 진리의 터전인 인간의 마음을 황폐화하는 것이다. 이것이 오늘날 범세계적인 현상이요 일종의 대세라는 느낌마저 준다고 해서, 지금 이 땅에서 이루어지고 있는 창조의 역사를 외면한 불명예와 불행이 덜어질 리는 없다. 다만 그 위압적인 현상의 바닥을 꿰뚫어봄으로써

우리는 주변의 매판성은 물론 우리 내부의 매판성을 하나하나 적발
하고 시정해나가는 고달픈 작업을 좀더 차분하고 냉정하게, 그런 가
운데서도 이미 승리하고 있다는 은근한 기쁨을 맛보면서 수행할 수
있는 것이다. 우리의 민족문학 논의도 이러한 과업의 한몫을 맡고자
하는 것이다.

—백낙청, p.194

백낙청이 주장하는 '역사의식'이 정당한 것이고, 우리문학을 위해
필요한 것이라고 하더라도, 그것이 그의 논리가 보여주고 있는 바의
문제점들까지 합리화시켜주는 것은 아닐 것이다. 그의 논의가 위와
같이 자신의 주장을 내세우기 위해 상대방 논의를 왜곡하는 데서
출발하는 것이라면, 바로 그 부분에서부터 민족문학 논의는 새롭게
출발할 필요가 있을 것이다.5) 하지만 정작 중요한 문제는, 아직 우

---

5) 사실 백낙청의 이 글은 상대를 배제하려고 하는 목적으로 쓰여진 글인 듯한 인상
을 준다. "똑같은 비판을 거듭거듭 듣노라면 슬그머니 반발을 느끼기도 하는 것
이 사실이다. 툭하면 도식적이다, 상투적이다라고 목청을 돋구는 습성 자체의 도
식성과 상투성은 어찌할 것인가? 민족현실의 명백한 요구보다도 외국의 어떤 학
설(= 도식)을 평가의 기준으로 삼는 일이 과연 덜 도식적이란 말인가?"(백낙청,
pp.164~165) 하지만 그가 서구적 도식으로 왜곡, 폄하한 엘리아데의 이론은 인류
의 보편적 종교 현상에 대한 설명틀로 보이며, 오히려 백낙청 자신이 근거하고 있
는 인식틀이야말로 '서구적'인 것이 아닐까 하는 생각을 갖게 한다. 즉, 우리 학계
에서 '민족'이 근대의 형성물임을 주장하는 입장은, 대개 서구의 민족이론(E.겔너,
B.앤더슨, E.J.홉스봄 등)을 수용하는 데서 출발하여, 민족을 자본주의 형성과정의
산물로 보고 있기 때문이며, 이와 같은 근대적 '민족' 개념에 근거하여 백낙청은 자
신의 '민족문학'을 전개하고 있기 때문이다. 하지만 S.아민의 『계급과 민족』에서 볼
수 있는 바와 같이, 민족과 자본주의의 동시적 탄생이라는 유럽적 상황을 비유럽지
역에 그대로 적용시키는 것은 민족개념에 대한 서구 중심적 왜곡을 가능케 하는
일일지도 모른다. 아민은 민족의 형성이, 자본제 사회에서뿐만 아니라, 중국 등의
동양사회같이 잉여생산물이 국가로 집중되는 공납제사회에서도 가능하다고 이야기
한다. 이러한 시각에서 본다면, 서구중심적 민족개념을 아시아, 아프리카, 라틴아메
리카의 비유럽지역에 적용하였을 경우 제국주의 침략 이전에는 민족이 형성되지

리에게는 '역사'와 '신화'의 대립지점에 대한 진지한 논의가 제대로
수행된 바 없다는 점일 것이다.

3.

> 가난이야 한낱 남루(襤褸)에 지나지 않는다.
> 저 눈부신 햇빛 속에 갈매빛의 등성이를 드러내고 서 있는
> 여름산 같은 우리들의 타고난 살결 타고난 마음까지야 다 가릴
> 수 있으랴.
>
> 청산이 그 무릎 아래 지란(芝蘭)을 기르듯
> 우리는 우리 새끼들을 기를 수밖에 없다.
>
> 목숨이 가다 가다 농울쳐 휘어드는
> 오후의 때가 오거든
> 내외들이여 그대들도
> 더러는 앉고
> 더러는 차라리 그 곁에 누워라.
>
> 지어미는 지애비를 물끄러미 우러러보고
> 지애비는 지어미의 이마라도 짚어라.
>
> 어느 가시덤불 쑥구렁에 놓일지라도
> 우리는 늘 옥돌같이 호젓이 묻혔다고 생각할 일이요
> 청태(靑苔)라도 자욱이 끼일 일인 것이다.

> ─서정주, 「無等을 보며」 전문

않았던 것으로 해석되어 오히려 제국주의를 민족형성의 공로자로 미화시키는 결과
를 초래할 수도 있는 것이다. Samir Amin, 조현태 역, 『계급과 민족』(미래사, 1986)
참조.

위의 서정주 시는 한국전쟁이 끝난 후 1년이 지난 시기인 1954년에 발표된 작품이다. 몇몇 작품평을 살펴보더라도, 이러한 역사적·현실적 상황은 이 작품을 해석·평가하는 논자들에게 일정하게 영향을 미치고 있는 듯이 보인다. 다음의 글 또한 역사, 현실의식을 근거로 작품평을 하고 있는 글 중의 하나이다.

> 모처럼 전쟁으로 말미암은 가난을 노래하려 했으나 가난의 절박함이나 전쟁의 비극성은 완전히 배제시키고 있다. 끝연에서는 달관이나 낙관주의 혹은 운명론자의 정신의 극치를 보여주고 있다. 전쟁(가시덤불)이나 그로 인한 가난(쑥구렁)에 빠져 있어도 그 이유와 의미를 생각하기는커녕 바로 이렇게 비켜서 있는 태도야말로 위대한 정신(옥돌)이라는 것이다. 그런데 이러한 정신은 결국 고통스러운 과거에로의 복고(청태)에 지나지 않는다. (…중략…) 이같은 성향은 비단 미당에게만 그치는 것이 아니라 그 뒤를 따르는 소위 전통적이라는 서정파 일반에게서 확인된다. 50년대에 등장하여 미당의 아류라는 비난(자신들은 영광으로 생각할지도 모른다)을 받는 박재삼을 비롯하여 박희진, 김남조, 이원섭, 이동주, 이형기, 박성룡, 이성교 등이 정도의 차이는 있지만 이런 동류에 포함된다고 볼 수 있다. (…중략…) 일제하의 지극히 혹심했던 여건에서도 민중의 입장과 열망을 외면하지 않고 현실을 부둥켜안고 고민하며 싸웠던 이육사, 윤동주, 한용운, 이상화 등의 혼신의 시정신을 떠올리면 이런 비판을 면하기는 어려울 것이다.6)

위의 글에서처럼, 역사·현실의 측면이 외면되고 있다는 이유로 작품을 폄하하는 태도는 일종의 재단비평에 속할 것이다. 하지만 평자의 시각과는 달리 이 작품에는 아직, 폭력적인 역사와 궁핍한 시

---

6) 조태일, 「분단과 50년대 시의 현재성」, 『한국문학의 현단계(4)』(창작과비평사, 1985)

대의 그림자가 한켠에 드리워져 있는 것이 아닐까? 현실이 아무리 힘들고 고달프더라도 "타고난 마음까지야 다 가릴 수" 없는 것이며, "목숨이 가다 가다 농울쳐 휘어드는/ 오후의 때가 오"더라도, 서로를 바라보고 이마라도 짚어주어야 하는 것이 인생일 수 있으며, "어느 가시덤불 쑥구렁에 놓일지라도" 그 고통을 정신적으로("생각할 일이요") 견뎌내야 한다고 시인은 말하고 있기 때문이다. 그것은 분명 현실참여적인 방식은 아니지만, 역사의 공포와 실존적 고통을 이겨내는 시인 나름의 하나의 방법이었을 것이고, 또한 그것은 한국의 전통적인 농경사회의 문화로부터 미당이 얻어낸 삶의 지혜(거기에는 현실적 삶에서 분출한 울음과 웃음, 한과 해학이 어우러져 있다)이기도 했다. 역사적 현실로부터의 고통을 감싸 안는 삶의 지혜를, 이 시에서 읽어내는 일은 서정주를 위해서뿐만 아니라 우리의 민족문학을 위해서도 필요한 일일 듯하다. 이 시가 가지고 있는 특이한 미덕이 있다면 그것은 바로, 이 작품 이후로 서정주가 보여주게 될 신화적 세계와 그 자신이 발 딛고 있는 현실과의 접점, 그 사이에서 울려 나오는 목소리를 들려준다는 점일 것이며, 그러한 '현실'과 '신화'의 접점을 읽어 내는 일은 새로운 '민족문학'의 출발을 위해서 의미있는 일이라 생각하기 때문이다(이 시기가 서정주의 명품들—예를 들면 「내리는 눈발속에서는」, 「무등을 보며」, 「풀리는 한강가에서」, 「국화옆에서」 등—이 산출된 시기라는 점은 기억해 둘 만하다). 서정주의 행적에 대해 비판적이었던 염무웅이 「무등을 보며」와 같은 작품에 대해서 "'민중의 한'이라고밖에 달리 표현할 수 없는 감정상태의 기막히게 절묘한 재현능력"7)을 인정했던 것은, 이러한 관점에서 상당히 시사적이다. 그와 같은 평가는 이론적 잣대를 강요하지 않고, 작품 자체의 의미 맥락,

그것이 갖고 있는 문화적 의미에 주목했을 때 비로소 가능한 일일 것이기 때문이다.

미당이 전쟁을 겪어 나오면서 정신적인 혼란과 공포에 시달려 자살을 기도한 일, 하지만 1952년 광주에 체류할 때 무등산의 모습에서 "몇천길같이 빛나는 풀빛"의 '이내[嵐]'를 보고, 궁핍한 현실 속에서도(그 속에서이기 때문에 오히려 더욱 더) 삶을 긍정할 수 있는 힘을 발견한 일은 이미 잘 알려진 사실이다(서정주, 「천지유정」, 『전집3』 참조). 죽음과 같은 현실에서 삶의 세계로 나아가려는 것은 인류의 반복되는 보편적인 심리이고, 그것은 신화적 '재생의식'에 다름 아니다. 극한의 상황 속에서 솟아난 생명에의 긍정. 이러한 '逆(聖·俗)의 合一'은 자연스럽게 미당을 신화적 세계로 이끌었을 것이다. 그러한 세계에의 발견을 엘리아데와 같은 신화학자는, 인류가 발견한 삶의 지혜의 하나라고 이야기한다.

> 이 전통 사회를 연구함에 있어서 우리가 충격을 받는 하나의 특징적인 사실이 있다. 그것은 그 사회가 구체적이고 역사적인 시간에 대하여 반항하고 있다는 사실, 곧 사물이 비롯된 태초의 신화적 시간, 즉 '위대한 시간'으로의 주기적인 복귀에 대한 향수를 지니고 있다는 사실이다. (…중략…) 필자는 소크라테스 이전의 인간(다시 말하면, 전통적인 인간)이 우주 안에서, 자기 상황에 알맞는 가치 부여를 하고 있다는 사실로부터, 철학적 인간학이 무엇인가를 배울 수 있으리라고 주장하고 싶다.[8]

---

7) 염무웅, 「5,60년대 남한문학의 민족문학적 위치」, 『혼돈의 시대에 구상하는 문학의 논리』(창작과비평사, 1995)
8) Mircea Eliade, 정진홍 역, 『우주와 역사』(현대사상사, 1976), pp.7~9.

앞에서 이야기한 바 있듯이, 민족은 민족으로서 생존하기 위해서는 문화적 자기 정체성을 확인할 수 있는 중심을 찾거나 만들어 내야 한다면(이러한 '중심'에 대해 '탈근대론자'들은 조소할지도 모르겠다. 그에 관한 논의는 고를 달리하여 논할 수밖에 없겠다), 그것은 우리 민족의 '전통'을 현재적으로 재구성하는 방식일 수도 있겠고, '영원'의 세계를 '지금 여기' 현실 속에 보여주며 '살아가는' 방식일 수도 있을 것이다. 서정주가 전쟁체험 이후 극심한 정신적 혼란을 벗어나 정신적 안정을 찾아가는 과정(전통과 자연과 신화의 세계로 나아갔던 것)은, 비록 절대적일 수는 없겠지만, 우리의 문화 정체성 회복에 관심을 갖고 있는 사람들이 참고해야 할 하나의 모델이 될 것이다.9)

물론 그가 정치적 상황 속에서 보여준 행동들은 우리를 실망시킬 수도 있겠지만, 그것은 또한 우리 모두의 고통스런 역사의 증거에 다름 아니라는 점에서 문제적인 것이다("선생님만은 그때 그래서는 안됐다."는 어느 시인의 회한은 이러한 문맥에 놓일 듯하다). 그는 그 누구보다도 한국의 자연과 문화적 전통과 정서를 성공적으로 형상화하였고, 우리말의 가능성을 다양한 방식으로 보여준 시인이다. 그가 성취한 이러한 문화적 의미와 미학적 가치를 인정하지 않는다면, 그것은 오

---

9) "전통 사회의 인간에 의하여 느껴진 욕망, 곧 역사를 거절하고 스스로를 원형의 무한정한 반복 안에 한정시키려는 욕망은 오히려 실재에 대한 그의 갈구, 그리고 스스로를 속적인 실재의 무의미성에 의하여 압도되도록 내맡김으로써 야기되는 자기 '상실'에 대한 공포를 증거하고 있는 것이라고 이해하는 것이 더욱 타당성 있는 것이라고 생각한다", "이러한 견해에 의하여 수천 만의 사람들이 수백 년을 이어오면서 절망하지도 않고, 자살을 하지도 않고, 혹은 언제나 역사에 대한 상대적인 견해나 허무주의적인 견해와 더불어 비롯되는 정신적인 불모 상태에 빠지지도 않고, 엄청난 역사의 중압을 감내할 수 있었다고 하는 사실" 엘리아데, 『우주와 역사』, pp.132~133, p.209.

히려 미당이 살아온 시대의 문제, 그가 거쳐온 길의 의미를 진지하게 묻지 않는 일에 다름 아닐 것이다.

'민족문학'을 논의함에 있어서, 미당과 같은 시인들의 작품을 소위 '역사의식'에 투철하지 않았다는 이유로, 현실참여문학이 아니라는 이유로 제외시킨다면, '민족문학'의 폭은 얼마나 협소하게 될 것이며, 그 깊이는 또 얼마나 될지 의문스럽다. 한 시인이 자신의 시대와 존재의 고통 속에서 성취해낸 문학적 자산을 통찰하고, 우리의 것으로 겸허하게 수용하는 태도가 필요하다. 이러한 점에서 '민족주의문학'이 '민족문학'을 운위하며 그 범주를 협소하게 한 일은 이제라도 깊이 반성되어야 할 듯하다.

_『시와 시학』 1999 가을호

폴드만의 해체 비평

데리다가 언어의 틈, 언어와 존재 사이의 간극을 벌려, 이성과 논리 중심의 근대철학을 토대에서부터 해체하고자 했다면, 폴드만은 "텍스트 속에 숨겨져 있는 분열의 상처"를 정밀한 분석을 통해 드러내면서, 은유와 상징에 부여된 상상적 종합의 힘, 조급한 총체화를 향한 욕망을 폭로하고 있다. 주체와 객체, 정신과 자연 사이의 존재론적이고 시간적인 틈에 대한 이들의 성찰은 모순의 극복과 종합만큼이나 매력적인 것일 터이며, 근본적이고 강력한 해체비평의 대표적인 양상으로 기억될 것이다.

1970년대 미국 해체론의 중심에 예일학파가 있었다고 한다면, 그 핵심에는 또한 Paul de Man이 있었다. 내가 그를 주목했던 것은 그의 첫 번째 저서의 제목이기도 했던 '맹목과 통찰'이 떠올렸던 Paradox 때문이었던 듯하다. 눈멂과 통찰, 빛과 어둠이 교차하는 그의 지적인 여행을 따라가 본다는 것은 남모르는 즐거움과 홍분을 일으키기에 족했던 것이다. 또한 '이론에의 저항'과 같이, 끊임없이 진리를 추구하면서도 그 결과를 반성의 대상으로 되돌리는 그의 학자적 엄격성이 홍미롭기도 했었다.

하지만 그의 글은 난해했고, 그 안개와 같은 상황을 돌파하기에는 내 능력이 크게 모자랐다. 그러한 내게 Christopher Norris가 쓴 『Paul de Man』(Routledge, 1988)은 적지 않은 위안을 주었다. 이 책을 절반 정도 번역해 보고 그 중에서 중요하다고 생각한 부분들을 아래에 발췌해 보았다.

폴드만 소개

폴드만은 1919년 벨기에 안트워프의 상류 부르주아 가정에서 태어났다. 브뤼셀 자유 대학에서 수학했으며, 독일이 벨기에를 점령하자 탈출을 시도했으나 실패한다. 사회주의 정치가인 그의 삼촌 헨드릭 드만의 도움으로 독일 통치하 벨기에의 최대 신문이었던 〈Le Soir〉 지에 일자리를 얻고 많은 기사를 쓴다(이 글들은 후에 반유태주의라는 혐의로 많은 논쟁을 불러 일으킨다). 1948년 미국으로 건너간 그는 뉴욕의 한 서점에서 일했으며 얼마 안 있어 바아드 대학에서 강의를 맡는다. 존스 홉킨스 대학 등으로 옮겨 다녔고 예일에서 그의 경력은 끝나게 된다. 그가 알려지기 시작한 것은 예일 대학 교수시절『맹목과 통찰』이 출판된 이후부터이다(그의 나이 51세인 1971년에 처녀작이 나온 것이다). 그는 1983년 12월에 타계했다.

그는 쟈크 데리다의 작업에 부분적으로 영향을 받아 예일 대학을 1970년대의 해체론의 중심지로 만든, 문학 비평가와 이론가의 그룹에서 가장 강력하고 심오한 인물로서 널리 평가받고 있다. 그는 다른 지도적인 멤버들인 힐리스 밀러, 제오프리 하트만, 헤롤드 불룸과 비교하여 덜 유희적이고 가장 위엄있는 인물이다. 그는 그의 동료들과 학생들로부터 크게 존경받았고 그의 예기치 않은 죽음은 학계의 큰 슬픔이었다.

폴드만의 저서로는 생전에 출판된 두 권의 평론집,『맹목과 통찰』(1971),『독서의 알레고리』(1979)와 사후에 출판된『낭만주의의 수사학』(1984),『이론에의 저항』(1986)이 있다. 그의 저서의 심도와 특이함, 그리고 계속해서 증가하는 그 명성을 고려해 본다면 그가 寡作이었다고 말할 수는 없을 것이다.

폴드만의 저작은 문학, 철학, 그리고 언어학의 학제간의 혼합, 즉 '이론'이라고 알려지게 된 문제와 기본적인 텍스트에 관한 긴 비평으로 대부분 구성되어 있다. 그의 저작은, 언어 속에서 진실을 명확하게 정의하려는 노력이 불가피하며 불가능하다는 것(both inevitable and impossible)을 보여주려는 것에 헌신하고 있기 때문에, 요약하기가 어렵다. 이러한 이중의 묶임은 금욕적인 아이러니의 정신 속에서 드만에게 받아들여진다. 그 정신은 「이론에의 저항」(The Resistance to Theory) 속에서 명확하게 표명되어 있다.

언어가 진실을 말하기에는 의지할 만한 것이 못되는 매개로 되게끔 하는 것은, 드만의 견해로는(그리고 그가 빚지고 있는 작가인 니체의 견해로는), 그것의 수사적이며 비유적인 성분 때문이다. 수사학은 문법과 논리의 추상적 체계의 근거를 지속적으로 파괴한다. 그것의 수사성을 과시하는 문학은, 그것을 억압하거나 부정하려고 하는 다른 담론들─전통적인 문학 비평과 문학사의 담화를 포함하여─의 잘못된 신념을 회피한다. 전통적 학자들에 의해서 표명된 이론에의 저항은 그들이 잘못된 표현의 개념에 찬성한 것에서 야기되는 근심의 증상인 것으로 보인다. 그러나 드만은 경멸적으로 그 반대를 해산시키고, 특유의 움직임 속에서, 그 주장을 자신에게로 돌린다. 이론에의 저항은 이론 그 자체 속에서 더 깊은 저항, 또는 모순의 대체[轉置]일 뿐이다. 그러나 드만은 냉담하게 말한다. "이것이 문학 이론의 활동을 직시하지 않는 충분한 이유가 될 것이라고 주장하는 것은, 죽음을 면할 수 없는 운명을 치유하는 데 실패하기 때문에(어차피 죽을 것이기에) 해부를 거절하는 것과 같은 것이 될 것이다."

*이 〈폴드만 소개〉는 David Lodge, 『Modern Criticism and Theory』(1988), pp.354~355와, Frank Kermode, 「Paul de Man's Abyss」(『외국문학』, 1991년 겨울호)에서 발췌한 것임.

머리말1)

○○○ 신비평과 미적 이데올로기

초기 단계에서 분명 폴드만의 작업은 신비평가들이 문학 텍스트의 연구에 적용한 수사적 해석과 자세히 읽기의 양식에 아주 많은

---

1) 이하의 編譯은 Christopher Norris, 『Paul de Man』(1988)의 머리말과 (총 7장의 본문 중) 1, 2, 3장의 번역에 바탕하여 드만의 문학 이론을 정리한 것이다. 장제목과 장 절 구분은 원서 그대로이며, 소제목은 譯者가 붙였다. 상호대조를 위해, 각 문단 말미에 원서의 페이지를 부기해 두었다.

영향을 받았다. 비록 다른 이유에서였지만 그도 또한 그들과 마찬가지로 의역이나 개념적 설명이 절대 도달할 수 없는 문학적 언어의 전적인 복합성을 확신했다. 하지만 여기서 그 유사성은 끝난다. 왜냐하면 드만에게 있어서 수사적 연구의 전적인 목적은, 신비평가들이 알 수 있다고 주장하는 문학과 다른 종류의 언어들 사이에 확고한 규범적 선을 긋는 바로 그 곳에서, 앎의 있는 그대로의 불가능성을 명백히 하는 것이기 때문이다. 드만은 시가 독특한 어떤 것이라는 신비평의 "오래된" 존재론적 가정을 거절한다. 드만이 후기 낭만적 비평의 미적 이데올로기에 관한 자신의 여러 글에서 해체하고자 하는 바가 바로 이런 시적 형식의 신비화된 관념인 것이다. 그의 논점은 그러한 주장들이, 비유적 언어의 遍在에 대한 의도적 맹목에 언제나 의지하고 있음을 보여주려는 데 있다(ⅹ).

　따라서 신비평의 텍스트는, 시에만 한정되지 않는 수사적 비유들과 재배열의 조작을 통해서, 그것들 자체의 존재론적 우선권이 의문시된다. 신비평가들은 시가 유사에 의해 가장 잘 감지되는 분리된 담화 영역에 속해 있는 "유기적" 전체라고 주장한다. 그리고 이러한 주장들은 낭만적 은유와 상징으로 쉽게 성격지워지는 워즈워드, 코울리지, 그리고 초월성의 미학자들에게 소급된다. 하지만 유기체의 아날로지는 비평가들이 시적 의미의 다중성과 분열성을 필연적으로 더욱 더 알게 되면서 깨어지기 시작한다. 드만의 말에 의하면, "자연적 세계의 응집력과 합치된 연속성을 드러내는 것 대신, 그것(신비평)은 아이러니와 애매성의 비연속적 세계로 우리를 이끈다…자신들의 원칙에도 불구하고, 그것은 해석적 과정을 유기적 세계와 시의 언어 사이의 아날로지가 마침내 파열되는 곳에까지 이르게 한다."

그래서 "다양성 속에서의 통일성"을 찾는 해석적 질문으로서 출발한 것이 결국에는 그러한 통일성은 그곳에서 발견되지 않는다는 인식에 이르게 된다(xi).

○○○ 의미와 의도 사이의 역설적 불균형

1950년대 중반에 쓰여진 이 구절에서 우리는, 드만이 근 30년의 강렬한 비평작업을 통해서 정교화시킨 두 가지의 중요한 주제를 발견한다. 하나는 시, 언어, 또는 표현의 문제를 다룰 때, 유기체적 또는 자연화하는 은유들에 호소하는 미혹적 성격, 즉 강력한 "미적 이데올로기"의 근원이며, 다른 하나는 비평적 텍스트에 대한 우리의 독서가 의미와 의도 사이의 역설적 불균형을 주석함에 의해서 가장 잘 진행될 수 있다는 그의 주장이다. 드만이 이러한 수사적 긴장에 유의하는 독서를 통해, "통찰"의 가능성 역시 존재하는 비평적 텍스트 속에서의 징후적 "맹목"의 그러한 순간들을 찾아내려고 하는 것도 이 때문이다. 그리고 이것은 자신이 비유적 언어의 유혹으로부터 벗어나 있다고 생각하는 철학의 언어에도 마찬가지로 적용된다. 또한 드만이 미학적 담화와 문학 이론에서의 모든 기본적 가정들에 대해서 논의하는 것도 바로 이곳에서이다(xii).

따라서 그의 연구에서 주요한 부분은, 어떻게 의미는 현상적이거나 감각적인 인지의 어떠한 것으로도 축소될 수 없는가, 어떻게 거기서는 항상 텍스트의 수사적 연구에서의 일 지점에 이르게 되는가를 보여주는 것이다. "자세히 읽기는 종종 그 자체에도 불구하고 이것을 성취한다. 왜냐하면 그것은 문학적 교육이 감추려고 하는 다소간 비밀스런 언어의 구조들에 응답하지 않을 수 없기 때문이다."(xiii)

◯◯◯ 철학과 비평

그는 아마도 개념적 수사학자로서 가장 잘 묘사될 수 있으리라. 왜 나하면 그는, 철학의 텍스트들은 자세히 읽기의 형태들로부터 또는 현대문학 비평에 의해서 발전된 수사학적 분석으로부터 어떠한 특별한 면제도 주장할 수 없다고 주장하면서도, 공평하게도, 얼마나 종종 비평의 변호인들이 적절한 "철학적" 설득력이나 분석적 파악력과 같은 것과 함께 생각하는 것에 실패하는가 하는 것을 보여줌으로써 그것의 독단적 침체로부터 그것을 흔들어 깨우려고 결심하기 때문이다(xiii).

◯◯◯ 언어의 정처없는 성격들-환유와 알레고리

초기의 드만이 단념해야 했던 것은, 완벽의 순간에 있어서의 주체와 객체, 정신과 자연을 화해시키는, 단순한 산문적 모순들을 초월하는 시적 상상력의 힘을 통해서 성취된 진리에 자아-현존의 접근을 가능하게 하는 언어에의 환상이다. 그렇다면 진정한 책읽기는 언어의 불확실성을 마주함에 의해서, 그리고 상징이나 은유같은 것이 항상 의존하는 특권적 비유들이 결국 환유나 알레고리와 같은, 자아를 현혹시키지 않는 비유들에 의존하고 있다는 사실을 마주함에 의해서 이 유혹을 거절하는 용기 속에 존재할 것이다. 하지만 이 견해는 적어도 어떤 책읽기 자체라는 즉, 조급한 의미와 방법의 잘못된 기만을 가까스로 단념시키면서 더욱 진정한 것으로 된다는 주체의 나머지 개념을 가정하고 있다(ⅹⅴ).

후기 드만은 인간의 진실성의 수사학에 계속해서 주저하며 달라붙는 것조차 거절한다. 드만이 그의 초기 비평에서 견지했던 실존주의적 파토스를 뒤로 남겨두는 것은 바로 여기—언어와 언어의 의미를 인간적으로 수락 가능한 용어로 만들려는 의지 사이의 모든 매듭을 단념하는 지점—에서이다. 드만에 따르면 의미는 개인적 화자로서의 우리에게 속한 것이 아니라 언제나—이미 구성된 성질이 주어진 그러한 언어에 속한 장치들과 언어학적 속성에 의존하는 까닭에, 그것은 "역사적 존재로서의 우리에 의해서 만들어지지 않으며, 그것은 어쩌면 인간에 의해서는 전혀 만들어지지 않는 것이다." 이와 같은 드만의 위치는 단지 사무엘 베케트와 같은 작가들 속에서의 이방인적인, 언어에서의 정처없는 성격들, 모든 인간적 성질과 태도가 상실된 것과 같은 감각에 비교할 수 있을 뿐이다(ⅹⅵ~ⅹⅶ).

드만에 따르면, 시가 우리에게 가르치는 것은 결국, 아무것도 일어나지 않는다는 것, 다만 죽음의 힘과 같이 그 힘이 발생의 자의성에 기인하는 그러한 우연적 사건으로서만 발생한다는 것이다. 드만에게 있어서 언어는, 그것의 비현실적 충동을 막거나 그러한 우연적 발생을 피하는 데 실패한다는 사실 때문에, 어디서나 그늘져 있다. 따라서 그의 환유와 알레고리와 같은 비유에 대한 현저히 강한 편애는 초월의 수사학의 자극적인 매혹을 단념하고 저 강력한 미적 이데올로기의 주장을 계몽하는 일을 하는 것으로 나타난다(ⅹⅶ).

환유는 인접성(contiguity)과 또 다른 우연하고 우발적인 특색을 기반으로 하여 작동하는 비유로서 범주화된다. 드만은 환유가 인간존재의 사실들보다 더 진실하다는 것을 강조한다. 그러한 비유들은, 이해라는 것이 기껏해야 시간의 제약을 받는 것, 해체되는 것, 실패하게 될 활동이라는 것을 주장한다. 어떠한 시읽기도, 은유, 상징, 또는 유기적 전체라는 낭만적 이데아 속으로 도피함으로써 이 "부정적 지식(negative knowledge)"을 피하기를 희망할 수는 없다(x ⅷ).

○○○ prosopopeia에 깃든 숨은 위협

셸리에 대한 드만의 글 중에서 한 구절, 즉 "모든 텍스트 속에 숨겨져 있는 분열의 상처"라는 구절은 『폴드만의 교훈(The Lesson of paul de Man)』 속에 모인 다양한 비평들에서 여러 형태로 문제되고 있음을 알 수 있다. 컬러와 리파테르와 같은 사람들은, prosopopeia－ 현재는 없는, 죽은, 또는 가공의 인물을, 그들의 현존을 환기하며 동시에 생기있는 회상력으로부터 지금의 그들을 구별하는 그 거리를 우리에게 상기시키는, 이름부르는 행위를 통해서 소환해 내는 비유 －에 주목한다. 컬러가 말하는 바와 같이 "prosopopeia의 상태와 그것의 의인화(anthropomorphism)의 관계는 드만의 서정시 개념에 있어서는 결정적인 문제이다." 왜냐하면 그는 언어의 확실함 또는 생명을 부여하는 힘이 그것의 어둡고 치명적인 암시와 함께 나아간다고 주장하는 그러한 구절들에 자주 의지하기 때문이다. "프로소포페이아에 깃든 숨은 위협" 다시 말하면, "죽은 자가 말하게 하는 그 비유의 대칭구조가 의미하는 바는, 같은 이유로, 산 자들이 그들 자신의 죽음 속에 얼어붙어 침묵하게 된다는 것이다."(x ⅸ)

○○○ 드만의 양면

제오프리 하트만(Geoffrey Hartman)은 드만의 양면에 대해서 다음과 같이 말한다. "그는 그의 정신을 더 가혹하게 만든다. 그리고 그를 기억하고 있는 사람들은, 그가 언제나, 학생들이나 방문객들에 의한 강의에 시선을 고정시켜서 듣고 있는 것을, 기념비적인 시도를 치명적인 시도로 만드는 그 취약부분을 알아챌 수 있었다는 것을 안다."
다른 기고가들도 드만의 이 이원성에 주목한다. 즉, 한편으로는 동
료들과 친구들에 대한 그의 온화함, 관대함, 그리고 성실함, 다른 한
편으로는 그의 저작과 개인적 사교의 행위를 특징짓는, 극기(자기-부
정, 포기 ; self-abnegating)의 정신(x xi).

○○○ 이 책(『폴드만』)의 방향

나(노리스)의 독서는 특별히 두 가지 문제에 초점을 맞춘다. 그의
저작의 정치적 중요성과, 칸트로부터 그 현대적(분석적) 유산에 이르
기까지의 철학의 관심사에 대한 그것의 관련성. 두 가지 문제에 대
한 토론은 드만의 제자들과 비방자들에 의해 똑같이 채택된 과도하
게 당파적인 태도에 의해서 상당히 방해받았다. 그리고 그것은 드만
이 1940년대 초기에 벨기에의 부역자 신문인 『밤(Le Soir)』에 쓴 논문
들의 과도하게 선전된 최근의 발견으로 더욱 어려워지게 되었다. 나
는 적어도 이 책이 논쟁을 위해 더욱 유용하고 생산적인 용어들을
정초하는 방향으로 진행되길 바란다(x xi).

제1장 각성의 알레고리 : 드만의 초기 에세이에서의 시와 정치학

I .

○○○ 맑시즘과 드만

드만의 작업에 대한 가장 일치된 공격은 프랭크 렌트리키아와 테
리 이글턴과 같은 맑스주의자들로부터 나왔다. 렌트리키아는 『비평

과 사회 변화』(Criticism and Social Change)에서, 케네트 버크를 개입된 수사적 비평(engaged rhetorical critique), 이데올로기적 신비화의 메카니즘을 드러냄으로써 사회적 의식을 변형하려는 목적의 비평을 실행한 가장 뛰어난 사람으로 평가하면서, 드만은 그에 대한 악마적 대항자로서, 우리의 역사적 상황을 이해하고 그리하여 변형하는 어떠한 희망에 대해서도 장애물을 쌓아올리는 데에 열중해 있는 "니힐리스트"로서 일관하여 그리고 있다(1).

테리 이글턴은, 드만의 저작 전체를 맑시즘에 대한 암암리의 논쟁으로 보면서 렌트리키아의 진단에 상당히 공감한다. 그는 드만의 초기 저작에서 하이데거의 영향이 여전히 강하게 나타난, 즉 역사적 사고는 실존적 그림자에 대한 더 깊고 더 "진실한" 요구의 반대 위치에 있다는 주장이 있는 그러한 문단을 지적한다. 하지만 드만에 따른다면, "맑시즘은, 궁극적으로, 그들의 목적에까지 그 결론을 추구해 들어가는 인내를 결여한 시적 사고이다." 다시 말해서 그것은 우리 현존의 자기 분열적 불행한 조건(소외)을 인정하는 한에서, 그러나 우리의 불행 밖의 세속적, 정치적 이슈를 찾는 점에서 시(진정한 시)에 못미치는 "시적인 것"이다(2).

초기 드만은 사고가 "존재의 타고난 분열"을 충분히 극복할 수 있다는 관념을 거절하면서 헤겔적인 것을 비판한다. 드만이 그의 마지막 비평에까지 계속 주장하고자 하는 바는 다음과 같다 ; 언어학적 의미는 결코 어떠한 현상학적 인지의 형태로도 환원될 수는 없다. 의미가 물질적이거나 감각적 지각의 본성 속의 어떠한 것과 일치한다는 널리 퍼진 가정을 위한 어떠한 근거도 없다는 것(3).

이글턴은 문제의 "불행한 의식(unhappy consciousness)"[2]이 어떤 영원한 형이상학적 불쾌의 산물이라거나 존재 자체 속에 타고난 깊은 자기 분열의 어떤 것이 아니라, 그 자신의 역사적 퇴화의 지식 위에 좌초한 자유 부르주아의 학문적 전통의 결과라는 것을 지적하면서 드만의 편견을 혹평한다(3~4).

○○○ 인간에 대한 두 가지 태도

드만이 역사에 반대해 세우는 것은 항상, 세속적 이해의 주장에 의해 현혹되지 않는 더욱 진실한 지식으로서의 시의 관념이다. 드만은 「워즈워드와 휠덜린」(1966)에서 시의 정치학에의 관련, 『서곡』에서 워즈워드의 마음을 사로잡았던 것과 같은 혁명적 정치의 문제를 제기한다. 시인은 10여 년의 거리로부터 그것을 회상하며 1790년의 프랑스에서의 자신의 여행을 기록한다. 드만이 주장하는 바와 같이 결정적으로 중요한 문단은, 증가하는 혁명적 과격함에 의해 위협받는 모든 종교적 기구들과 가치들을 상징하는 샤르트르 대수도원에 대한 워즈워드의 설명이다. 드만에 따르면 거기에는 정치적 행동을 주장하는 것으로부터 후퇴하는 미묘한 움직임이 존재한다. 행위의 효능과 변화에 대한 기대에 믿음을 두는(정치적인) 것과, 전적으로 우연한 우리의 세계-내-존재라는 본성과 죽지 않을 수 없는 운명을 인정하는(더욱 진정한) 것 사이의, 즉 인간경험의 본성에 대한 두 가지의 태도가 문제가 되는 것이다(5~6).

---

2) '불행한 의식'은 헤겔이 『정신현상학』에서 분석한 바 있는 자기의식의 한 양태(금욕주의와 회의주의에 이어지는)를 가리킨다. 헤겔은 그것을 지양될 수밖에 없는 과정적인 것으로 본 반면에, 드만은 이를 "충분히 극복할 수 있다"는 헤겔적 관념을 비판한다. 한편 이러한 의식을 역사적 산물에 불과한 것으로 보고 있는 이글턴이 드만을 비판하고 나서고 있는 것은 그러한 대립적 구도의 재연에 다름 아니다(편역자 주).

Ⅱ.

○○○ 은유와 상징 / 환유와 알레고리

과격주의자들은, 은유와 상징에 부여된 상상적 종합의 힘에 호소함으로써 언어의 바로 그 본성을 초월하려는 낭만적 사유의 어법과 일치한다. 드만이 지속적으로 해체하려고 하는 것은 바로 이러한 낭만적 주장의 전통이다. 환유와 알레고리는 드만이 보기에는 이러한 조급한 총체화를 향한 충동을 폭로하는 결정적인 이점을 가지고 있다(9).

알레고리는 문자 그대로의 표면적 의미와 또 다른, 해석을 알게 하는 좋은 기회를 제공한다는 의미에서, 더욱 신비로운(숨겨진) 것 사이의 우연적인 관련을 절대적으로 인정하는 유형이다. "상징이 자기 동일성 또는 같은 것이라는 감정의 가능성을 당연한 것으로 치부하는 반면, 알레고리는 기본적으로 그 자신의 기원과의 관련 속에서의 거리를 나타내며, 그것은 노스탤지어와 일치하려는 희망을 포기하면서 이 시간적 다름의 틈 속에 그 자신의 언어를 건립한다. 그렇게 함으로써 그것은 자아가 非자아와 환상적으로 동일화하는 것을 막는다. 초기의 낭만적 문학이 그것의 진정한 목소리를 찾은 바로 그 때에 우리가 간파한 것은 바로 이 고통스러운 지식이다."(드만, 「시간성의 수사학」, The Rhetoric of Temporality)(10)

○○○ 맹목과 통찰

「횔덜린에 대한 하이데거의 해석」(1953)에서 드만은, 『맹목과 통찰』을 위한 그의 저작의 주요한 주제들을 처음으로 명확히 표명한다.

하이데거의 독서는 횔덜린 속에서, 강력한 선구자, 즉 비록 덧없다 할지라도 철학이 포기하고 시만이 찾아낼 수 있을 듯이 보이는 지혜에의 도상에 있는 동류의 정신을 찾으려는 그의 희망을 반영하고 있다. 하지만 이 희망은 그를 횔덜린에 대한 잘못된 확언적 설명으로, 텍스트의 중요한 세부에 맹목케 하는 독서에로 잘못 이끈다(11~12).

횔덜린은 한편으로는 낭만주의와 독일 관념론의 미학에 뒤이은 모든 "강한" 시의 기도(the project of all "strong" poetry)를 표시해 온, 정신과 자연, 시간과 영원성의 모순들을 초월하려는 의지를 표현한다. 또 다른 한편으로 그는─드만에게는 더욱 결정적으로─그러한 초월(성)을 성취된 사실의 문제로서 취급하려는 강력한 권유에 대해서 끊임없이 저항한다. 드만에 따르면 하이데거의 횔덜린에 대한 오독은 실수가 아닌 것이다. 즉 그것은 매개되지 않은 기원과 현존에 대한 탐색에 있어서 시인의 지지를 얻으려는 의지로부터 결과된 것이다(12~13).

드만은 하이데거의 문제의 비평들이, "제2차 세계대전 직전과 그 기간 동안에 생산되었으며, 그리고 독일의 역사적 운명에 대한 비통한 숙고, 횔덜린의 '국민적' 시에서 반향을 발견한 그러한 숙고에 직접적으로 연결된 것임"을 지적한다. "중개되지 않은 현존"에의 탐구에서 하이데거의 독서를 동기화한 것은 어떤 격렬한 성질이며, 시는 여기 그리고 지금 그것의 궁극적 주장 그것의 "영원성의 parousia에 머물겠다는 결정적인 약속"을 수행해야만 한다는 희망이다. 그리고 이 희망은 하이데거 쪽으로서는 어떤 해석학적 인내를 결여함과 관련된다(13).

하이데거의 독서를 동기화한 "맹목과 격렬한 열정"을 대신하여, 드만은 도대체 무엇이 상상적 성취의 순간을 따르며 무엇이 거부하는가, 존재의 완전성을 이야기하는 시의 궁극적 환영에 대해 저항을 견지하는 것은 도대체 무엇인가, 하는 것을 강조한다. 이와 같은 것이 횔덜린에 대한 하이데거의 해석과 드만의 하이데거에 관한 비평 사이의 복잡한 상관 관계의 양상이다(13~14).

Ⅲ.

○○○ 이중의식

이 장의 나머지에서 나는 그의 초기 저작에 대한 하나의 가능한 영향을 좀더 자세히 살펴 보려고 한다. 문제의 인물은 헨드릭 드만(Hendrik de Man)이다. 헨드릭은 전쟁 전의 벨기에의 지도적인 좌파 활동가이자 이론가 그리고 행정관료였으며, 폴드만의 삼촌이었다. 그에 대한 논의는, 「워즈워드와 횔덜린」과 같은 비평의 간접적인 표현에서 발견할 수 있는 드만의 정치에 관한 각성의 하나의 원인을 이해하는 데 도움을 준다(17).

헨드릭은 맑스 이론의 강경노선을 따르고 있었지만(18), 여러 가지 이유로 그 견해가 바뀌기 시작한다. 그의 러시아와 미국 방문은 진정으로 독특한 부르주아-민주주의적 시민사회의 형태들이 있다는 것을 그에게 확신시켜 주었다(18~19). 맑시즘이 정치적으로 교착된 상황을 뛰어넘기 위해서 필요한 것은, 사회적 심리학의 더 나은 이해와 사상들, 동기들, 그리고 신념들이 소위 경제적 "토대"에 역작용하는 방식을 더 잘 이해하는 것이다(19~20). 그가 주장하는 바에 의하면, 앞으로 나아가는 길은 단지 이 낡은 패러다임을 포기하고 어떠한 형태의 환원적 이론도 물리칠 수 있는 "사회주의의 창조적 사고(socialist creative thought)"라는 관념을 수락하는 것이다(20).

여기에는 시, 역사, 그리고 근본적인 각성의 정치학에 대한 폴드만의 숙고와 흥미로운 유사점이 있다. 시는 과거를 되살리는 기회를 가져온다. 하지만 단지 역설적이게도 억제된 자기−인식의 거리로부터만 그런 기회를 가져오는 것이다. 드만은 "이 의식은 위험과 실패의 기미가 아주 광범위하게 있는 사람에 의해서만 획득될 수 있다"는 것을 단언한다. 그것은 T.S.엘리어트가 "전통과 개인적 재능"의 종결부분에서 그런 것과 같이 아주 이상한 드러냄의 순간이다(엘리어트는 거기에서 예술적 "비인격성(impersonality)"에 대한 그의 주장을 꾸준히 하고 있고 그가 시에 대한 낭만적 착각("감성의 해방")으로 여기는 것을 거절하고 있다. 그 뒤에 곧 그는 "단지 개성과 감정을 지닌 사람들만 이러한 사물들로부터 벗어나려고 원하는 것이 무엇을 의미하는 것인지를 알 수 있다(only those who have personality and emotions know what it means to want to escape from these things)"는 것을 독자들에게 환기시킨다). 이것은 드만이 정치적 주제를 다룰 때 종종 느껴지는 이중의식을 설명하는 데 어느 정도 도움이 된다(21~22).

제2장 드만과 낭만적 이데올로기 비판

Ⅰ.

○○○ 낭만적 이데올로기−은유와 상징

「헤겔의 『미학』에서의 기호와 상징(Sign and Symbol)」과 「칸트에서의 현상성과 물질성(Phenomenality and Materiality)」이라는 비평문에서 드만은, 칸트와 헤겔에서 일련의 지속되는 모순, 아포리아, 또는 낭만적 담화를 특징지우면서 저 문제적인 유산과 타협해 보려는 근대적 사유를 계속 괴롭히는 이율배반을 읽어낸다(28). 여기에서 문제가 되는 것은, 특권적인 시적 비유들 특히 은유와 상징에 부여된 예술적인 창조성에 대한 높은 평가이다. 은유는 시의 언어를 직접적으로 관계가 있는 또는 인식적 효용이 있는 다른 언어로부터 구별하는, 미적 평가의 시금석이 된다. 이 가정은 아주 다양한 이데올로기적 또는 시적 신념들을 포괄하고 있다. 그것은 셸리(그에게 시는 일상의 사물과 사건들로부터 "친숙성의 장막(veil of familiarity)"을 거둬 내버림으로써 인간현존의 몽상적 심성을 드러내는 것이다)와 같은 열렬한 낭만주의자를 T.S.엘리어트와 같은 고전적, 반낭만적 사상가와 결합한다. 엘리어트는 그러한 주장을 신성모독의 과도함이라는 이유로 확고히 거절하였지만, 언어를 그 자신의 창조적 목적에로 "위치변경함(dislocating)"에 의해 우리 지각의 습관을 쇄신하려는 시의 능력에 대한 믿음에 여전히 위치하고 있다. 러시아 형식주의자들(그리고 그들 이후의 로만 야콥슨) 또한 언어에서의 "시적 기능"을 다른 더욱 산문적인 종류의 비유를 넘어선 은유의 지배와 관계시키고 있다. 드만의 주장에 따르면 은유에 대한 이러한 높은 평가는 다양한 모든 근대 비평적 접근의 특징을 나타낸다(28~29).

　헤겔의 『미학』에서 이러한 특권적 지위를 차지하는 것은 은유가 아니라 상징이다. 헤겔에게 상징적인 것은 예술의 최고의 형식이며, 미적 의식이 소외된 정신의 모순 너머에 있는 통합된 지식과 지각의 영역에 대한 추구에서 도달할 수 있는 가장 진전된 단계이다. 여기에서 우리는 개념적 이성의 담화를 괴롭히는 그러한 모든 모순들을 초월하거나 화해시키는 예술의 능력을 목격한다(29).

　상실의 감정은, 단지 순간적으로일 뿐일지라도, 주체와 객체, 정신과 자연 사이에 고정된 존재론적이고 시간적인 틈을 극복하는 창조적 상상의 행위에 의해 회복될 수 있다는 믿음을 동반한다. 사실 이것이 정확히 체계화하는 원리이며 "大낭만적 서정시(greater romantic lyric)"의 특징적인 형태라는 것은 이미—M.H. Abrams에 의해서 명백하게—주장되어 왔던 것이다. 시가 이 회복적 전망을 성취한다는 것은 간단하게 은유와 상징의 매개를 통해서이다. 에이브럼즈에 따르면, "그들의 한결같은 상호작용에 의하여, 그리고 그들의 흠없는 은유적 연속에 의하여 사유가 자연을 만들고 자연이 사유를 만드는 일이 발생한다."(30~31)

헤겔에게 있어서 미학은 중요한 것이고, 그리고 더욱 특별하게는 이러한 고상한 약속을 이행하는 수단으로서의 상징이 중요성을 가진다. "상기(Er-innerung) 즉, 경험의 내적인 수집과 보존으로서의 회상(recollection)은 역사와 美를 함께 체계의 응집 속으로 가져간다." 에이브럼즈와 같은 해석가들에 의해 제공된 영국 낭만주의에 대한 독서를 모양짓는 것은 이러한 헤겔적 "내재화하기(interiorization)"의 운동이다. 그것은 그들 저작의 수많은 구절에서 즉, 상상력이 진실로 일상의 지식과 지각의 한계를 극복하는 능력으로 간주되는 그러한 곳에서 언어가(대개는 은유와 상징의 언어) "유기적" 또는 擬似—자연적 창조력을 떠맡은 듯이 보이는 그러한 곳에서 그리고 시간과 변화의 모든 우연성을 초월하는 생생한 환기력을 시인들이 찬양하고 있는 그러한 곳에서 지적할 수 있는 것이다. 진정한 낭만적 천재의 척도는 모순들을 화해시키는 그것의 능력이며 (은유와 상징을 통하여) 통합된 사고와 지각의 자율적인 영역을 창조하는 능력이다(32~33).

신비평가들에게 낭만주의는 다양한 잘못과 미몽을 유발하는 원천으로 보인다. 특별히 그것은 시와 주체적 경험 사이의 구별, 엘리어트가 "고통받는 인간(the man who suffers)"과 "창조하는 정신(the mind which creates)" 사이에 그어져야 한다고 주장했던 그 선을 흐리게 하는 경향이 있다. 그의 초기 비평 「미국 신비평에서의 형식과 의도」에서 드만은 반-의도주의(anti-intentionalist)의 경우가 얼마나 그 자신의 주요한 전제에 대한 오해에 기반하고 있는가 하는 것을 보여준다. 즉, 신비평가들이 저자의 의도에 단순하게 호소하는 것을 거절하는 것은 옳지만, 그들의 방법이 의도주의의 전제와 가정들을 모두 파괴한다는 의미에서 "객관적"이라고, 또는 객관적일 수 있다고 가정하는 것은 잘못되었다. 드만은 어떻게 신비평가들이 그 자신의 특권적인 은유들을 오해하고, 시를 일종의 "유기적" 전체로 오해했는가를 계속해서 보여준다. "그러한 참을성있고 세밀한 주의가 형식의 독서에 도움을 주었기 때문에, 이 비평가들은 실제적으로, 자연적 과정의 유기적 순환성으로 그것을 오해하면서, 해석의 해석학적 순환 속으로 들어갔다."(『맹목과 통찰』, p.29) 신비평은 그러므로―그것의 독단적인 부인에도 불구하고―사유의 후기―낭만적 또는 헤겔적 역사에 속하는 것으로 볼 수 있다(34~35).

이제 우리는 드만이 제안한, 근대(낭만주의―이후)의 비평적 사유의 규범적 역사에 대한 수정(revision)의 진전된 성격을 제대로 판단할 수 있으리라. 그는 이 역사가 헤겔이 명확히 한 바 있는 "지배적인 은유(commanding metaphors)"의 체계에 의해 모든 최종적인 세목에 있어서 프로그램화되고 결정되었다는 것을 제안하고 있다. 이 체계는 낭만주의의 시인들을 이해할 뿐만 아니라 어쩌면 그 주장을 거절하는 낭만주의에 뒤이은 학파들과 운동들을 포괄한다(35).

따라서 엘리어트가(그리고 신비평가들이) 영국시의 규범적인 전통을 다시 쓰기 시작했을 때, 그들은 명확히 평가절하된 낭만주의, 그러나 일련의 주요한 낭만주의적 가치들과 가정들에 맹목적으로 호소하는 역사적 신화에 의해서 그렇게 한 것이다. Gadamer는 상징주의의 언어가 더 깊고 더 친밀한 텍스트와 해석가 사이의 정신의 일치에의 길을 열기 때문에 알레고리보다 상징이 우월하다고 단언하면서 근대의 해석학적 시도를 변호한다. 그리고 다시 이것은 그러한 유기체주의적 은유가 그들의 커다란 탁월성을 얻었던 낭만주의의 성찰적 사유의 그 기간에 대한 뚜렷한 편애를 포함한다. 즉 가다머에게, "알레고리를 희생시켜서 상징의 가치를 안정시키는 것"은 "경험과 이 경험의 표현 사이를 구분하기를 거절하는 미학의 성장"과 부합하는 것이다. 게다가 그러한 세속적 구분을 초월하는, 그리고 "따라서 모든 개인적 경험을 일반적 진리 속으로 변형할 수 있는" 것은 바로 "천재의 시적 언어"인 것이다(『맹목과 통찰』, p.188). 거기에는 따라서 낭만주의의 시인들로부터 근대의 해석학적 철학의 방법들과 원칙들에로의 직선적인 계통선이 있다. 그의 후기 비평(1982)에서 드만은 야우스의 수용미학의 결과에 대해서도 똑같은 결과를 언급한다. 야우스가 그의 방법의 범위와 능력에 대해 그러한 인상적인 주장들을 펼 수 있었던 것은 단지 저 미적 이데올로기에 대한—개념과 감각적 직관을 화해시킬 힘을 지닌 것으로서의 예술의 관념에 대한—숨겨진 호소에 의해서일 뿐이다(35~38). 드만에게는, 그와 반대로, "이해에 대한 모든 장애물은…현상적 세계(phenomenal world)에 속한 것이라기보다는 언어에 특별히 속한 것이다. 결과적으로, 그들이 지각의 심리학으로부터 유래하는 과정(processes)과의 유추(analogy)에 의해서 정복될 수 있다는 기대는 결코 분명한 것이 아니다."(『이론에의 저항』, p.62)(38)

Ⅱ.

○○○ 자세히 읽기

이러한 분리된 영역들을 화해시키겠다고 약속하는 것은, 즉 모든 그러한 저항을 극복할 모든 것을ㅡ껴안는(all-embracing) 해석학적 모델을 제공하겠다고 약속하는 것은 어떠한 이론에서도 유혹적인 힘인 것이다. 자세히 읽기는 그것의 더욱 이론주의적 또는 환원적 형식 속에서의 "이론"에 대한 활동적인 반명제이다. 다시 말해 그것은 비평가들이 그것 자체의 고정된 관념과의 일관성에 그들을 환원시키는 데 몰두하는 독서에 대한 저항을 견지하는 그러한 문제적 의미의 요소, 구조, 그리고 스타일의 요소들을 인정하게 한다. 이것은 드만이, 비록 어떤 특권화된 비유들(역설, 아이러니 등등)을 일종의 조급한 미적 존재론에로 끌어올리려는 경향을 그들이 보이고 있음에도 불구하고 그들 미국 신비평가들을 자주 칭찬하는 하나의 이유이다. 왜냐하면, 그의 주장에 따르면, 거기에는 항상 그러한 미리 생각되어진 미적 절대에 대한 저항을 수행하는 자세히 읽기와 상세한 텍스트적 설명의 작업에의 헌신이 있기 때문이다(39~40).

따라서 신비평은 적어도 그것이 텍스트의 자세히 읽기의 미덕을 실행하는 한, 그리고 그것 자신의 야심적인 "존재론적" 주장들을 빗나가게 하고 전복하고 또는 그 기초를 위태롭게 하는 것을 그들에게 허용하는 한, 어떤 "이론에의 저항"으로 승격된다(40).

○○○ 이론에의 저항

드만에게는 "이론에의 저항"은 부정적인 면과 긍정적인 면이 있다. 한편으로 "이론"은 그들의 가치를 자명하고 상식적인 지식의 형태로 부과하는 데 성공한 언어, 문학, 그리고 역사적 방법의 수락된 이데올로기에 자진해서 의문을 제기한다. 이런 한에 있어서 이론은 자유롭게 하는 힘이며 근대적(후기 낭만적) 사유의 담화를 특징짓는 그러한 미적 신념과 편견에 대한 활동적인 비판이다. 그것에 대한 "저항"은 그때 그러한 미적 이데올로기의 편에 모인 목적의 힘, 깊이, 끈기의 색인이 될 것이다. 하지만 우리가 살펴보았듯이, 거기에는, 자기 자신에로 그 구절을 되돌리는, 즉 문제의 저항이 다른 순박하거나 자기 기만된 독서 속에서의 맹점을 이론화하는 문제에 못지 않게, 이론에 반대하는 독서의 문제일 것이라는 것을 의미하는 그러한 의미도 있다. 이것은 더구나 방법론적 완벽성과 엄격함을 열망하는 야우스, 리파테르, 그리고 다른 제안자들에 대한 그의 비평에서 드만의 관심을 끌고 있는 것이다. 그들의 독서에서 널리 퍼져 있는 것은 언제나, 텍스트는 그 길 위에서의 어떠한 장애물도 극복해내는 어떤 역사적, 미학적, 또는 해석학적 모델에 따라 이해되어야 한다는 희망이다(41~42).

따라서 이론은—대부분의 이론이 그런 것처럼—그것이 관련된 문제들과 이슈들을 완벽하게 지배하는 것을 목표로 하는 한 엄밀히 불가능한 모험이다. 드만에게는 그러한 환상들은 정확히 비평이, 어떠한 형태의 자기만족의 해석학적 이해에도 그 기초를 위태롭게 하는, 상궤를 벗어난 언어학적 구조 또는 수사학적 "결정불가능성"의 요소들을 인식하게 되면서 포기한 것들이다. "어떠한 것도 이론에의 저항을 극복할 수 없다. 왜냐하면 이론은 저항 그 자체이기 때문이다."(『이론에의 저항』, p.19) 다시 말해서 이론은, 텍스트가 말하는 바—

페이지 위의 단어들의 완고한 물질성-와 다양한 비평가들이 그들 자신의 이론적이고 이데올로기적인 이유로 해서 그것으로 하여금 말하게 하는 것 사이의 그러한 불일치의 지점을 정확히 표시할 일종의 응용 수사학 속에 있다(42).

니체의 텍스트 속에는, 가장 결정적으로 작용하는 그들 자신의 가정들을 문제화하는, 그리고 방법과 체계에 조급하게 호소하게 되면서 거절하는 것이 아닌, 보류하는 준비성(saving readiness)이 있다. "설득으로 생각되어질 때 수사학은 수행적(performative)이다. 하지만 비유의 체계로서 생각되어질 때 그것은 그 자신의 수행을 해체한다."(『독서의 알레고리』, p.131) 다시 한번, "이론에의 저항"은 이론적인 연구 그 자체에서 발생한다. 그리고 그 자신에 내재한 가치들과 수행들에 의문을 제기하는 그 연구의 능력을 통해서만 그것은 발생하는 것이다(43~44).

Ⅲ.

○○○ 비평적 맹목

드만이 칸트, 헤겔, 그리고 "미적 이데올로기"의 계속되는 담화에 대해 말했던 것은, 현상학적 미혹에 희생되는, 즉 언어-특히 은유와 상징의 언어-가 자연적 대상의 세계와 과정들에 어떤 점에서는 동질의 것이 될 수 있다는, 그리고 따라서 단어(또는 개념)와 감각적 직관 사이의 존재론적 간극을 초월할 수 있다는 관념에 희생되는, 비평적 "맹목"의 그러한 순간에 주의를 돌리게 한다(48~49).

○○○ 은유와 환유-프루스트의 『스완네 집 쪽으로』

가장 잘 알려진 예는 프루스트에 관한 항목인데(『독서의 알레고리』,

pp.57~78), 드만은 거기에서 하나의 전형적인 에피소드—젊은 마르셀이 고독한 독서의 즐거움을 회상하고, 다른 더욱 외향적인 종류의 즐거움보다도 더 큰 그것의 최고성을 회상하는—를 택하고, 그 구절이 어떻게, 환유와 같이 평범하거나 일상적인 비유에 반대되는 것으로서의 은유에 부여된 체계적인 특권에로 사실상 향하게 되는가를 보여준다. 분명하게 모순된 두 가지 함축의 연쇄가 시작된다. 하나는, "내부의" 공간이라는 관념에 의해 발생했고 "상상력"에 의해 지배된 것인데 총체성에 더하여 냉정함, 정적, 어둠의 특성을 지닌다. 반면에 다른 하나는, "바깥"에 연결된 것이고 "감각들"에 의존하는 것인데 반대되는 특성인 따스함, 활동성, 밝음, 그리고 분열에 의해 표시된다(49~50).

은유는 그것의 긍정적인 다른 가치들과 함께 "총체성"을 내포하고 있다. 왜냐하면 환유와 달리 그것은 일상적 삶의 엉뚱한 우연성에 의해 간섭받지 않는 통합된 사고와 느낌의 세계 전체를 불러일으키는 특별한 창조적 상상력을 의미하기 때문이다. 게다가 그것은, 내적 영역과 외적 영역 사이의 바로 그 차이가 은유적인(비유적인) 통찰의 덕분으로 마침내 사라지고 상상력이 최상의 세력을 떨칠 때, 총체화하는 과정 중에서 높은 단계, 곧 완전한 또는 본질합체의 순간을 제안한다. 따라서 마르셀은 "직접적인 육체적 행동의 매력을 포함하여 '여름의 전체 풍경'에로 접근하는 방법을 발견하고, 그리고… 그가 실제로 바깥 세계에 있었더라면 단지 부스러기밖에 알지 못했을 그것을 더욱 효과적으로 소유한다."(『독서의 알레고리』, p.60) 따라서 프루스트로부터의 그 일절에서 알 수 있는 것은, 그것에 힘을 주는 비유가 은유이고 그의 주장이 바로 이성적(산문적) 사유의 모든 나쁜 모순들을 극복하게 하는 과격하게 변형적인(radically transformative) 전망의 감각이라는 것이다(49~50).

하지만 드만에 따르면, 거기에는 그 주장에 효과적으로 저항하고 그것을 전복하는 이 구절 속에서 작용하고 있는 수사적 힘이 있다. 왜냐하면 암시의 중요한 효과를 수반하는 은유는 또한, 환유적인 일련의 은밀한 "교환과 대체(exchanges and substitutions)"에 의존하고 있음이 자세히 읽기에 의해서 밝혀지기 때문이다. 드만은 그의 상세한 텍스트 해석의 유명한 페이지에서 이 점을 설명하고 있다. 그 결론(요지)은 다음을 보여준다. 1) 마르셀의 상상적 내적 영역은 모든 지점에서의 그것의 묘사적인 용어를 자연적 경험의 "우연한", "파편적인" 세계로부터 빌려와야만 한다. 2) 이것은 결국 일반화된 환유의 효과를 통하여 비유적(은유적) 진리—주장의 사실상의 취소가 된다. 그리고 3) 그러한 주장을 액면 그대로 받아들이는 어떠한 독서도 무엇이 진정으로 프루스트의 텍스트에서 진행되고 있는지를 보지 못하게 될 것이고 따라서 그것의 주도적인 은유와 유추에 의해서 발휘되는 "유혹"의 힘과 공모하게 될 것이다. "그 구절에 대한 수사적 독서는, 환유에 대한 은유의 우월을 주장하는 것이 그 설득력을 환유적 구조의 사용에 빚지고 있다는 사실을 드러낸다."(『독서의 알레고리』, p.15) 어느 경우에도 우리는 언어적 기호로부터 지각의 체계와 자연적 경험에로의 변화를 축소하거나 극복하려고 생각하는 어떠한 비평적 독서, 미적 철학, 또는 언어 이론의 방법에도, 그 속에 어떤 커다란 장애물이 있음을 인정해야만 한다(50).

◯◯◯ 비유적 장치의 수용과 저항

이것은 결국 "미학적으로 반응하는(aesthetically responsive)" 독서와

"수사적으로 감지한(rhetorically aware)" 독서 사이의, 즉 그것의 상상적 생산에 대한 은유적(비유적) 일반경향에 따라가는 것과 덜 혼란되고 더 나은 이해를 위해서 쉽게 만족하는 것에 계속 저항하는 것 사이의 궁극적인 선택이 된다. 드만은 이 점에 있어서 공평한 듯한 태도를 취한다. 그는 그 두 가지의 독서방법이 "똑같이 마음을 끈다"는 것을 선언하며, 자신의 판단을 설득적인 은유의 작용에 어느정도 순응시킴이 없이 독서할 수 있다는 것을 부인한다. 하지만 드만이 이 선택을 제시하는 그 표현은— 한편으로는 "迷惑", 순박한 즐김, 텍스트와의 안락하며 즐거운 공모, 다른 한편으로는 미혹을 깨우치는 엄격함의 에토스, 그렇게 현혹되거나 미혹되지 않겠다는 결심—어느 것이 그에게 옳은 선택인가에 대해서 의심의 여지를 남기지 않는다 (50~51).

『스완네 집 쪽으로』와 같은 허구적 텍스트를 읽는 도중에 만나게 되는 그 문제들은, 텍스트가 말하고자 하는 바를 단순히 받아들이느냐 아니면 그러한 결과가 이루어진 비유적 장치들을 해체하느냐 하는 사이에서의 선택에 있다. 따라서 진정한 분할선은 그러한 지혜롭지 못한 결탁에 저항하는 수사학적 수단을 지닌 독서로부터, 수사적 신비화의 형식들에 어느 정도 이용된 독서를 분리하는 것이다(51).

IV.

◯◯◯ 진실되게 읽는다는 것

진정하지 못한 독서는, 그것의 기원하는 근원을 순수한, 자만심이 강한 창조적 영감의 순간 속에서 찾는 유기적이거나 단일한 형태의 어떤 관념을 텍스트에 투사하는 그러한 독서이다. 이러한 바라는 조건의 성취를 가로막는 우연하거나 환유적인 영역과 언어가 관계하게 되리라는 어떠한 기호도, 이러한 독서는 필연적으로 무시하게 되는 것이다. 진실되게 읽는다는 것은 그들이 무엇인지에 대해 그러한 미망을 깨닫는 것이다. 은유의 호소가 얼마나 강한가에는 상관없이, 언어가 결국 그것의 잠정적이고 우연한 성격에서 도망칠 수 없다는 사실을 받아들이는 것이다(53).

T.W.아도르노는 헤겔『미학』의 전체화하는 주장에 대해 아주 신중하게 반응하는 사람으로 드만이 인용하고 있는 그러한 현대 이론가 중의 한 사람이다. 해체는 진정 부정의 변증법의 한 형태이며, 상징 또는 절대 이성과 같은 그러한 조급한 종점에 대한 그 자신의 욕망에 대항하여 이 계획을 돌리는, 내재하는 또는 자기-반성적인 비판의 계획을 수행하는 활동이다(61).

제3장 해체와 철학 : 어떤 분석적 태도

I.

◎◎◎ 문학과 철학

플라톤은 수사학을 허구, 시, 궤변, 그리고 그러한 비철학적인 활동들의 편에 확고히 위치시킨다. 그것의 영역은 단순한 의견이거나 (균형잡힌 진실에 반대되는) 억견(doxa)이며, 그 숙련자들은 단지 무지하거나 곧이곧대로 믿는 정신에 호소함에 의해서만 이러저러한 전문가로서 행세할 수 있는 것이다. 이러한 수사학에 대한 적의는, 언어가 이성에 의해서 부과된 적절한 자기-단련으로부터 풀려났을 때의 잘못과 환상을 철학에서 정화하려고 하는, 로크와 칸트와 같은 사상가들에 의해서 이어진다(65~66).

니체는, 불가피하게 단언적인 언어 속에서, 철학자들이 우리에게 그들의 절대적이며 범주적인 또는 선험적인 성격들로 여기게 하려는 것에도 불구하고 철학의 "진실들"이 그들의 설득하려는 힘에 언제나 의존하고 있음을 주장한다. 이런 복잡성 속에서 드만은 모든 해체적 담화의 성격을 발견한다. "해체는 지시(reference)의 환상을 불가피하게 지시적인 양식(referential mode)으로 표명한다."(『독서의 알레고리』, p.125) 하지만 니체의 주장 속에서의 그러한 궁극적인 아포리아를 지적해 내는 것은－또는 드만의 것 속에서 그렇게 하는 것은－결국 해체를 일종의 궤변적 비이성으로 처리할 어떤 기본적인 실수에 위치시키는 것이 아니다. 차라리 그것은 철학이 언제나 이 이중으로 묶인 곤경에 잡혀있고, 명백한 모순에 빠지지 않고는 그 사실을 분명하게 인식하거나 표명할 수 없으면서도, 언제나 그 자신의 수사적 구축의 범위를 드러낸다는 것에 대한 인식을 포함한다. 이것은 드만이, 니체가 "그러한 방법의 한계를 되비춰 볼 수 있는 단 하나의 가능한 수단으로서, 인식론적으로 엄격한 방법의 사용을 변호한다"고 주장할 수 있는 이유이다(『독서의 알레고리』, p.86). "누구도 이 담화의 부적절함을 증명하기 위해서, 니체가 이성적 담화 양식을 분명히 모순적으로 사용한 것을－사실 그는 결코 그것을 포기하지 않았다－비난할 수 없다."(『독서의 알레고리』, p.86) 그리고 드만에 대해서도 똑같은 것이 이야기될 수 있다. 문맥에서 뽑아낼 때, 그의 더욱 충격적인 선언은 모든 논리적 자명성과 진리의 기준을 거부하는 것으로 나타나며, 또한 그의 주장은, 텍스트를 통하여 점차로 따라가

보면, 극도의 분석적 정확함의 성격을 지니고 있는 것이다(68).

이것은 그가 니체를 "그의 작업이, 서로에게 가장 가까우면서도 가장 이해할 수 없는, 인간 지성의 두 가지 활동-문학과 철학-에 양다리를 걸치고 있는…그러한 인물들 가운데 한 사람"으로서 묘사하고 있는 이유이다. 비평가들은, 거대한 수사적 궤변(정교함)을 지닌 그러나 인식론적으로 중요한 주제에 거의 참여하지 않는-진정으로, 그것을 무시하는 것을 미덕으로 하는-, 자세히 읽기의 기술을 발전시켰다. 그리고 철학자들은, 칸트로부터 현재의 분석적 전통에 이르기까지, 텍스트의 자세히 읽기 없이 지내려는 경향이 있어왔고, 따라서 개념적 분석이 철학의 적절한 작업이었으며 수사학은 기껏해야 철학적 "스타일"의 문제에 관한 부수적인 연구라는 확신 속에서, 그러한 "문학적" 문제들을 지나쳐 버리려는 경향이 있어왔다. 드만은 이러한 양자의 가정들을 거절한다(70).

여기에서 문제인 것은 어떤 널리 퍼진 문학의 관념, 즉 언어가 어떠한 인식론적 구속으로부터도 풀려나 있는 미학적으로 특권화된 영역으로 다루어지는 그러한 것이다. 만약 철학이 지식과 진리의 문제에 있어서의 그것의 절대적 우선권을 근저에서부터 위태롭게 하려고 하는 그러한 수사적 문제들을 무시하였다면, 비평은 그것을 명백하게 비인식적인 용어 속에서 다룸에 의해, 즉 진실과 허위의 문제, 지시성, 논리적 일관성, 등등을 단순히 그것에 적용할 수 없는 담화로서 다룸에 의해 문학을 똑같이 평가절하했던 것이다. 드만이 언어의 완고한 "물질성"을 말할 때 그가 의미하는 것은 정확히, 텍스트가 무엇을 말해야 하는가를 효과적으로 미리 알고 따라서 그들의 길에 끼어드는 어떠한 세부사항도 간단히 무시하거나 억압하려고 하는 수락되거나 규범적인 이해의 형식에 대한 이 저항인 것이다(70~71).

드만에 따르면 헤겔의 텍스트는 어떻게 의도와 의미가 일치하는 데 실패하는가를 우리가 볼 수 있게 함에 의해서, 어떻게 사유와 지각의 가정된 상응이 결정적인 지점에서 망가져 버리며 상징주의적이라기보다는 알레고리적인 독서를 초래하는가를 우리가 볼 수 있게 함에 의해서, 그 자신의 해체를 위한 모든 재료를 제공한다(71~72).

Ⅱ.

◯◯◯ 수사와 문법 - 예이츠의 「학교아이들 사이에서」

드만의 작업을 하르트만과 같은 작가의 창조적 야심으로부터 구별하는 점은, 드만이 비평을 "문학적" 명예에 대한 경쟁적인 요구자로서가 아니라, 문학, 철학, 그리고 응용 수사학의 언어 사이에서의 의문을 나타내는 상호적 교환을 발생시키는 지적 활동의 특수한 형태로서 생각한다는 사실이다. 이것이 바로 그가 영역들의 어떠한 조급한 융합도 거절하는 이유이며 또는 무차별적으로 일반화된 비유의 수사학(rhetoric of tropes)의 견지에서 철학을 문학과 일치시키려는 어떠한 움직임도 거절하는 이유이다. 왜냐하면 그러한 움직임의 결과는 단지 비평으로부터 그것의 진실로 비판적인 능력을, 다시 말해서 "문학"의 잘못 정의된 관념이 미적 이데올로기를 조장하려고 작용할 때 일어나는 잘못과 환상을 드러내는 그것의 힘을 빼앗을 수 있을 뿐이기 때문이다(75).

드만은 프루스트에 대한 쥬네트의 작업을 예로 들고 있다. 그 작업은 "광범위하고 날카로운 발췌 속에서, 선택적, 은유적 문채들(metaphorical figures)과 결합적, 환유적 구조들(metonymic structures)이 결합되어 있음을 보여준다."(『독서의 알레고리』, p.7) 하지만 프루스트에 대한 드만 자신의 글과는 달리, 쥬네트는 이러한 문채들을, 그들의 작용이 궁극적으로는 갈등하게 될 것이라고 제안하지는 않으면서, 텍스트 안에서 단순히 공존하는 것으로서 본다. "양자의 결합은 논리적 긴장의 가능성을 고려함이 없이, 묘사적이고도 변증법적으로 다루어지고 있다."(『독서의 알레고리』, p.7) 드만에게는 그와 반대로 거기에는 그러한 갈등이 있다. 그것은, 프루스트에 대한 그의 독서에서 나타나는, 환유적 문채(metonymic figures)가 은유에 부여된 극도의 상상적 주장들을 분열, 전복, 파기시켜버리려고 하는 갈등이다. 쥬네트는 수사학을 수사어구의 체계적 "문법"으로 비유함으로써 수사적 언어의 고분고분하지 않는 힘들에 어떤 질서를 부여하려고 한다. 드만은 이 시도가 어떤 점에서는 감탄할 만하다는 것을 인정하면서도, 그것이 지속적으로 수행될 수 없다고 생각한다. 왜냐하면 수사학은 결국, 문법적 모델에 기반한 어떠한 논리나 체계에로 환원될 수 없기 때문이다 (79~80).

드만은 이처럼 '수사'와 '문법'의 개념을 대비시킴으로써 수사적 언어의 특성을 드러낸다. 언어는 결코 단순하게 또는 의문의 여지없이 현상적 인식의 생산물일 수는 없는 것이다. 이와 다르게 생각하려는 욕망은—언어, 특히 시의 언어가 모든 구분이 마침내는 사라지는, 세계와의 그러한 친밀함을 성취할 수 있다고 믿으려는 것은—드만이 그것의 다양한 외관 속에서의 "미적 이데올로기"의 특징으로서 발견한 하나의 환상이기 때문이다. 수사적 질문에 의해서 다시 이 주제로 접근하는 『알레고리』로부터의 하나의 예는 예이츠의 「학교아이들 사이에서」이며, 특별히 그 마지막 스탠자이다.

> 오 밤나무여, 놀랍게 뿌리내린 꽃이여,
> 너는 잎, 꽃, 줄기…그 어느 것이냐?
> 나무둥치는 음악에 몸을 흔들고, 오 번득이는 눈짓,
> 어떻게 우리가 그 춤으로부터 춤꾼을 분간할 수 있겠는가?

대개의 독서는, 이 마지막 행이 진정으로 수사적 의문(rhetorical question)이라는 것, 즉 그것은 어떻게 두 개의 사물이 결국 분간되는가에 의해서 대답을 찾지 않고 그 대신, 그들의 완전한 유기적 형식의 은유 속에서의 위격적 결합(신성과 인성의 합체, 본질적 합체)을 축하하는가를, 가정한다. 그 춤의 이미지는 따라서 나무의 이미지로부터 자연적으로 뒤따르는 것이다. 따라서 그 시가 제공하는 듯이 보이는 것은 바로, "가장 매혹적인 은유 속으로 제유를 만드는, 부분으로부터 전체에로의 연속성"의 강력하게 자연화된 예이다. 그리고 이 효과는 "춤 속에서, 음악적 형식과의 에로틱한 욕망의 집중 속에 놓인, 나무의 유기적 아름다움"에 대한 그것의 호소를 통해서 성취된다. 이 독서의 설득력에 공헌하는 다양한 요소들이 있다. 예술이 그것의 최고의 형태 속에서 창조적 상상력에 의해 성취된 종합을 통하여, 진정으로 정신과 자연의 조화를 이루어낼 수 있다는 후기－낭만적 또는 상징주의적 가정이 그것이다(83~84).

하지만 드만의 주장에 따르면, 이 독서는 시의 마지막 행에 대해서 가능한 또 다른 의미, 즉 그것의 물음에 대한 어떤 해답을 문자 그대로 요구하는 것으로 여겨질 수 있다는 그러한 의미를 무시해야 한다. 이러한 이 시에 대한 기존의 해석과는 달리 이 시는 '아찔할'

정도의 무한한 방향으로 해체될 수 있다. 즉, 이 시의 언어가 표면상 내세우는 의미에도 불구하고, 또는 그 언어의 본래적인 의미라고 사람들이 일반적으로 인정하는 의미에도 불구하고, 그 의미를 텍스트의 언어가 자기도 모르게 깨뜨리고 전혀 엉뚱한 의미를 드러내는 순간을 우리는 여전히 포착하고 또한 문제삼을 수 있는 것이다. 해체구성이란 텍스트에 첨가한 그 무엇이 아니라 처음부터 그 텍스트를 이루고 있던 것이다(84).

_『대한문학』 2003 여름호

 **참고목록**–폴드만 저서 목차

현대시의 '언어유희'와 '웃음'

1. 문제제기

소위 '난해시'로 알려져 있는 모더니즘 작품들의 의미를 묻기 위해서 연구자는 어떠한 방법론적 위치에 서 있어야 하는가? 아이러니나 풍자, 패러디 등의 수사법을 통해 그 기교적 측면과 의미의 연관성에 주목해보는 방법도 있겠고, 이러한 시들이 언어의 물질적 측면, 즉 '회화적 측면'이나 '음악적 측면'을 前景化하고 있다는 점에 착안하여, 직접 그 부분을 천착하는 방법도 있을 것이다.[1]

---

[1] 한편, 이러한 접근법이 좀더 설득력을 갖기 위해서는 결국 '난해시'가 산출될 수밖에 없었던 사회언어적 상황을 고려할 수밖에 없을 것이다. 그렇게 함으로써 연구자들은 형식주의적인 틀을 벗어나 비로소 시인들의 시작 행위의 전모를 평가할 수 있는 위치에 설 수 있다. 필자는 M.바흐찐이 제시한 바 있는 '대화성' 개념에 주목해 본 바 있다(졸고, 「김수영 문학의 양가성」, 『한국전후문학의 분석적 연구』, 월

본고에서는 5,60년대의 한국 모더니즘 시에 나타난 '언어유희'에 주목해 본다. 김춘수, 김수영, 송욱 등의 시에서 볼 수 있는 냉소적인 '웃음'이라는 테마는 모더니즘 시의 수사적 전략과 그 '음악적' 측면 등을 이해하기 위한 중요한 거점이 될 것으로 판단되기 때문이다.

　① 「엄마 안 가? 엄마 안 가?」/ 「안 가 엄마! 안 가 엄마! 엄마가 어디를 가니?」/ 「안 가유?」/ 「안 가유! 하……」/ 「으흐흐……」// (…중략…) //등나무여 지휘하라 부끄러움 고만 타고/ 이제는 지휘하라 이카루스의 날개처럼/ 쑥잎보다 훨씬 얇은/ 너의 잎은 지휘하라/ 베적삼, 옥양목, 데드롱, 인조견, 항라,/ 모시치마 냄새난다 냄새난다/ 냄새여 지휘하라/ 연기여 지휘하라/ 등나무 등나무 등나무 등나무// 우물이 말을 한다/ 어제의 말을 한다/ 「똥, 땡, 똥, 땡, 찡, 찡, 찡……」/ 「엄마 안 가?」/ 「엄마 안 가?」/ 「엄마 가?」/ 「엄마 가?」// 등나무 등나무 등나무 등나무/ 「야, 영희야, 메리의 밥을 아무거나 주지 마라,/ 밥통을 좀 부셔주지?!」/ 등나무? 등나무? 등나무? 등나무?/ 「아이스 캔디! 아이스 캔디!」/ 「꼬오, 꼬, 꼬, 꼬, 꼬오, 꼬, 꼬, 꼬, 꼬」/ 두 줄기로 뻗어올라가던 놈이/ 한 줄기가 더 생긴 것이 며칠 전이었나

―김수영, 「신귀거래3 ― 등나무」 부분 1961. 6 발표

<hr>

인, 1999). 그의 이론은 '난해시' 자체뿐만 아니라 그것을 둘러싼 논의들을 사회언어적 문맥 속에 놓음으로써 끊임없는 '대화화'의 과정 속에서 고찰할 수 있게 한다는 점에서 주목된다. 바흐찐의 경우 "무의식적인 것, 성적인 것, 그로테스크한 것, 꿈 및 우연적인 것에 주목하도록 만든다는 점"에서(Peter Zima, 『문예미학』, 을유문화사, 1993, p.129), '난해시'에 대한 접근 가능성을 열어놓고 있다. 또한 언어가 "사회적이고 역사적인 변동의 가장 섬세한 바로미터"임을 간파하고 있는 바흐찐의 이론은 우리에게, 말과 글이 생성되는 모태가 추상적이고 비역사적인 언어 체계라기보다는 (언어적으로 매개된) 사회적 갈등이 지배하는 사회언어적 상황임을 깨닫게 해준다. 그의 이론은 '비동일성(타자)'의 시학으로 수렴될 수 있는 '난해시'를 이해할 수 있는 하나의 이론적 근거가 될 수 있는 것이다.

② 바보야, 우찌 살꼬/ 바보야,/ 하늘수박은 올리브빛이다 바보야,/ 바람이 자는가 자는가 하더니/ 눈이 내린다 바보야,/ 우찌 살꼬 바보야,/ 하늘수박은 한여름이다 바보야,/ 올리브 열매는 내년 가을이다 바보야,/ 우찌 살꼬 바보야,/ 이 바보야,

—김춘수, 「하늘수박」 전문 『남천』 1977에 수록

③ 生理가 論理가 되기까지는,/ 理論이 道理없어/ 微妙한 妙味는 오로지 土亭秘訣!/ (…중략…) /才談과 肉談과 私談을 하다/ 感傷과 中傷과 外上을 거쳐/ 資本을 빌려 타고 가고싶은데,/ 當分間 今明間이 꼭 붙잡고,/ 어머니처럼 안스기는커녕/ 등골이 밀려 나게/ 어디로 몰아/ 할/ 웃을/ 수/ 없게/ 할/ 原版처럼 검은 時代에/ (…중략…) / 民主/ 注意(칠!)/ 내일은 정녕 얼떨떨하고/ 歷史보다 野談을/ 사랑하는/ 사랑하는 그대만/ 진정 아름다워?!/ 구름처럼 물처럼/ <처럼>이 거울이라,/ 비쳐보며 단장하고/ 痛哭과 <아멘>과 술잔 사이서,/ 밥을/ 욕을/ 먹을/ 줄/ 아-/ 니,/ 二律服從/ 一律背反하다가/ 용용 죽었다./ 바람 바람 달/ 덜덜 떨리는 보람을/ 逆說이 逆情한다./ 오면 올수록 멀어지는 집이면,/ 金삿갓/ 李箱/ 돌아/ 서/ 갓!/ 帽子처럼/ 頭蓋骨을 흔들며—

—송욱, 「하여지향6」 부분 『하여지향』 1961에 수록

일반적으로 '풍자(satire)', '무의미시(nonsense poetry)', '언어유희(pun)' 등으로 특징지워지는 김수영, 김춘수, 송욱의 시세계는, 위에서 인용한 시를 통해 보았을 때, 그 유사성 또한 생각해 보게 한다. 그것은 '웃음'의 문제와 관련되어 있다. 다양한 웃음의 스펙트럼을 가정할 때, 그들의 웃음은, 겉으로는 천진난만한 어린이의 말장난과 같은 가벼움을 보이기도 하지만, 비교적 어두운 부분에 속하는 것으로 생각된다. 이 글에서는 우선 '웃음'에 관한 이론적 작업에 대해 살펴보고, 그에 기대어 이들의 시세계를 일별해 보기로 한다.

2. 희극미('웃음')의 개념과 하위분류의 문제

　미적 범주는 사유 혹은 존재의 근본형식을 의미하는 철학상의 범주개념을 미학에 적용한 것이기 때문에, 각자의 사상 계통에 따라서 그 이론 정립도 매우 다르다. 그러나 이처럼 다양한 범주론도 그 설정방법의 기본적 태도로부터 대략 다음의 네 종류로 구별할 수 있다. 즉 1) 일원적(Th.피셔, 코엔), 2) 다원적(폴켈트), 3) 복합적(하르트만, 립스), 4) 원환적(딜타이) 방법이 그것이다. 우선 관념론적 미학의 입장에 서 있는 Th.피셔는, 내용인 이념과 감각적 현현인 형상이 융합조화된 고요한 통일상태가 본래의 미라고 생각하면서, 미의 여러 양상은 이러한 이념과 형상을 계기로 삼아 그 모순의 발전과정으로서 변증법적으로 전개된다고 한다. 형상의 유한성에 이념의 무한성을 대립시키는 데에서 생겨나는 미가 '숭고'이고, 반대로, 형상의 이념에 대한 부정으로서 '골계'가 생겨난다. 이와 같이 피셔는 미에는 이념과 형상의 균형상태에 대한 파탄인 추, 즉 부정적 계기가 본질적으로 함유되어 있는 것이기 때문에, 이 추가 부정적 힘으로서 관여하는 곳에서 미의 모든 전개가 이루어진다고 생각한다. 다음으로, 심리주의 미학의 입장에 서 있는 폴켈트는 광범한 각종의 미를 망라하고 그 각각의 특색에 대해서 다면적이면서도 치밀하게 논술하지만 각 기본형태 사이의 유기적 상호관련은 모자란다(『미학・예술학사전』 미진사). 위의 두 방식을 함유하고 있는 것이 '복합적 방법'이며 딜타이의 '원환적 방법'과 같은 것도 존재하지만 본고에서는 단지 다음과 같은 점만을 확인하고 넘어가고자 한다. 즉, 미적 범주는 이념과 형상, 자연인식과 도덕의지, 주관과 객관, 소재적・정관적 對

인격적·창조적 등과 같은 대립적 계기의 역동적인 긴장관계에 존재하는 미적 체험의 근본 구조로부터 도출되고 있다는 점이며, '골계'를 "형상의 이념에 대한 부정"이라는 개념으로 정의하고 있는 것 등이다.

　본고의 논의와 관련하여 폴켈트(Volkelt)의 분류법을 좀더 살펴볼 필요가 있다(그의 논의에 대한 다음의 요약은 『미학 예술학 사전』과 백기수 『미학』(서울대학교출판부)을 참조한 것). 그에 의하면 골계는 일반적으로 객관적 골계와 주관적 골계로 나뉘어진다. '객관적 골계'는 대상 그 자체의 성질 및 형상에 입각한 골계로, 형체의 이상성에 근거하는 외모의 골계, 착오적인 행동이나 동작에 근거하는 행위의 골계, 또 이러한 행위를 하기 쉬운 성격 그 자체에서 기인하는 성격의 골계 등이 그것이며, '주관적 골계'는 골계의 의식이 주체의 표상과정에 의해서 생겨나는 것으로 '기지', '풍자', '아이러니', '유머' 등의 여러 양태를 들 수 있다. '기지'는 일반적으로 무관계 또는 반대적이라고 생각되는 사상을 의외적인 면에서 급작스럽게 서로 연결시키면서 교묘하게 표현하는 데에 특색이 있는 지적 요소가 강한 골계이다. 이를테면 지적인 언어의 유희로서, 음은 같으면서도 그 의미가 다른 언어를 서로 연관시키는 펀(pun)과 같은 것에서 볼 수가 있다. '풍자' 는 아이러니를 사이에 두고 유머(해학)와 대조적인 위치에 있는 것인데, 유머의 애타적 성격과는 달리 풍자는 조소와 신랄한 비난을 내포하는 가운데 불합리한 사상에 대한 예리한 공격성을 가진 것이다. '아이러니(반어)'는 긍정과 부정의 상호침투적인 성격과 야유적 기분이 결합한 일종의 기지적 표현에 의해서 숨겨진 표상내용(저의)을 암시하여 보여주는 것이지만, 풍자만큼 예리한 공격성을 지니고 있지

않으며 또 유머와 같은 우월적 애타성도 결여되어 있다. 폴켈트에
의하면 골계에 특유한 자의적이고 유희적인 표상결합이 인생현실과
의 여러 가지 관련에 대한 깊은 통찰 및 세계의 신비함에 대한 명확
한 관찰과 결합할 때, 주관적 골계의 최고 형식인 유머가 생겨난다.

　하지만 이러한 개념들, 즉 '기지', '풍자', '아이러니', '유머'와 같은
개념들이 명확한 경계를 지니고 있는 것은 아닌 듯하다.[2] 예를 들어
슈미트-히딩과 같은 이는 이러한 개념들의 의미론적 영역을 그림으
로 도식화하고 있기도 한데, 그것은 공간적인 배열을 통해 이해를
돕고자 하는 의미로 받아들여질 수도 있지만, 거꾸로 개념 정의가
곤란하다는 곤경을 드러내는 방식이기도 하다. 참고로 그 도식을 (우
리의 논의와 관련된 것만을 추려) 제시하면 아래와 같다.[3]

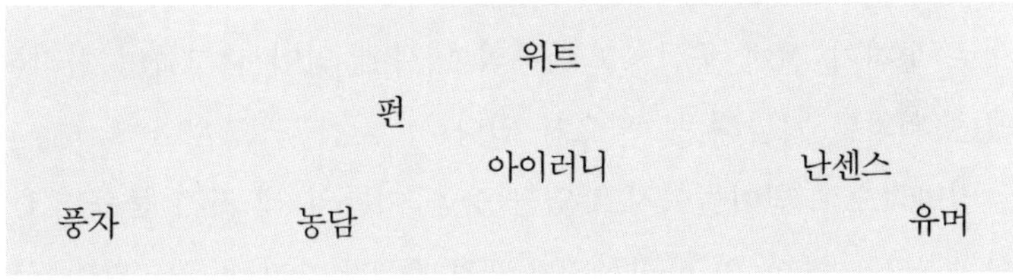

　유머에서부터 풍자에 이르기까지의 개념들의 비교와 그 각각에
대한 정확한 정의가 가능하다면 바람직하겠지만, 그것이 용이하지
않다면, 이들의 공통자질인 '웃음'의 문제에 다시 되돌아가서 논의를
진행할 필요가 있다. 또한 이러한 방식의 접근은 유사한 양상을 보
이고 있는 시인들의 본질적인 관련성을 고찰하고자 하는 우리의 논
의에서는 바람직한 방식이기도 할 것이다. 이러한 이유에서 본고에

2) Salvatore Attardo, Linguistic Theories of Humor, Mouton de Gruyter, 1994, pp.2~3.
3) S. Attardo, 위의 책, p.7 참조.

서는, 특별한 경우가 아니라면 '골계(comic)', '농담(joke)', '위트(wit)', '유머(humor)' 등의 용어를 사용하는 대신 '웃음'이라는 일반적인 용어를 사용한다.

3. 베르그송, 프로이트, 그레마스의 논의 고찰

웃음에 대한 현대적 논의의 중심에 항상 자리하고 있는 '베르그송'(『Le rire, Essai sur la signification du comique』 1901)과 '프로이트'(『Der Witz und seine Beziehung zum Unbewussten』 1905, 영역본 『Jokes and Their Relation to the Unconscious』)의 이론은, 출판된 지 벌써 100년이 다 된 고전이지만, 이러한 문제에 관심을 두고 있는 작가들이 여전히 그들의 책을 여러 번 읽어내기를 귀찮게 생각하지 않는다는 사실만으로도, 그 중요성이 입증되고 있다(아타르도, p.58). 그들의 저작을 구체적으로 살피기 전에 우선, 그 이론의 역사에 있어서 그들이 차지하고 있는 위치를 가늠해 볼 필요가 있다.

일반적으로 받아들여지고 있는 웃음 이론의 세 가지 분류는 1) 인식적(불일치, 대조), 2) 사회적(적대, 공격, 우월감, 승리, 비웃음, 멸시), 3) 정신분석적(해방, 승화, 자유, 경제) 측면에서 이루어져 왔다. 그 각각은 '불일치 이론', '적대/멸시 이론', 그리고 '해방 이론'으로 불리어질 수 있다.4)

"웃음은 긴장된 기대가 갑작스럽게 무로 변환될 때 일어나는 작용이다"라는 칸트의 정의는 현대적 '불일치 이론(Incongruity Theories)'의 뿌리 중 하나이다. 여기에서는 변환의 갑작스러움과 기대가 무로

---

4) 이하의 웃음이론의 세 가지 분류에 대한 설명은 S. Attardo, 위의 책, pp.47~50를 요약한 것임.

변화되었다는 사실이 주목되고 있다. 쇼펜하우어의 웃음에 대한 정의는 "불일치"를 분명하게 언급한다. "모든 경우에 있어서 웃음의 원인은, 관념과 실재 대상 사이의 불일치에 대한 급작스러운 지각에 있다. 그리고 웃음 그 자체는 바로 이러한 불일치의 표현이다." 한편, 맥기(McGhee)는 불일치의 개념을 명백히 잘 정의내리고 있다. "일치와 불일치의 개념은 대상, 사건, 관념, 사회적 기대, 그리고 기타의 구성요소들 사이의 관련성과 관계있다. 한 사건을 구성하고 있는 요소들의 배열이 정상적이거나 기대된 패턴과 어긋날 때, 그 사건은 불일치한 것으로 지각된다." 끝으로 불일치의 특수한 유형은 "유희(play)"라는 관념에 관련되어 있는데, 그것은 웃음의 이론에서 중요한 한 요소이며 언어학적 웃음 이론들에서 다양한 함의를 지니고 있다. 하지만 이상과 같은 불일치의 이론은 적대이론이나 해방이론과 공존할 수 없는 것이 아니다.

다음은 '적대/멸시 이론(Hostility/Disparagement Theories)'인데, 가장 초기의 이론(플라톤, 아리스토텔레스)은 모두 웃음의 부정적인 요소, 즉 그것의 공격적인 측면을 언급한다. 이 관념은 수많은 지지자들을 가지고 있고 웃음에 대한 생각에 강한 영향을 끼쳤다. 토마스 홉즈는 웃음은 어떤 대상에 대한 웃는 사람의 우월감으로부터 일어난다는 관념을 강력하게 정식화했다. 우월성 이론의 가장 영향력 있는 지지자는 베르그송이라고 볼 수 있다. 그에게 있어서 웃음은 사회적 교정책, 즉 일탈적인 행위자를 교정하기 위해서 사회에 의해서 사용되는 것이다. 웃음의 間개인적이고 사회적인 양상에 대한 그들의 강조 때문에, 이 이론은 사회언어학적 관심의 대상이 되지만 다른 곳에서는 제한적으로 적용된다.

마지막으로 '해방 이론(Release Theories)'은 웃음이 긴장이나 정신적 에너지를 "해방"한다거나 금지, 관습, 그리고 법률들로부터 사람들을 해방한다고 주장한다. 해방이론의 가장 강력한 지지자는 분명 프로이트이다. 언어적 행위의 견지에서, 해방이론은 흥미로운데, 왜냐하면 펀(pun)과 다른 언어유희에서 전형적인 것처럼, 언어법칙으로부터의 "자유"를 그들이 설명하기 때문이다.

(1) 베르그송

베르그송의 웃음 이론은 불일치에 근거하고 있지만(그 주요한 예들이 자연적인 것과 기계적인 것 사이의 대조에 놓여 있음), 이러한 전제는 사회학적으로 정향된 분석을 위해서 이용되고 있다(사회적 교정책으로서의 유머).

> 희극적인 것을 <지적인 대조>나 <감각적 부조리> 등, 관념들 사이에서 파악되는 추상적 관계로 취급하려는 정의들 (…중략…) 이러한 정의들은 비록 희극적인 것의 모든 형태에 실제로 적용된다 해도, 희극적인 것이 우리를 웃게 하는 이유에 대해서는 조금도 설명해 주는 바가 없다 (…중략…) 웃음을 이해하기 위해서는 그것을 사회라고 하는 본래의 위치에 다시 놓아야 한다.5)

그의 논의는 세 지점에서 출발하고 있다. 웃음은 인간적 현상이라는 것, 사회적이라는 것, 그리고 그것은 감정적인 시야보다는 지적인 시야를 요구한다는 것이다. 19세기의 유물론과 기계론 및 결정론적인 경향에 반하여 내부의 직관에 의해서 파악되는 생명의 약동과

---

5) 베르그송, 정연복 역, 『웃음』(세계사, 1992), pp.15~16.

접촉하기를 바랐던 그의 철학은, '웃음'을 설명하면서도 계속해서 기계적인 것, 자동화된 것, 경직성 따위를 생명적인 것에 대조시키고 있다. 베르그송은 "생명적인 것에 덧붙여진 기계적인 것"이라는 이미지를 중심으로 논의를 펼쳐 나가다가 그것을 언어적 현상으로 일반화하기도 한다.6)

> 내용을 능가하려는 형식, 글에 담긴 정신에 트집을 잡는 겉표현 (…중략…) 형식에 대한 변함없는 배려, 규칙의 기계적인 적용은 이때 일종의 직업적인 자동주의를 낳게 되는데, 이것은 신체의 습관이 영혼에 부과하게 되는 자동주의와 유사한 것으로, 그것과 똑같이 우스꽝스럽다.7)

외관의 계속적인 변화, 현상의 불가역성, 자족적인 일련의 배열의 완전한 개체성, 이런 것들이 생명체를 단순히 기계적인 것으로부터 구분하는 외적인 특성들이다. 이러한 특성들과 반대되는 것들을 살펴보면, 세 가지 방식을 들 수가 있는데 그것들은 1) 반복, 2) 역전, 그리고 3) 일련의 사실들의 중복(두 사유체계의 중복)이라고 부를 수 있는 것이다. 이 모든 작용은 삶을, 결과도 뒤집을 수 있고 각 부분은 상호 교환도 가능한, 반복적 기계 장치로 취급하는 것이다.8)

그는 '언어를 매개로 표현되는 웃음'과 '언어가 창조하는 웃음'을 분명하게 구별하고("전자는 경우에 따라서는 다른 나라 말로 번역될 수도 있다. (…중략…) 그러나 후자는 번역하는 것이 통상 불가능하다. 그것은 이 희극

---

6) 본고의 논의가 실제적인 웃음보다도 언어적 표현에서의 웃음의 문제를 다루고 있기 때문에 이러한 지적은 특별히 주목된다.
7) 베르그송, 앞의 책, p.50.
8) 베르그송, 위의 책, pp.78~79.

성이 문장의 구조나 말의 선택에서 나오는 것이기 때문이다. (…중략…) 언어 자체가 바로 희극적이 되는 것이다.”),9) 이러한 두 가지 언어적 웃음 모두에 위의 세 가지 “메커니즘”이 작용한다고 밝힌다. 예를 들어,

> 같은 문장에서 일어나는 두 사유 체계의 중복은 익살스러운 효과를 낼 수 있는 무궁무진한 원천이다. 이러한 중복을 초래하는, 즉 독립된 두 의미를 동일한 하나의 문장에 부여하여 그 의미들이 겹치게 하는 수법은 다양하다. 이러한 수법들 중 가장 시시한 것은 동음이의어에 의한 말장난이다.10)

‘반복’, ‘역전(된 세계)’, ‘두 사유 체계의 중복’과 같은 메커니즘은, 베르그송이 다음에 살펴보게 될 프로이트나 그레마스의 저작에 등장할 내용을 전취해 놓고 있음을 알 수 있게 한다. 하지만 그는 웃음의 사회적 (교정)기능에 집착하면서 그것의 또 다른 측면, 즉 정당하지 못한 사회를 조롱하면서 웃는 개인의 웃음(사회자체가 교정을 필요로 하는 것으로 나타날 때엔 웃음의 문제가 좀더 복잡해진다)이나, 정당한 것조차도 파괴하는 웃음의 부정적인 기능에 대해서는 언급하고 있지 않다는 아쉬움을 남겨 놓았다.

(2) 프로이트

프로이트의 이론은 “해방 이론”에 적용될 것이다. 문학적인 관심

---

9) 베르그송, 앞의 책, p.89. ‘언어를 매개로 표현되는 웃음’과 ‘언어가 창조하는 웃음’과 관련하여 Attardo는 ‘지시적 웃음’과 ‘언어적 웃음’으로 번역하고 프로이트는 그것을 ‘사고의 기지’, ‘말의 기지’로 변용하고 있지만 그들이 의미하는 바는 동일하다. 토도로프는 프로이트가 분류한 재담기법을 분석하면서 베르그송의 설명을 참조한다.
10) 베르그송, 위의 책, pp.100~101.

을 가지고 그의 글을 읽어나갈 때, 그러한 측면도 주목되지만, 우선 마네티(Manetti)가 지적하고 있듯이 프로이트의 작업에 대한 관심의 요점은 다음과 같은 사실에 기인한다. "그 문제의 역사에 있어서 처음으로, (넓은 의미의) 유머러스한 문제의 기술적·현상적 양상, 그리고 유머러스한 표현의 생산에 대한 형태론적 법칙에 방대하고 정치한 관심이 주어졌다는 것이다." 재담의 기법에 대한 프로이트의 작업은 『재담과 무의식과의 관련』의 첫 번째 장을 구성한다. 프로이트의 절차는 여러 재담들을 "변형(축소·환원reduction)"의 메커니즘을 사용하여 분석하는 것으로 이루어져 있고 재담에 사용된 유머러스한 기술들에 따라 그것들을 범주별로 묶고 있다. 그 분석의 결과인 20개의 서로 다른 범주들을 여기에서 자세히 인용하지는 않을 것이다.11) 왜냐하면, 프로이트 자신이 서로 다른 범주들 사이의 경계가

---

11) 프로이트는 '동일 소재의 사용', '이중어의', '추론의 착오'와 같은 용어를 사용하면서 재담의 기법을 범주화하고 있지만, 그것을 그대로 따를 필요는 없을 것이다. 막스 밀레르가 정리하고 있는 프로이트의 범주들은 크게 두 가지 측면에서 고찰될 수 있다. 우선, <압축 현상에 기반을 둔 재담>은, 1) 신조어(예 : familier + millionaire = famillionaire)를 통해 실현되기도 하고, 2) 약간 변형된 표현('단둘이서만'이라는 의미의 성구 '떼따떼뜨'에서 두 번째 낱말을 짐승이나 멍청이를 뜻하는 낱말 '베뜨'로 대체시킨 '떼따베뜨')을 사용하기도 한다. 3) 신조어나 변형된 낱말이 아니라, 똑같은 말을 매개로 압축이 행해지는 경우도 있는데, 흔히 문자적 의미와 은유적 의미라는 이중적 의미를 띠는 말을 사용할 수도 있다('vol'-飛上/절도). 4) 압축의 범주에 속하는 또 하나의 중요한 부류로 말장난을 들 수 있다. 말장난은 서로 다른 의미의 두 낱말이 유사한 음향에 바탕을 두고 결합되어 있는 재담이다(막스 밀네르 자신이 만들어 낸 예를 보면 : pop(e)-music(pope는 그리스 정교회의 사제를 뜻함)). 둘째로, <치환의 메커니즘에 근거를 두고 있는 재담>에서는 일반적으로 실질적인 대화이건 독자와 저자 사이의 잠재적인 대화이건 대화가 문제된다. 한 대화자는 문장의 어느 한 요소를 강조하는데, 다른 대화자는 문장의 어느 다른 요소를 중요한 것으로 여긴다(예 : "당신이 이 말을 타고 새벽 4시에 떠난다면 6시 반에는 프레스부르그에 닿을 거요"-"아니, 내가 새벽 6시 반에 프레스부르그에서 뭘 하죠?"). 치환은 흔히 불합리 효과, 논리적 관계의 단절

절대적인 것이 아니라는 점을 인정하고 있고, 토도로프가 지적하고 있듯이 그러한 분류는 수사학적 전의법(trope)의 목록과 다를 바가 없기 때문이다.[12]

프로이트의 20가지 서로 다른 메커니즘은 언어적 웃음과 지시적 웃음 양자의 내부에서 작동한다. 그것들은 '압축(condensation)'과 '치환(displacement)'이라는 두 가지 중요한 메커니즘으로 환원될 수 있다. 토도로프는 '압축'과 '치환'에 대해 다음과 같이 설명한다. "하나의 기호 표현이 복수의 기호 내용을 나타내고 있는 것처럼 보이는 경우는 언제나 압축이 작용하고 있다. (…중략…) 기호 내용이 기호 표현보다도 과잉인 경우는 언제나 그렇게 되는 셈이다."[13] 치환에 대해서 토도로프는, 그 "본질적 요소는 사고의 경로를 빗나가게 하는 일, 심리적 엑센트를 본래의 주제에서 다른 주제로 바꾸어 놓는 데 존재한다"고 설명한다. 토도로프를 따른다면, 압축과 치환은 계열관계(paradigmatic)와 결합관계(syntagmatic)에 상응한다. 이것은 토도로프를 다음과 같은 결론으로 이끈다. "프로이트가 묘사한 상징적 메커니즘은 전혀 특수한 것이 아니다. (재담의 경우에 있어서) 그가 정의하고 있는 작동들은 언어적 상징주의의 그것, 특히 수사적 전통에 의해서 분류된 바와 같은 것에 불과하다."(토도로프) 토도로프는 또한 방브니스트가, 프로이트의 분석에서 언어가 차지한 역할을 연구하면서, 비슷한 결론에 도달했음을 부기하고 있다. "무의식은 적절한 '수사학'

효과를 담론에 포함시킨다.―막스 밀레르, 『프로이트와 문학의 이해』, 문학과지성사, pp.113~119.
12) 토도로프, 이기우 역, 『상징의 이론』(한국문화사, 1995), p.360.
13) 토도로프, 위의 책, p.331.

을 사용한다.”(방브니스트) 결국, 프로이트의 분석은 언어학적 도구들의 분석으로서 가치부여 받는다.

　재담의 기술들에 대해 논의한 후에 프로이트는, “중립적(무의도적)” 재담 대 “의도적” 재담과 같은 다른 구별들과 “정신적 지출의 경제”와 같은 개념—웃음을 연구하는 모든 학자들에게 익숙한— 을 소개하는 데로 옮긴다. 재담에서 얻는 쾌락(‘웃음’)의 원천이 어디에 있는지 밝히기 위해 사용되고 있는 이러한 개념들은, 언어학적 관점에서는 덜 흥미로운 것들이겠지만, 프로이트 이론의 특색이 잘 나타나는 개념들이기도 하다.

　‘의도적 재담’이란 성적이거나 공격적인 인간 심리의 기본 성향을 만족시키기 위해 사용되는 재담으로, ‘외설 재담’과 ‘공격적인 재담’ 등이 있다. 이런 종류의 재담에 힘입어 일반적으로 억압에 의해 가로막힌 어떤 성향이 밖으로 나타날 수 있다. 재담이란 충동의 만족을 그르치게 할지도 모르는 억압의 거친 반응을 유발시키지 않고 본능이 만족될 수 있게 하기 위하여 장막을 다시 치는 것이다. 재담으로 말미암아, 사회 생활의 검열을 누그러뜨리는 몇 가지 형식이 준수되는 가운데에서도, 공격 성향이 충족될 수 있다. 이 공격성은 높은 지위에 있는 사람, 존중받는 제도, 도덕 쪽으로 향할 수 있다. 사회 관습에 대한 일종의 공격성이 그런 식으로, 그러나 모든 검열을 차단하는 우회적인 방식으로 드러난 것이다. ‘무의도적 재담’은 불가피하게 어떤 성향에 관련되어 있는 것은 아닌 재담이다. 하지만 “억눌린 성향이 그러한 금지를 뚫고 나오려면 이에 필요한 힘을 재치의 고유한 즐거움에서 얻을 수 있어야 한다.” 저의 없는 순진한 즐거움은 시동 장치의 구실을 하게 되며, 금지의 제거를 가능케 함으로써 훨씬 더 큰 즐거움, 다시 말해서 마음 속의 깊은 성향을 털어놓는 즐거움을 가져다주게 된다.

재담에 관한 프로이트의 연구는 그 구조와 관련해서는 기호학적인 통찰을 보여주었고, 그 동기와 효과에 관련해서는 현대사회와 문화에 대한 비판적 인식을 보여주었다. 그는 재담에 관한 연구를 통하여, 문학에서 얻을 수 있는 즐거움이란 적어도 부분적으로는 바로 금지의 제거나 원초적인 것의 해방에 있다는 것을 암시해주고 있다. "저지된 것의 '반사회성'이 사회적으로 허용된 상징들의 체계로 매개된다"[14]는 점에서 꿈과 재담과 문학―특히, 사회적 교정책으로서의 베르그송적인 웃음이 아니라, 사회를 향한 웃음을 보여주고 있는 문학―은 공통점을 지니며, 우리가 프로이트를 주목하는 이유도 여기에 있다.

(3) 그레마스

웃음의 이론에서 그레마스의 위치는 차라리 특이하다. 그레마스는 결코 재담이나 웃음에 관한 모델을 제안했다고 명백히 주장한 바도 없고 그의 출판된 저작들이 그와 관련된 글들을 기본적으로 다루고 있지도 않다. 하지만 그는 유럽에서 비교적 중요한 웃음 연구의 한 경향의 원조로 생각되고 있다. 그레마스의 웃음에 대한 관심은 재담의 구조를 그가 다루고 있는 두 페이지에 한정된다. 그리고 그의 언급은 동위소의 개념을 다양하게 논의하는 가운데 하나의 예로 삽입되어 있다. 그레마스의 분석은 두 가지 분리된 주장으로

---

14) 허창운 외, 『프로이트의 문학예술이론』(민음사, 1997), p.41에서 재인용.

구성되어 있다. 1) 재담은 두 "부분"으로 구성되어 있다는 것, 그리고 2) 재담은 동위소의 "대립"이나 "변형"을 포함하고 있다는 것, 그리고 그와 동시에 연관된 용어에 의해서 형성된 대립의 "위장"까지도 포함하고 있다는 것이 그것이다.

그레마스의 재담에 대한 분석이 프로이트에 의해서 직접적으로 영감을 받았다는 것은 조금은 알려져 있는 사실이다. 그레마스의 동위소 충돌(isotopic clash)은 프로이트의 "치환(displacement)"과 아주 유사하다. 용어법의 차이를 넘어선다면, 의미론적 동위소(semantic isotopy)와 프로이트의 "사유의 사슬" 또는 "topic"은 거의 차이가 없다. 따라서 하나의 사유의 연쇄로부터 다른 것에로의 치환(프로이트)은 하나의 동위소에서 다른 동위소에로의 이동에 상응한다(그레마스). 우연적인 것이 아니라면 프로이트의 책으로부터의 직접적인 유래는 가능한 일이다. 프로이트(『재담과 무의식의 관계』, 1905)는 그레마스(『구조의미론』, 1966)에서 명백하게 인용되고 있는 몇 안 되는 책 가운데 하나이며, 프로이트에 의해서 분석된 농담의 하나 또한 (비록 웃음과는 관계없는 문맥에서이기는 하지만) 그레마스에 의해서 인용되고 있다. 따라서 그레마스는 분명히 프로이트의 모델을 알고 있었던 것이다. 한편, 그들은 모두 (웃음의) "대조"이론의 예들을 보여주고 있기 때문에 그러한 수렴현상은 일치한다. 궁극적으로, 그레마스의 이론이 프로이트의 이론에 의존하고 있는지 아닌지는 문제가 되지 않는다. 중요한 것은 두 이론 모두 記述적으로 등가적인 것이라는 점이고, 어떠한 경우라도 그레마스는 프로이트의 인상주의적인 용어법을 더욱 엄격한 구조 언어학의 용어법으로 번역했다는 점이다. 그레마스의 모델이 프로이트의 것으로부터 직접적인 영감을 받았다는 위의 주장에 대한 반론은, 프로이트에게 있어서 치환은 단지 두 가지 기본적인 기술(압축과 치환)의 하나에 불과하다는 것이겠다. 그렇지만 프로이트의 기술들 사이의 구분은 배제적인 것이 아니다. 그리고 사실 전치와 응축 모두 하나의 농담에 공존할 수 있는 것이다.[15)]

하지만 보다 본질적인 의문은, 『재담』에 대한 토도로프의 구조주의적 해석(수사학에 대한 언급), 그리고 '사유의 사슬'이라는 프로이트의 용어를 '동위소' 개념으로 정착시킨 그레마스 등의 논의가 과연 프로이트적인 것인가 하는 의문이다. 이들은 형식적·구조적 측면에서 프로이트를 받아들이면서도 내용적인 측면에서는 억압 개념이라든가, 재담의 심리적 원천과 쾌락 메커니즘에 대한 프로이트의 설명은 제쳐두고 있는 듯하기 때문이다.

4. 김수영, 김춘수, 송욱 詩의 '언어유희'적 경향

(1) 김수영

김수영의 시에서는 자의식의 이중적인 목소리가 주조를 이루고 있다. 자기 자신과 타인에 대한 비판과 풍자[16)] 그리고 옹호와 연민이라는 상반되고 복합적인 시각이 특징적으로 나타나 있는 것이다. 그러한 이중성은 주로 '아이러니'적 구조를 통해 시 속에 형상화된다.[17)]

---

15) 以上 그레마스에 대한 설명은 Attardo, 앞의 책, pp.62~63의 요약.
16) 풍자적 묘사는 유쾌한 웃음을 배제시킨다. 하지만 풍자는 예술 속에서 희극적인 것의 가장 중요한 형식 중의 하나이다(M.S.까간, 『미학강의1』, 벼리, 1989, p.207). 까간에 의하면, 우스운 것은 심리적·생리적 현상이지만 희극적인 것은 미적 현상이다. 까간의 개념에 의하면, '웃음'은 몇몇 고등동물에게도 존재하지만 '희극적인 것'을 이해하는 능력은 인간에게만 존재한다(p.206).

마지막의 몸부림도/ 마지막의 양복도/ 마지막의 신경질도/ 마지막의 다방도/ 기나긴 골목길의 순례도/ 「어깨」도/ 허세도/ 방대한/ 방대한/ 방대한/ 모조품도/ 막대한/ 막대한/ 막대한/ 막대한/ 모방도/ 아아 그리고 저 도봉산보다도/ 더 큰 증오도/ 굴욕도/ 계집애 종아리에만/ 눈이 가던 치기도/ 그밖의 무수한 잡동사니 잡념까지도/ 깨끗이 버리고/ 깨끗이 버리고/ 깨끗이 버리고/ 깨끗이 버리고/ 깨끗이 버리고/ 깨끗이 버리고/ 깨끗이 버리고/ 농부의 몸차림으로 갈아입고/ 석경을 보니/ 땅이 편편하고/ 집이 편편하고/ 하늘이 편편하고/ 물이 편편하고/ 서도 편편하고/ 도회와 시골이 편편하고/ 시골과 도회가 편편하고/ 신문이 편편하고/ 시원하고/ 뼈쓰가 편편하고/ 시원하고/ 뽐프의 물이 시원하게 쏟아져나온다고/ 어머니가 감탄하니 과연 시원하고/ 무엇보다도/ 내가 정말 시인이 됐으니 시원하고/ 인제 정말/ 진짜 시인이 될 수 있으니 시원하고/ 시원하다고 말하지 않아도 되니/ 이건 진짜 시원하고/ 이 시원함은 진짜이고/ 자유다

—「신귀거래2—격문」1961. 6의 전문

본고의 서두에 인용한 「신귀거래3」에서와 마찬가지로, 위의 작품에는 무의미한 발화의 난립이 이루어내는 언어의 소용돌이가 나타난다. 무의식 차원이 의식 차원으로 밀고 들어오는 '프로이트적 실언'18)과 같은 것을 생각해 볼 수도 있는 시편이다. 텍스트의 모든 구성 요소가 논리적 연관없이 분편화되어 제각기 반복될 뿐이고 이질적인 말들이 연결되어 있어서 시인이 무슨 말을 하고 있는지 알 수가 없게 되어 있다. 따라서 이러한 작품의 의미를 이해하기 위해

---

17) 졸고, 「김수영 문학의 양가성」 참조 필자는 이 논문에서 김수영 시 언어의 양가적 특성뿐만 아니라, 그의 문학에 대한 대립된 평가 또한 아이러니의 기능과 효과 자체에서 기인함을 이야기하고자 했다.

18) 위르겐 링크, 『기호와 문학』(민음사, 1994), p.108.

서는 그의 텍스트를 상호텍스트적인 대화의 장으로 이끌고 오는 것이 필요하다. 바로 그러한 대화적 공간 속에서 이 작품의 편집증적 방식이 전략적[19]이었다는 점을 이해할 수 있게 된다.

비극적인 면모를 더 짙게 보여주고 있는 김수영의 시세계를 아이러니적인 '웃음'의 측면에서 접근하는 것이 과연 타당한 것일까? 이러한 의문에 대해 하우저의 글은 시사적이다.

> 근대의 비극과 유머가 동시에 발생한 것은 우연한 일이 아니다. 왜냐하면 그것들이 매우 달라 보이지만, 그 뿌리는 같은 토양에서 나와 있기 때문이다. 이 양자는 같은 소외를 표현하고, 삶의 근본 문제에 대한 똑같이 대립, 모순되는 태도를 표현하고 있다. 비극은 불가능하고 이해할 수 없는 세계에 있어서의 견디기 어려운 삶의 요구에 부응한다. 그리고 주인공은 점차 그에게 소원한 것으로 되어 버린 이 세계로부터 떠나간다. 유머는 비극이 받아들일 수 없는 소외를 기꺼이 받아들인다. 그러나 그것은 비극과 마찬가지로 소외를 근거로 하고 있으며, 소외된 세대의 삶의 감각을 표현하고 있다.
>
> —하우저, 『예술과 소외』, 종로서적, pp.185~186

실재적인 것과 이상적인 것의 충돌이 반드시 비극적 종말로 나아가는 것은 아니다. 이상적인 것이 실재와의 충돌 속에서 패배할 경우에만, 이 충돌이 비극적으로 종결되는 것이다. 하지만 이 충돌 속에서 실재적인 것이 패배할 경우, 말하자면 우리가 삶 속에서 어떤 현상을 관찰할 때, 그 현상의 추함·비속함·하찮음과 같은 이상과의 모순성을 감지해내어 그것을 보고 웃거나 아이러니, 냉소, 혹은

---

19) 김수영은 자신의 시쓰기에 대해 대결의식, 작전, 운산 등으로 표현되는 전략적 입장에 있었다는 점을 밝히고 있기도 하다(전집 2 : 297 「시작노우트」).

미소를 통해 그것을 무화할 경우에는 이 현상이 희극적인 것이 된다.[20] 그렇다면, 김수영이 이상으로 생각하고 있는 것들(자유·정직성 등)에 반하는 현실과 그 현실 속에 존재하는 自他의 존재들에 대한 그의 시선은 비극적인 것과 희극적인 것의 양극 사이에 존재한다고 생각할 수 있다. 나아가 이상에 모순되는 것에 대한 폭로, 이 모순의 인식은 이미 그것으로부터의 해방을 꿈꾸고 있다는 점에서 주목되며, 이러한 부분들은 '웃음'이론의 형식적, 내용적 측면에서의 적용 가능성을 보여준다고 판단된다.

(2) 김춘수

김춘수의 문학은 초기의 '존재탐구'의 시편들과 시를 난센스의 경지에까지 이끌어 갔던 60년대 이후의 '무의미시(론)'를 중심으로 많은 연구자들의 주목을 받아왔다. 무의미의 시(non-sense poetry)의 부정적인 접두사 속에서 "프로이트적인 부정의 한 형식"[21]을 발견할 수 있다면, 그것은 의미에 대한 강한 매혹을 명시하는 대가로 의미를 거부하는 것으로 이해될 수도 있다. 이러한 시각에서 본다면, 그의 무의미시가 초기시와 거리를 가지면 가질수록 그 내적인 관련성은 더욱 강하게 눈길을 끌게 되는 것이다.

앞에서 제시한 시 「하늘수박」은 서정주의 「밈드레꽃」("바보야 하이연 밈드레가 피었다./ 네 눈섭을 적시우는 용천의 하늘밑에/ 히히 바보야 히히 웃읍다.")을 패러디한 시이다. 어휘뿐만 아니라 어조에서도 유사한 면이 있지만, 김춘수는 반복적 리듬을 더욱 강화한다. 이 시에서는 '바

---

20) M.S.까간, 진중권 역, 『미학강의1』(벼리, 1989), pp.205~206.
21) Jean-Jacques Lecercle, *Philosophy of Nonsense*, Routledge, 1994, p.115.

보야'라는 구절의 반복을 중심으로 '하늘수박은 올리브빛', '하늘수박은 한여름', '올리브 열매는 내년 가을'과 같은 시구들이 변형·연속되는데, 그 자체로 뜻이 모호한 어휘들이 연속되면서 일으켜내는 음성과 반복적 리듬감만이 시를 뒤덮고 있는 것이다.

『처용단장』 2부에 실린 시들이 이와 같이 의미를 해체하고 있다면, 3, 4부에 실린 시편들에서는 그 해체의 양상이 더욱 극단적으로 나타난다. 띄어쓰기를 하지 않거나 통사 질서에서 핵심적이라고 할 수 있는 조사를 파괴하고, 나아가 음절마저 해체하는 식으로 진행되기도 하고, 심리적 독백이나 산문을 일부 인용하다가 거기에 시를 삽입하는 형식을 보이기도 한다. 이러한 형식들을 통해서 시인은 자신을 억압하고 있던 잠재적 의식과 감정을 아무런 여과없이 풀어 놓고 있다. 그것은 '인간이 역사를 심판해야 한다'는 식의 자신의 생각과 목소리를 직접적으로 제시하는 방식이기도 하다. 웃음이론과 관련하여 이 시인에게는 프로이트적 '전회'나 '위장'의 개념은 필요가 없을지도 모른다. 왜냐하면 그의 시는 검열을 쉽게 통과할 수 있는, 문학판에서의 '무의미의 시(론)'일 뿐이라는, 명분이 있기 때문이다.

(3) 송욱

송욱의 시에 대한 연구는 대부분 시집 『하여지향』을 중심으로 진행되었는 바, 그의 독특한 언어실험과 지성에 바탕한 현실 풍자 등이 주로 언급되었다.

솜덩이 같은 몸뚱아리에/ 쇳덩이처럼 무거운 집을/ 달팽이처럼 지고/ 먼동이 아니라 가까운 밤을/ 밤이 아니라 트는 싹을 기다리며,/

아닌 것과 아닌 것 그 사이에서,/ 줄타기하듯 모순이 꿈틀대는/ 뱀을
밟고 섰다./

-「하여지향1」 부분

이 시는, 1) 솜덩이 → 쇳덩이 → 무거움 → 무거운 집 → 달팽이, 2)
먼동 → 밤(非먼동) → 밤(열매) → 싹(非열매), 3) 아닌 것(非)과 아닌 것
(非) 사이 → 모순이 꿈틀댐 → 뱀이라는 연쇄적인 말잇기 놀이처럼
그 음의 유사성(솜덩이/쇳덩이, 밤(열매)/밤(어둠))과 의미의 유사성(무거운
집/달팽이, 꿈틀댐/뱀)에 따른 연상이 겹쳐져 있는 형식이다. 독자들이
「하여지향」 연작의 첫 부분에서부터 마주치게 되는 이러한 말놀이
의 모습은 우리의 경험 속에서 그리 낯선 것은 아니지만(연상 놀
이 : …빨가면 사과, 사과는 맛있어, 맛있으면 바나나, 바나나는 길어, 길면 기
차, 기차는 빨라, 빠르면 비행기…), 시적인 형식 속에서 마주치게 되었을
때, 그것은 상당히 낯설게 느껴지는 것이다. 그러한 형식으로 진행
되는 시 속에서 언어들이란 새롭게 결합·탄생하고 다시 무화되는
과정 속에 놓이게 되고, 특히 기존의 신성시되고 권위 있었던 말들
에 대한 무화과정은 격렬한 것이다. 「하여지향」 연작 중에서만 예를
든다면, "허허 허탈이냐 해탈이냐", "시시한 시시비비", "치정같은
정치", "生理가 論理가 되기까지는/ 理論이 道理없어", "民主/ 注意
(칠!)", "<데모>하는 아아 <데모크라시>!" 등을 들 수 있다. 시인의
현실비판적인 시선이 말놀이 사이사이에서 부침하고 있는 것으로
볼 수 있다. "억눌린 성향이 그러한 금지를 뚫고 나오려면 이에 필
요한 힘을 재치의 고유한 즐거움에서 얻을 수 있어야 한다"는 프로
이트의 말은 송욱의 이러한 면모를 이해할 수 있게 하는 근거가 된

다. 이런 시점에 의한다면 그의 시에 性적인 것을 묘사하는 관능적 표현들이 그렇게 지속적으로 이루어진 것에 대해서도 같은 맥락에서 이해할 수도 있을 것이다("벌거숭이 그대로/ 춤을 추리라" "고독이 매독처럼" "청계천변 작부를/ 한아름 안아보듯" "내우가 폐병이면/ 화류병이 외환이다" "주책없고 대책많은/ 인간성이 성적이다"). 억압에 의해 가로막힌 성적인 표현들, 현실에 대한 공격성 등은 이러한 재담과 말놀이에 둘러싸여 검열을 통과한다.

『월정가』 이후의 시편들에 보이는 정관적인 시세계와 견주어 본다면, 그 실험성이 더욱 두드러지지만, 언어에 대한 시인의 집착은 이후에도 지속적이었다고 생각된다(「말」, 「말은 창조주」, 「말과 사물」, 「말과 몸」 등). 이는 송욱이 번역한 발레리의 다음과 같은 구절들("낱말의 관계 혹은 낱말 상호간의 반향의 관계가 빚어내는 효과의 탐구", "언어가 지배하고 있는 감수성의 모든 판도를 탐구하는 것"(『시학평전』, p.273))에서 찾아 볼 수 있는 시적 자세와 같은 것이기도 하다. 이렇듯 '말'에 대한 사색으로 이어지는 송욱의 시적 궤적에 비춰보았을 때, 언어유희의 시편들 또한 "언어의 가능성을 극대화"하는 작업의 일환이었던 것으로 생각할 수 있다.

_『관악어문연구』 제26집, 2001. 12

참고문헌

김수영, 『김수영전집』(1-2), 민음사, 1982
김춘수, 『김춘수전집』(1-3), 문장사, 1982~1983
송욱, 『하여지향』, 일조각, 1961
송욱, 『월정가』, 일조각, 1971
송욱, 『시신의 주소』, 일조각, 1981
송욱, 『시학평전』, 일조각, 1963

까간, 『미학강의1』, 벼리, 1989
막스 밀레르, 『프로이트와 문학의 이해』, 문학과지성사, 1997
백기수, 『미학』, 서울대학교출판부, 1978
베르그송, 『웃음』, 세계사, 1992
위르겐 링크, 『기호와 문학』, 민음사, 1994
竹內敏雄 편, 『미학 예술학 사전』, 미진사, 1989
토도로프, 『상징의 이론』, 한국문화사, 1995
페터 지마, 『문예미학』, 을유문화사, 1993
하우저, 『예술과 소외』, 종로서적, 1982
허창운外, 『프로이트의 문학예술이론』, 민음사, 1997

Jean-Jacques Lecercle, *Philosopy of Nonsense*, Routledge, 1994
Salvatore Attardo, *Linguistic Theories of Humor*, Mouton de Gruyter, 1994

근대에 應戰하는 시와 비평

송기한, 『한국현대시사탐구』(다운샘, 2005. 1)
강연호, 『한국 현대시의 미적구조』(신아출판사, 2004. 12)
조해옥, 『도로를 횡단하는 문학』(새미, 2004. 12)

창작된 작품과의 만남을 기록하는 일과 타 연구자들의 글에 대해 말하는 것에는 어떤 차이가 있는 것일까? '한국 문학 연구의 길'을 앞서간 선배 세대의 최근 저서 세 권을 우연한 기회에 읽게 된 필자에게는 그 동안의 스스로의 게으름에 대한 부끄러움과 함께 위와 같은 생각이 떠올랐다. 시인 작가들의 고투에 대한 기록 자체 또한 지난한 싸움의 양상을 띤 것이 아닌가. 그런 싸움은 고통스러운 것이기도 하지만 또한 그 치열함의 양상은 아름다운 것이기도 하다는 점에서, 필자에게는 창작과 비평의 거리가 그리 크게 느껴지지는 않았다. 비록 미흡한 시각이기는 하지만 연구자들의 이번 저서를 읽으며 필자에게 중요하게 보였던 그들 각자의 문제의식과 그에 대한 응전의 면모를 몇몇 주요 부분을 중심으로 정리해 보고자 한다.

1.

송기한의 『한국현대시사탐구』(다운샘, 2005)에는 모두 11편의 연구 논문이 실려 있다. 이들 논문들에는 기존 연구사를 엄밀하게 고찰하고 그를 비판적으로 넘어서고자 하는 논자의 의욕이 드러나 있다. "근대라는 거대한 현실 속에 놓여져 있는, 그리하여 다양한 형태로 갈라져 있는 정신사적 근원 내지 뿌리로서의 한국시사"(p.4)를 향한 그의 문제의식은 '노동, 순수, 고향, 자연의식' 등의 문제를 "파편화된 근대인의 인식"과 관련하여 고찰하게 하고 또한 그 변증법적 종합을 지향하고 있다. 그것은 한국 근대 문학의 다양한 양상을 엄밀하게 고찰하여 '전통'과 '현대'의 맥락을 분명히 하고, "새로운 역사를, 그것도 풍부하게 만들어야 한다"는 연구자로서의 의무감에서 나온 것이기도 하다.

첫 번째 수록 논문인 「근대와 시의 자율성」은 자유시 형성과정의 단초를 전통적 시가 양식 속에서 찾고자 하는 기존 연구사의 맥락 위에 놓여 있다. 흥미로운 점은 저자가 바흐찐의 이론을 끌어와 사설시조, 즉 시조가 정형을 탈피해 가는 과정을 구체적이고 상세하게 분석하고 있다는 점이다. 저자는 조선후기에 들어 두드러지게 된 산문화 경향을 "탈중심화를 도모하는 원심적인 힘들"로 규정하고 그것이 "다른 시가 양식을 다소간 서사화시키는 결과도 가져왔다"고 설명한다. 구체적으로 논자는 '사설시조'에 대해 "공식적인 규율망으로부터 탈피코자하는 개성의 발견", "주자학적 세계관을 소유한 계층들과는 다른, 이질적 세계관의 소유자들"이 그 주인공으로 등장하고 있다는 점, 그리고 이에 따라 공식적 언어가 쇠퇴하고 그 자리에 비속어 등이 들어옴으로써 시어가 확장되고 대화가 삽입되는 등의 산문화 경향을 지적하고 있다. 서사와 서정 양식들 간의 영향 관계나 작품에 등장하는 인물들의 세계관의 교체 등에 대해 착목하고 작품들을 분석해 들어간 점 등은 신선한 발상으로 보이며 이는 한국 근대 자유시의 형성과정을 자생적인 맥락에서 찾고자 하는 기존 논의를 더욱 풍부히 한 작업으로 평가할 수 있다.

논자는 「1920-30년대 경향시파의 현실인식」에서도 "조직론, 이데올로기론, 창작방법론을 중심으로 전개"된 카프에 대한 기존 연구에 토대하면서도 그들의 문학이 "현실 속에서 얼마만큼의 반향을 불러일으켰느냐의 관점"에서 당대의 시작품과 논쟁을 비판적으로 재검토한다. 이때 연구자의 입장은 "현실주의적인 세계관을 지니되 그러한 내용을 특수한 문학의 양식으로 담아내고자 했던" 팔봉 김기진의 것에 가까운 것으로 보이며, '대중화론'의 핵심을 겨냥하고 있다.

이어지는 글인 「임화 '단편서사시'의 대화적 담론 구조」에서는 바로 그러한 논자의 문학적 태도가 더욱 뚜렷하게 드러난다. "대중을 선전, 선동하는 것에 존재 근거를 두고 있는 프로시"가 대중에게 다가갈 수 없었던 문제는 "문예 장르의 성격을 고려하지 못한" 것에 기인한다는 지적이 그것이다. 주목할 점은 그가 프로시의 한계를 정확하게 짚고 그들이 범한 오류에서 출발하면서도 또한 그 문학사적 의미를 살리는 방향으로 논의의 방향을 잡고 있다는 것이다. 즉, 카프의 '운동으로서의 문학'이라는 의도가 성공하기 위해서라도 "어느 정도 사회적으로 공인되어 있는 기제가 필요할 것"이고 "사회주의 운동이 대중과의 소통에 의해 이루어지는 것이며 담론이 소통의 매개라면 장르의 매체적 성격에 주목하지 않을 수 없다"는 것에 그의 문제의식이 놓여 있는 것이다. 이러한 시각에서, 비록 그것이 편의적인 장르 명칭에 불과한 것일지라도, 소위 '단편서사시'에 대한 팔봉의 환영은 근거있는 것으로 평가된다. 즉, 임화가 시인으로서의 감각으로 그러한 시적 담론을 만들어내기는 했지만 그것은 무의식적인 것이었으며(임화의 자기비판은 이를 증거한다), 따라서 이를 논리적으로 체계화하고자 한 김팔봉의 논리는 독보적인 것일 수밖에 없었다. 송기한의 이 글이 빛나는 것은 시작품들(「우리오빠와 화로」, 「어머니」 등)의 담론 분석을 통해 소위 '단편서사시'가 "텍스트 외부에 놓인 타자를 텍스트 내부로 끌어들이는 기능", 즉 "담론이 지속적으로 타자에게 말을 걸고 타자를 말하게 하여 타자가 담론 내부에 적극적으로 개입해 들어오도록 유도"하는 기제들을 상세하게 드러내 보인 점에 있다. 이 논문은 시인과 독자가 텍스트 내부에서 만나게 되는 장면을 추적하면서 그러한 만남이 현실적 삶의 영역과 맺게 되는 관련성 또한 환기시킨다는 점에서, 즉 아지 프로시의 효과를 볼 수 있는 시적 장치를 명확하게 분석해 보였다는 점에서, 리얼리즘시(이론) 연구에 중요한 의미를 던져주고 있다.

이번 연구서에서 특징적인 것 중의 하나는 '고향' 테마와 관련된 몇 편의 논문들(「백석 시의 고향 공간화 양식 연구」, 「정지용의 향수에 나타난 고향의 의미」, 「정한모 시에 나타난 고향의 의미」 등)일 것이다. 1930년대 시에서의 '고향'의 의미에 대해서는 이미 많은 연구자들의 논의가 있었지만 송기한은 그러한 논의를 해방 이후로까지 확장시키며 그 통시적 의미망을 확장시켜 보고자 한다.

우선, 백석의 시에서의 고향에 대해(「백석 시의 고향 공간화 양식 연구」)
논자는 그것이 "1930년대의 근대를 배경으로 근대에 대한 부정의
의미로서 등장한 것"이라고 지적하는데, 이는 백석 시의 소위 '신화
적 공간'을 역사적 맥락에 定位하고자 하는 집필 의도를 보여준다.
송기한은 '공간성'을 매개로 하여 백석 시에 나타난 '고향'과 '이미지
즘', 그리고 영화적 기법들을 연결하여 분석하면서 백석의 "창작방
법이 사실상 모더니즘 기법에 해당한다는 점"을 강조한다. "백석은
가장 전근대적인 공간을 시의 중심으로 끌어들여오면서 그러한 소
재를 가장 현대적인 기법으로 구성해낸다"는 것이다. 또한 이러한
시각의 연장선상에서 연구자는 백석이 그려 보인 식민지 시대의 '고
향'의 의미를 '근대를 부정하는 것으로서의 근대적인 것'으로 설명하
고 있기도 하다.

정지용의 고향의식을 살피고 있는 글(「정지용의 향수에 나타난 고향의
의미」) 또한 유사한 구도 속에서 논의가 진행되고 있다. 즉 "근대에
의해 용도 폐기된 영원성이 다시 그것에 의해 부활되는" 아이러니,
즉 "장소 귀속과 그 탈피과정이라는 근대인의 사유구조"를 정지용
의 시가 대표적으로 보여주고 있다는 관점이다. 논자에 의하면 "근
대적 불안에 대한 정신적 지향점" 가운데 하나로 탐색되었던 것이
정지용의 종교시들이며, 그 기원에는 '고향 시편'들이 놓여 있다는
것이다. '근대를 부정하는 것으로서의 근대적인 것'이라는 논리 속에
서 '고향' 시편이 회귀하고 있는 것으로 설명하는 점에서 논자의 시
각은 일관되고 있다.

한편, 해방 이후의 '고향'의 의미와 관련해서는 정한모의 시가 하
나의 예로 검토되고 있다(「정한모 시에 나타난 고향의 의미」). 앞선 논의

의 연장선상에서 논자는, 정한모의 시에서 근대에 대응되는 힘으로 서의, 그 해체적이고 파괴적인 힘에 대응하는 복원력으로서의 '고향' 의 의미를 읽어낸다. "온갖 역사적 시련과 좌절된 체험들을 내적으 로 감내하면서 그러한 시련들을 미래의 발전적 동력으로 승화시켜 나갈 힘"으로서의 '마지막 보루'와도 같은 '아가'의 이미지나 "흙이 라는 대지적 뿌리"에 대한 언급이 그것이다. 이는 신화적 공간에서 의 평화로움이나 낙관적 전망에만 머물지 않고 그 현실 대응력과 비판적 위치를 환기하고 있다는 점에서 생산적인 면을 갖고 있다. '근대성'의 중요한 시금석 중 하나가 '부정과 비판'이라는 전제가 이 들 논의를 묶고 있다.

끝으로, 나머지 논문들 중에서 필자에게 흥미롭게 보였던 것은 김 수영을 다루고 있는 「영원한 순환의 피로와 창조성」이다. 김수영 시 의 '반복'과 '순환'에 대한 설명은 시인의 그치지 않는 싸움과 함께 소시민성을 암시하면서도, 그 '순환성'이 '직립'을 가능케 하는 힘이 될 수 있음을 밝히고 있어서, 특히 주목되었던 것이다. 즉, "'팽이'의 도는 힘으로 결국…팽이는 곧게 서 있지 않은가…'직립'…그것이 곧 설움을 '이기는' 것"(p.228)이라는 지적이 그것이다. 순환이 가진 피로 감은 직립에 필요한 대가일 수도 있다는 양가적 시선은, 김수영 문 학을 이해하는 중요한 시점을 작품 자체의 모티프에서 읽어내고 있 다는 점에서, 충분한 가치를 갖는 것이었다.

2.

시인이자 문학 연구자이기도 한 강연호의 『한국 현대시의 미적구 조』는 저자의 첫 저서이다. 10년 가까운 세월의 격차가 있는 글들이

함께 수록되어 있음에도 불구하고 그 섬세하고 정치한 작품 분석과
문장력에는 일관된 매력이 있었다. 한편 한편의 글들이 모두 저자
자신의 엄밀한 연구 자세를 보여주고 있다.

우선, 그의 박사학위논문이기도 한 「김수영 시 연구」(1995년)에서
논자는 김수영 시가 보여주고 있는 '부정의 정신'에 착목하여 "무엇
보다도 자기 자신을 갱신해나가는 모더니즘의 시대정신은 현실에
대한 가장 큰 반발"(p.47)일 수 있음을 주장한다. 이는 앞서 살핀 송
기한의 입장과 일맥 상통하는 것으로, 한국현대시사에서 '모더니즘'
의 의미를 폭넓게(현실과의 관련성 속에서) 재해석하고자 하는 시도로
이해된다. 세계와 자신을 바라보는 김수영의 정신적 열도를 감당하
기 위해서는 그러한 접근 방법이 자연스럽게 요청되었던 것이겠지
만 그것은, 논자 자신이 책의 서문에 밝혀 놓고 있듯이, "작품 속에
내재한 의식의 심층을 살피는 데"에서 마련된 것이라는 점에 새삼
주목할 필요가 있다. 즉, 이론이 먼저였던 것이 아니라, 시인으로서
의 감각과 통찰이 우선이었던 것이고 그렇게 길어 올려진 것들이
연구자로서의 객관적이고 냉정한 시선(섬세한 감각을 내장한)으로 처리
된 것, 바로 이것이 강연호 글쓰기의 개성인 것이다. 그래서 그것은
설득력을 확보하면서 독자에게 글 읽는 맛을 느끼게 한다. 예를 들
어 많은 연구자들이 주목하기도 한 김수영의 「헬리콥터」에 대해 논
자는 다음과 같이 분석해 보이고 있다.

> 헬리콥터의 비상을 보고 놀라는 사람은, 헬리콥터의 가벼운 상승
> 과, 그러지 못하는 자신의 현실의 하중을 비교하는 사람이기 때문에
> 설움을 아는 사람이다. 또한 그 비상을 보고 놀라지 않는 사람은, 헬

리콥터가 날아오르지만 결국 현실로 다시 착륙할 수밖에 없는 운명
을 지녔다는 것을 아는 사람이기 때문에, 역시 설움을 아는 사람인
것이다.(p.111)

이러한 분석과 해석은 "단선적인 해결이나 종합으로 귀결짓지 않
고 끊임없는 긴장의 과정"을 보여주었던 김수영의 문학세계와 잘
어울리는 것이다. 논자는 이와 같은 섬세한 논리를 통해 "부정과 단
절의 모더니즘 정신을 (…중략…) 끊임없이 자기 자신을 갱신해나가
는 추진력으로 보여주었던"(p.260) 김수영의 문학세계를 종합해 내고
있다.

이어지는 '김춘수론'(「언어의 긴장과 존재의 탐구 : 김춘수론」) 또한 논
자의 시사적 감각이나 객관적이고 통합적인 시선이 힘있게 느껴지
는 글이었다. 다음과 같은 지적은 김춘수의 초기시와 후기시를 일관
된 맥락에서 이해하게 하는 통찰의 하나이다.

> 현상으로서의 대상이 아니라, 본질로서의 대상을 표현하고 싶은
> 시인의 욕구 (…중략…) 이 선험적이라고 할 수 있는 분위기는, 김춘
> 수로 하여금 인지가 가능한 대상을 떠나 영원 또는 무한한 어떤 것
> 을 추구하게 하며, 후에 무의미시론에서 전개하는 허무와도 연결시
> 키게 만든다.(p.282)

또한 김춘수의 문학을, 관념의 극단화, 절대화로 특징짓는 것(p.293)
또한 동일한 입장에서 산출된 것이며, 이를 통해 논자는 우리가 김
춘수 시에 갖게 되는 높은 관심과 더불어 망설임의 이유를 잘 드러
내고 있다. "교정된 아름다움은 이른 바 혼의 울림과는 당연히 거리
가 있다"(p.300)는 지적이 그 하나이다.

‘김종삼론’(「김종삼 시의 내면 의식 연구」)은 이번 강연호의 저서에서 가장 인상적인 글이었다. 참고문헌(2001년 출판된 남진우의 단행본 포함)을 보건대 2001년 이후에 쓰여진, 비교적 최근의 글이라는 점에서 주목되었고, 또한 그에 값하는 뛰어난 글이었다. “전쟁과 실향의 체험”에 주목한 기존 연구자들과는 달리 강연호는 김종삼의 내밀한 유년의 개인적 체험과 상처에 착목한다.

> 김종삼의 비극적인 세계 인식의 주요 원인에는 (…중략…) 아우의 때이른 죽음과 고립 의식이 원인으로 자리잡고 있다. (…중략…) 어린 아우로 하여금 잠시 동안이나마 세상에 혼자 내팽개쳐진 존재로서의 두려움과 공포로 떨게 했다는 사실을 그는 두고두고 자책하게 된다. 이 자책은 이후 아우가 자신보다 먼저 죽었다는 사실까지 끌어들이면서 더욱 심화된다.(pp.310~311)

위의 인용문에는 작품 분석(김종삼의 시 「운동장」 – 열서너살 때 두살인가 세살 되던 동생을 학교운동장에서 잃어버렸다 찾은 일과 동생의 때이른 죽음)에 토대한 논자의 해석적 통찰의 일면이 잘 나타나 있다. 이는 ‘이념적이거나 역사적 맥락’을 강요하지 않고 작품이 말하는 바에 귀를 기울이는 시적 감수성과 그렇게 들은 바를 토대로 자신 나름의 논리를 구축해 가는 연구자로서의 자존심을 보여준다. 이것이 바로 강연호의 개성이자 매력이다. 우리는 이러한 면모를 「아데라이데」, 「물桶」, 「북치는 소년」, 「라산스카」 등의 작품분석에서도 마찬가지로 만나 볼 수 있으며, 그의 글에 대한 믿음을 굳히게 된다. 이러한 탄탄한 분석 작업을 통해 논자는 “김종삼 자신이 스스로의 삶에서 추구하고 싶었던 미학적 구원의 모습”을 생생히 살려낼 수 있었던 것이다.

3.

조해옥의 비평집 『도로를 횡단하는 문학』(새미, 2004. 12)에는 모두 19편의 글이 실려 있다. 앞에서 살펴본 두 권의 책이 본격적 논문집의 성격을 띤 것임에 비해, 이 책에는 논문과 현장비평적 글들이 섞여 있어서 그 일관된 면모를 드러내기 힘들다. 저자 스스로 말하고 있듯이, "이 책에 실린 글들에 통일성은 없다." 하지만 그 주조는 말해 볼 수 있을 듯하며, '저자 서문'은 이 지점에서 참조할 만하다.

> 죽음 충동과 생의 욕망이 서로를 가로지르며 우리의 삶을 이끄는 것처럼 (…중략…) 희망과 절망, 진흙과 흰 눈, 별의 높이와 지층은 구분되는 것이 아니다. 그것들은 두 개의 극점에 위치한 듯하지만, 그 사이는 나침반 바늘처럼 미세한 떨림으로, 극도의 긴장으로 서로 이어져 있다.(p.5)

인간의 욕망의 두 축이 서로 교차하고 긴장하고 있는 그 고통스러운 '사이'의 떨림에 귀를 기울이고 있는 것이 아마도 이번 비평집의 주조일 것이다. "생명을 가진 존재들의 아픔을" 드러내고자 했다는 논자의 말 또한 음미해 볼 대목이다.

방금 이야기했듯이 논자는 "시대와 개인이 충돌하고 조우하는 지점"(p.93)에서 출발하여 그 '상처와 아픔'을 시인, 작가들이 어떻게 문학적으로 형상화하고 있는가를 추적하고자 한다. 특히 그가 주목하는 것은 "표박하는 근대인의 자의식"(p.18)이다.

이상의 작품에 나타난 고립되고 단절된 '내면'이 억압적인 '외부현실'과 긴밀한 관계에 있음을 말할 때나(「이상 소설에 나타난 '슬픔'과

‘진실성’」), 오장환 시의 "서정적 자아의 불안과 허무감"이 "근대인이 가지는 뿌리없음"에 기인함을 주장할 때(「근대인의 불안과 허무의식－오장환의 시」), 그리고 전쟁체험을 환상적 기법으로 수용하고 있는 김구용의 시작품들을 검토할 때(「전후 인간의 파괴적 자화상－김구용의 시」) 등등, 논자는 개인의 내면과 시대와의 관련을 지속적으로 환기하면서 모더니즘의 ‘현실성’을 강조하고자 하는 입장을 보여준다.

하지만 그러한 논리적 입장이 지나쳐 작품의 모든 것을 성급히 일반화시키고 ‘현실성’으로 환원시키려는 모습 또한 보이기도 한다. 즉, "이상 소설의 서술적 화자의 고립은 (…중략…) 식민지라는 삶의 조건에서 비롯된다"라든가 "어떠한 생각도 행동도 스스로 할 수 없는 나와 그런 나를 사육하는 아내와의 관계는 (…중략…) 식민지 조선과 일제와의 관계로 그 의미를 확장시켜 볼 수 있다"라는 주장 등은 비록 그것이 사실에 부합되는 것이라 하더라도, 작품의 구체적인 색깔을 흐리면서, 일반적인 논의로 함몰하는 것이 아닌가 하는 생각을 갖게 한다. 2000년대 시를 다루는 글(「문명의 과장과 시의 역설」)에서도 이러한 면모는 지속된다. "2000년대 시에서 두드러지는 서정성과 생의 본원적 문제로의 귀결은 비인간적인 문명이 극대화되는 현실에 대한 반동으로 나타난다."(p.344) 필자의 의구심은 연구자로서는 어쩌면 불가피한 일일 ‘일반화’ 자체에 있는 것이 아니라, 연구자 자신이 분석해 보인 하나하나의 성찰이 살아나지 못하고, 그러한 일반화 과정에서 ‘物化’되고 만다는 점에 있다.

이와는 달리, 조해옥 스스로는 사실, "상투성으로부터 자유롭고자 하는 정신"을 열망하고 있으며, 그러한 면모는 작품 하나하나를 해석할 때 비교적 잘 드러난다. "현실의 일상성에 대한 거부의식은 일

탈된 길의 이미지를 통해서 지속된다"라고 오규원의 시에 대해 말할 때(「순례의 상상력을 통한 자아 찾기―오규원의 시」), 그것은 논자 자신의 글쓰는 행위가 그러한 '길'을 지향하고 있다는 울림을 필자에게 던져주기도 했다.

이번 조해옥의 연구서에서 특징적인 점이자 주목되는 곳은 바로 이러한 일상적 규범이나 이원론적 틀에서 벗어나고자 하는 의식이 작품과 만나 빛을 발휘하는 부분이다. 최승호의 최근작에 대해서(「우주적 자아를 향한 꿈의 힘―최승호의 시」), "재는 자아의 내면을 깊이 들여다 볼 수 있는 성찰의 매개이다. 그것에 생과 사의 이원론적 집착에서 풀려나게 된 의식이 구체화되어 나타난다."(p.249)라거나 "모든 가두는 것들에서 벗어나 다시 새로운 사유를 꿈꾸고 넓혀가는 것"(p.271)으로 설명하는 부분은 '벗어나고 흐르는 것'에 대해 갖고 있었던 논자의 관심사가 작품과 행복하게 조우하는 지점이기도 하다. 경계를 허물고 진정한 소통을 꿈꾸는 연구자의 글쓰기는 지난한 싸움에 비견될 수 있을 듯하다.

「이상 산문 텍스트 확정을 위한 한 고찰」은 원전과의 꼼꼼한 비교를 통해 '텍스트 확정' 문제를 제기하고 있는 글이다. 이것을 필자는 조해옥이 보여주고 있는 싸움의 또 다른 양상으로 보았다. 논자의 방대하고 자세한 검토는 많은 시간을 요하는 자료와의 싸움을 감추고 있는 것일 뿐만 아니라, 그것이 표현된 방식, 즉, '오기, 탈자, 바뀜'이나 '줄바꿈, 붙여쓰기, 들여쓰기' 등등의 잘못을 수없이 나열하는 것에는 현재의 절망적인 연구 상황에 대한 연구자의 '냉소' 또한 숨겨져 있는 것으로 보였다. 그렇다면, 조해옥의 글에 언뜻언뜻 보이는 기계적이고 물화된 문장들(반복되는 표현들과 조급한 일반화)은

역설적이게도 지금 이 곳에서 현대문학을 연구한다는 것의 적나라
한 모습을 보여주고 있는 것이 아니었을까? 텍스트 원전 하나 제대
로 마련해 놓지 못한 현대문학 연구의 현상태(하긴 이것은 연구자들 스
스로의 몫이자 짊어져야 할 짐이긴 하지만)에 대한 비판이자, 이 지점에서
라도 새로이 출발할 수밖에 없는 눈물겨운 싸움의 모습을 그 자체
로 보여주고 있는 것으로 이 글을 읽는 것은 지나친 오독일까?

　조해옥의『도로를 횡단하는 문학』은, 이 땅에서 문학 연구를 한다
는 것의 의미, 열악한 연구 현실과 연구자의 꿈과의 거리, 회색의 이
론과 작품의 생명, 그 괴리에 대해 많은 생각을 하게 한 책이었다.
필자는 이 책을 읽으며, 시인, 작가들이 보여준 고투의 모습과 더불
어 연구자 자신이 처한 상황 자체에서 눈길을 떼기 힘들었던 듯하
다. 그것은 내가 치러야 할 또 다른 싸움의 모습이자 현장이기도 하
기에…

_『시와 정신』 2005 여름호

『발터 벤야민과 아케이드 프로젝트』를 읽고

1.

이 책은 "원숙기의 벤야민이 가장 심혈을 기울였던 연구과제"였던 「파사젠베르크(Passagen-Werk)」(아케이드 프로젝트)라는 "부재(不在)의 대작"을 저자인 수잔 벅 모스가 "한 조각 한 조각 정확하고 꼼꼼하게" 읽어가며 재생해 놓은 희귀한 성격의 저서이다. 방대한 분량의 미주(尾註)에서 보듯이 저자의 학문적 엄밀성 또한 인상적인 것이었는데, 그것은 어쩌면 거대한 (인용문, 논평, 구상 등으로 이루어진) 메모 묶음일 수도 있었을 자료들[1] 속에서 독자들이 길을 잃지 않게

---

[1] 바로 이 메모 묶음이 최근 국내에 번역되어 소개되었는데, 조형준 역 『아케이드 프로젝트』(새물결, 2005. 7)가 그것이다. 본고에서 검토하고 있는 수잔 벅 모스의 『발터 벤야민과 아케이드 프로젝트』(문학동네, 2004. 8)와 비교해 봄직하다.

하면서도 벤야민의 매력적인 통찰들을 하나하나 음미하게 하는데 큰 힘이 되어주었다. 또한 롤프 티데만(Rolf Tiedemann) 등에 의해서 편집된 벤야민 전집을 중심으로 그의 대부분의 글을 검토하고 있는 이 책을 통해서, 우리는 이제껏 단편적으로만 알고 있던 벤야민의 문제의식을 좀더 명확히 해 볼 수 있으며, 또한 우리 시대 삶의 현장을 규명하고 헤쳐가는 길잡이로 삼아볼 수도 있을 듯하다.

필자는 이 책의 서두를 서점에서 읽으며, 사유의 보물창고와도 같은 이런 책이 번역될 수 있었다는 데 우선 놀랐고, 또한 눈물겹고 반갑기도 했다. 제자리만 맴돌고 있는 줄 알았던 우리의 번역 문화가 어느새 이만큼 성숙했던 것인가. 번역자인 김정아 씨의 글은 이미 『걷기의 역사』(민음사, 2003)에서 만나본 바 있지만, 원저 자체가 그리 학구적이지 못한 까닭이었는지 좋은 인상을 갖지 못했었는데, 이번 기회에 그런 의심은 하나 남김없이 씻어버릴 수 있어서 좋았고, 또한 믿음직한 벗 하나를 새로 사귄 듯 마음 흐뭇하기도 했다. 서두가 길어졌는데, 이제 필자가 이 책 속으로 여행하며 눈길을 주었던 몇몇 부분을 발췌해가며 주요 내용을 정리해보고자 한다.

벤야민은 "산업문화가 낳은 일상적 사물들"에 주목하여 하이데거가 내세웠던 "일상 세계의 현상학적 해석학"을 실제로 시도한다. 그가 그렇게 하고자 하는 것은 "역사는 현실을 기만적으로 변형하는 개념 구조지만, 역사의 문화적 내용물은 현재에 문제를 제기할 수 있는 비판적 지식의 유일한 원천이기 때문이다."(11)[2] "역사의 기억

---

2) 괄호 속의 번호는 수잔 벅 모스의 저서 『발터 벤야민과 아케이드 프로젝트』의 쪽 수를 가리킴.

이야말로 변혁의 유일한 자양분인 것이다.”(11)

필자가 벤야민에게 끌리는 이유 중의 하나는 우선, 그에게서 보이는 부유하는 지식인의 이미지 때문이다. “벤야민은 부르주아 질서가 무너지고 있다고 믿었으며, 자신의 인생 행로가 사상누각일지도 모른다는 강한 의심을 품고 있었다.”(23) 그 또한 삶과 연구를 위한 기본적인 토대로서, “모든 작업에 필수적인 부르주아 생활 리듬”(26)을 원하고 있었지만, 현실은 그걸 그에게 허용하지 않았다. 조심스럽게 말해보자면, 이러한 상황이 현실에 대한 그의 비판적 문제의식(이는 주로 『일방통행로』(1928)에 실린 글 속에서 찾아 볼 수 있다)을 촉발한 듯이 보이기도 한다. 그의 연구의 출발점을 보여주는 현실에 대한 인식은 구체적으로 아래와 같은 것이었다.

> 자기 존재의 무력함과 연루 관계를 충분하게 판단하고, 이를 통해 보편적인 미망에서 거리를 취할 수 있게 되는 능력을 기르기는커녕, 자기의 사적 존재의 특권을 지키겠다는 맹목적 결단이 지금 모든 곳을 휩쓸고 있다.(474쪽 각주 15번)[3]

> 돈은 한편으로는 모든 중대한 관심사의 핵심에 도사리고 있으며, 다른 한편으로는 바로 그 때문에 돈으로 인해 거의 모든 인간 관계가 차단되고 파괴된다(자연적 관계와 윤리적 관계 모두 마찬가지다). 따라서 비반성적 신뢰, 평안, 건강은 점점 사라지고 있다.(24)

괴물과 같은 자본주의와의 절망적인 싸움, 그 외에 그에게는 다른 선택의 여지가 없었던 것일까? “마치 아리아드네처럼 막다른 골목에 다다른 것 같았던 벤야민을 인도해주겠다고 약속”(25)하는 듯 보

---

3) 앞으로 벤야민의 글을 재인용할 경우에는 이곳에서와 같은 서체를 사용함.

였던 아샤 라시스와의 관계 또한(최근 번역된 『발터 벤야민의 모스크바 일기』, 2005. 3를 보면) 하나의 가상인 것—그러나 쉽게 놓을 수 없었던 것—으로 그에게는 느껴졌던 듯하다.

"역사 자체에 의미가 있다는 헤겔의 역사긍정을 벤야민은 처음부터 거부했다. 그러나 벤야민은 사물의 의미에는 사물의 역사가 너무나도 분명하게 각인되어 있다고 믿었다. (…중략…) 이렇듯 역사적 질료를 거의 마술적으로 인식하는 태도는 벤야민의 유물론 이해에 기본이 되었다."(28) 그에게서는 '마르크스주의적 사유'와 '신학적 사유'가 혼재되어 있었던 것인데, 수잔 벅 모스는 이를 "역사의 다양한 파편적 부분들을 현재의 메시아의 권능의 기호로 이해"하였던 '카발라주의'에 대한 설명을 통해 통합적으로 해명하고 있다(299). 빈곤과 결핍으로 고통받는 사람들은 스스로를 단련해야 했으며, 그때 고통은 "기도의 오르막길"이 되어야 했고, 또한 "저항의 오르막길"이 되어야 했다(29).

파편화된 세계의 경험을 가시적이고 가촉적인 것으로 만들기 위해 벤야민은 '알레고리'에 관심을 갖는다. "벤야민은 알레고리가 예술적으로 대단히 가치 있는 수단이며, 나아가 진리를 이해하는 특수한 예술 형식이라는 점을 증명하고 싶어했다(라시스의 글)."(31) 『일방통행로』에 그려진 슬프고 우울한, 파편화된 도시적 풍경은 알레고리에 걸맞은 이미지를 제공했던 것이다. 즉, "벤야민은 자기의 생활을 사회 현실의 알레고리, 우의형상으로 인식했으며, 불안하고 부정적인 사회에서 개인이 확고하고 긍정적으로 살아갈 수 없다는 사실을 뼈아프게 느끼고 있었다."(53)

"1920년대 후반에서 1930년대까지 계속된 벤야민의 방랑 인생에는 「파사젠베르크」에 지리적 위상과 공간적 질서를 부여하는 모종의 구조가 깔려 있다."(45) 수잔 벽 모스는 흥미롭게도 벤야민의 동선(動線)을 공간적으로 분할하여 설명하고 있는데, 이는 그의 연구(특히, 「파사젠베르크」)가 어떠한 지형도 속에서 이루어진 것인지 가늠케 하는 데 중요한 참조가 된다.

① "서쪽의 파리는 정치적-혁명적 의미에서 부르주아 사회의 기원"(45)이다. 벤야민은 프랑스 초현실주의자들에게서 '반란과 혁명'의 가능성을 보았지만, 그의 목적은 "독자를 꿈에서 깨우기 위해 역사를 환기"하는 부분으로 향하고 있었다. 이는 다음과 같은 벤야민 자신의 문제 의식, 즉 "비관주의에 빠지지 않으면서 어떻게 가장 심각한 문제를, 사회적 비참을 마주할 수 있겠는가?"(484 각주 58번)라는 문제 제기에서 비롯한 것이었다.

② "동쪽의 모스크바는 동일한 의미에서 부르주아 사회의 종말"(45)이다. 벤야민은 1926년 말에서 1927년 초까지 모스크바에 체류하는데(이때의 상황은 『모스크바 일기』 참조), 당시의 모스크바는 사회주의로 이행하고 있는 상황이었다. "모스크바의 이행성은 '모든 생활, 모든 나날, 모든 생각'을 실험대에 올"(49)리고 있었다. 그러한 이행의 과정에서 '문화혁명'은 간과 내지 억압되고 있었고 벤야민은 이에 크게 실망한다. 그가 공산당 입당을 포기한 것 또한 이러한 모스크바 체험에 기인하는 바 크다(벤야민이 『소비에트 백과사전』에 쓴 '괴테' 항목은 그가 처음 쓴 원고의 12% 정도만 수록되었다. 당시 소비에트 교육부 장관이던 루나차르스키는 이 글에 대해 '부적절하다', '도대체 결론이 없다'는 비판을 했다고 한다. 483 각주 44번 참조). "선택은 자유없는 권력이거나 권력없는 자유였다. 지식인이 진정한 사회주의 문화의 창달에 기

여할 수 있으려면 두 가지가 모두 필요했지만, 두 가지가 공존하는 곳은 아무 데도 없었다."(52)

③ "남쪽의 나폴리는 지중해의 기원으로서, 신화로 둘러싸인 서구 문명의 어린 시절"(45)이다. 여기에서는 "전통적인 생활이 계속된다. 단, 이제는 모든 것이 관광객 대상의 돈벌이다." "붕괴하는 전근대적 질서의 껍데기 위에 불안정하고 불규칙하게 세워"진 나폴리의 "근대적 사회관계"를 관찰하며 벤야민은 "역할을 연기하고 있다는 이중의식"(47)을 간파해 낸다. 여기에서 건물이나 공간 배치, 사람의 몸짓 등은 일종의 "언어로 '읽힌다' (…중략…) 이러한 실험은 「파사젠베르크」의 방법론으로 중요한 의미를 갖게 된다."(48)

④ "북쪽의 베를린은 신화로 둘러싸인 작가 자신의 어린 시절"(45)이기도 했지만, 벤야민이 '생존이냐 자살이냐'의 기로에서 싸우고 있었던 1928년 가을에서 1933년 봄까지의 시공간을 가리키기도 한다. 이 시기 벤야민은 '서평'과 '라디오' 프로그램을 통해 '현재를 탈신화화'하려는 교육적 사업에 열중하고 있었다. 하지만 히틀러 또한 "라디오라는 대중매체를 이용하여 벤야민의 작업과는 상반되는 정치문화를 배양"하고 있었고, "그러는 사이에 프롤레타리아 자체가 편을 바꾸고 있었다."(59)

> 극단적 실업으로 인해 일자리가 있는 노동자는 일거리가 있다는 이유만으로 '노동귀족'이 되었다. (…중략…) (국가사회주의자들은 실업자의 대변자로 인식되기 시작했다) (…중략…) 공산주의자들은 아직 이런 (실업) 대중과의 불가결한 접촉을 이루지 못했으며, 따라서 혁명적 행위의 가능성을 찾을 수 없었다.(485 각주 71번)

위의 글에는 벤야민의 통찰이 번득인다. 이 시기 그는 자살을 생각하고 있었다. 1933년 1월에 벤야민은 자신이 진행하던 청소년 대상 라디오 프로그램을 중단했는데, 그 마지막회에서 들려준 이야기는 1927년의 미시시피 홍수에 관한 실화였다. "잘 있어, 루이스! 너무 오래 걸린다. 이걸로 충분해"(60) 그는 이미(1930년) 이렇게 말해 놓은 바도 있었다. "난파선의 잔해에 매달려 표류하는 사람, 망가진 돛대 끝에 올라 있다. 그러나 구조신호를 보낼 기회가 있다."(61)

1932년 자살을 생각한 직후에 벤야민은 "베를린에서의 어린 시절에 대한 단편적 기억을 기록했다."(이것이 『베를린 연대기』이다) "이들 글은 프루스트의 개인적 기억과 벤야민이 아케이드 프로젝트에서 환기하려 했던 집단적 역사 사이의 중간에 놓인다."(62) 그에게는 '자의적인 전기적 과거'는 관심의 대상이 아니었다(486 각주 84번). "벤야민의 목적은 자기 세대를 위해 이런 꿈 물신을 해석하는 것이었다."(63)

"19세기 지붕 덮인 아케이드 상가는 벤야민의 중심적 이미지였다. (…중략…) 아케이드는 그의 정신적 나침반의 요충지가 되었던 모든 도시―나폴리, 모스크바, 파리, 베를린―에서 발견된다."(63~64) 벤야민이 아케이드에 주목했던 것은 그것이 "꿈꾸는 집단의 내면의식, 아니 무의식의 정확한 물질적 복제물이었기 때문이다."(63) 그는 아케이드에서 '부르주아의식의 모든 오류'와 '부르주아의식의 모든 유토피아적 소망'을 발견할 수 있었다.

2.

벤야민을 처음 알게 된 것이 언제인지 분명치는 않으나 1991년 5월의 기록을 보면 필자는 그를 시대에 의해 내몰린 聖·俗의 종교

학자로 보고 있었던 듯하다. 그가 휘청거리며 걸어간 흔적들을 바라보며, 떠돎, 정처없이 헤맴, 바로 그 속에서 뭔가를 찾아내려 했었던 것같다. 그러한 독서에는 초여름 밤의 바람이 필요하기도 했었다. 15년이 흐른 지금 이 시대에 그는 좀더 절박한 모습으로 필자에게 다가오고 있다. 그의 저작을 관통하고 있는 '신화(또는 신화적 반복인 역사)를 파멸시키려는 무정부주의적 혁명의 유토피아'(베른트 비테,『발터 벤야민』, 역사비평사, 1994, p.56)에 전적으로 동의하는 것은 아니면서도 또한 그러한 부정적 시각이 아니었다면 드러나지 않았을 근대적 신화의 허상과 그에 대한 비판적 인식에 공감하고 있는 것이다. 이러한 의미에서 벤야민의 모든 것(그의 저작과 그의 삶, 그리고 그의 연구 방법 등등)에 관심을 확장시키게 되었다. 이번 두 번째 올리는 글에서는『아케이드 프로젝트』의 제2부에 해당하는 pp.71~261까지의 부분을 발췌·정리해 본다. 이러한 작업이 다른 독자들의 독서를 방해할지 모른다는 우려가 최근 생기기도 했지만, 필자에게는 이런 식으로라도 그에 대한 스스로의 이해를 높이고 싶다는 욕구가 있다.

제2부는 모두 4개의 장(3, 4, 5, 6장)으로 구성되어 있는데, 벤야민의 '좌표적 사유'를 다시 한번 확인할 수 있게 한다(저자인 모스는 이러한 체계 속에서 '아케이드'의 여러 자료를 효율적으로 고찰하고 있으니 이러한 구도는 벤야민의 것이라 보아도 될 듯하다).

(1)

우선 **제3장 〈자연적 역사 : 화석〉**에서 벤야민은 '사회진화'라는 일종의 '신화적 사유'를 벗어나기 위해 '몽타주'를 중요한 방법론으로 제시한다. 벤야민의 목표는 "역사적 지시물의 경험적 전개과정을 진보와 동일시하고 무비판적으로 긍정하고 '자연적'인 것으로 여기"(99)는('자연적 역사') '신화'를 탈신화화하는 것에 있었고, 그 귀결은 "자연과 역사라는 관념을 구성하는 요소들을 올바른 성좌로 편성하여 근대적 현실의 본질이 드러나는 방식을 보여주는 것이었다."(99) 벤야민이 자신의 주요 방법론으로 삼았던 '몽타주' 형식은 이렇듯 '파괴적·비판적 차원'뿐만 아니라 '구성적 차원'까지 포괄한 것이었다. 따라서 다음과 같은 벤야민의 말, "나는 보여줄 것이 있을 뿐 말해줄 것은 없다"(104)라는 언급은 아도르노가 이해한 것처럼 '단순한 인용문의 몽타주'에 그치는 것이 아니라, "공식 : 사실들을 가지고 구성할 것. 이론을 완전히 제거하고 구성할 것"(104)이라는 벤야민의 초기 메모의 맥락에서 이해되어야 할 것이다. 다시 말해 벤야민은 '문화적 파편'들이 들려주는 말에 귀를 기울였고 그 "자연과 역사 사이의 괴리에 의존하여 바이마르의 경제적 인플레의 객관적 본질과 부르주아의 사회적 쇠망을 비판적으로 규명했다."(91)(이것은 벤야민이 『일방통행로』에서 행한 작업이며, 우리는 이미 그 일면을 관찰한 바 있다). 따라서 중요한 것은 "구성된 이미지가 기호와 지시물 사이의 괴리를 가시화하는가 아니면 둘을 기만적 총체성 속으로 융합하는가, 캡션이 이미지의 기호학적 내용에 문제를 제기하는가 아니면 그러한 내용을 복제하는 데 그치는가"(98~99)하는 것에 있을 것이다.

(2)

위에서 살폈듯이, 몽타주는 벤야민에게, '사회진화'라는 신화적 사고를 해체하고 '올바른 성좌'로 재구성하여 현실을 드러내는 방식으로 활용되었던 것이며, 그에게 지속적인 공격의 대상이었던 것은 바로 "역사가 저절로 진보한다는 신화"(112)였다. 벤야민은 산업과 테크놀로지라는 생산수단의 차원에서의 진보는 인정하였지만, "생산관계의 차원에서 계급착취는 변하지 않"았다는 사실에 초점을 맞춘다. **제4장 〈신화적 역사 : 물신〉**에서는 주로 이러한 테마들과 관련된 글들이 검토되고 있다. 특히 벤야민의 후기(1940) 논문 「역사의 개념에 대하여」(「역사철학 테제」)에서는 "테크놀로지의 진보와 역사의 진보를 같은 것으로 보았"던 독일 노동계급의 신화적 오류를 날카롭게 지적하고 있기도 하다(113). 그가 "우익 지식인의 입장보다 좌파 지식인의 입장을 더욱 격렬하게 논박하고 있다는 점"(베른트 비테, 앞의 책, p.116)은 이런 점에서 주목할 필요가 있다.

"마르크스는 '환등상'이라는 용어로 상품의 기만적 외양을 지칭한 바 있다. 상품은 시장에 등장한 '물신'이라는 것"이다(115). 이러한 '물신주의'를 꿰뚫어 보려는 벤야민의 노력은 「파사젠베르크」의 '핵심어'들을 산출하였고, 4장에서는 바로 이러한 "진보의 환등상의 원형식들"이 검토되고 있다. 그 주요한 몇 가지만 추려보면 다음과 같다.

① '진열된 상품의 환등상'은 아케이드에서 시작하여 만국박람회에서 절정에 달했다.(117) 바로 "여기에서 산업과 테크놀로지는 미래의 세계 평화와 계급 화합과 풍요를 자체적으로 산출할 수 있는 신화적인 힘으로 제시된다."(121) 역설적이게도 "생산수단의 진보와 세계 경제의 '무질서'(위기와 실업) 사이의 괴리가 커질수록 이러한 자본주의적 민간 축제에 대한 필요도 커"져 갔다(122).

② 또한 "도시 '재개발' 프로젝트는 사물화의 고전적 예로서, 사회 관계는 그대로 두면서 건물과 거리(공간적 대상물)의 배치를 달리 함

으로써 사회적 유토피아를 건설하려 하였"던 것인데, 여기에서 "계급대립은 제거된 것이 아니라 은폐되었다."(124) 오스만의 빈민가 '청소'는 일종의 '전략적 미화'였던 것이며, 그것은 저자인 모스에 의하면, "근대적 국가주의 문화의 원형식"이다. 모스의 표현을 계속 따라가 보자면, "진보는 19세기의 종교가 되었고, 만국박람회는 진보의 성소가 되었으며, 상품은 진보의 성물이 되었고, 오스만의 '새' 파리는 진보의 성지가 되었다."(125)

③ '철도 건설'을 통해 "여러 민족을 '결합'할 수 있다는 생각은 산업주의 자체의 힘으로 계급 분화를 제거할 수 있다는 미망과 전통적으로 종교의 목표였던 공동의 형제애와 자매애를 성취할 수 있다는 미망을 조장했다."(126) 이러한 공간적 확장과 거리의 축소는 시간적 차원에서도 이루어지고 있었던 것인데, 마르크스는 "자본주의의 지리적 팽창과 자본 순환의 가속화 경향", "주기적으로 '시공간 압축'을 벌이려는 자본주의의 경향"(데이비드 하비, 『모더니티의 수도, 파리』, 생각의 나무, 2005, p.76에서 재인용)을 지적한 바 있다. 현재의 시간 속에 과거와 미래, 즉 "희망, 기억, 욕구가 수렴되는 순간"이 발생하며, "기억과 욕구의 이러한 결합은 근대성의 신화가 어떻게 그렇게 강력한 힘으로 유통되는지 밝히는 데 기여한다."(하비, p.81).

"벤야민은 모든 학문적 상상력을 동원하여 진보의 의미론을 거스르는 저항 이미지를 발견하려 하였다."(128) 파울 클레의 「앙겔루스 노부스(새로운 천사)」(『Angelus Novus』)는 벤야민이 슐레겔 형제의 『아테나움』 등을 모범으로 삼아 '아주 긴밀히 결속된 소수의 동료들로 구성된 폐쇄적 그룹' 에서 발행할 계획이었던 잡지의 제목이기도 하다. 그는 이 그림을 1921년에 구입하여 1939년 보들레르 연구에 몰두해 있던 궁핍한 시기에 이를 처분하려 했다. 베른트 비테,『발터 벤야민』, p.176 참조)에 대한 벤야민의 논평은 "역사적 진보라는(일어난 사태를 망각하지 않고는 유지될 수 없는) 미래주의적 신화에 대한 변증법적 대립항을 제공한다."(130)

> 역사의 천사는 틀림없이 이렇게 생겼으리라. 그 얼굴은 과거를 향해 있다. 우리가 사건의 연쇄를 보는 곳에서 천사는 가차없이 잔해에 잔해를 쌓으며 그것들을 자신의 발밑으로 내던지는 하나의 파국을 본다. (…중략…) 불어오는 폭풍은 거역할 수 없는 힘으로 천사를 미래로 떠민다. 그 동안 그 앞의 잔해 더미는 하늘을 찌른다. 우리가 진보라고 부르는 것은 이 폭풍이다.(130)

그가 주목했던 것은 "역사의 성좌를 폭파하는, 그 동안 간과된 자잘한 모티프다. 신화가 기계를 역사의 추동력으로 상상하는 지점에서 벤야민은 역사가 전혀 움직이지 않았다는 물적 증거를 제시한다. 실제로 역사는 그대로다. 먼지가 쌓일 정도다. (…중략…) 그러니 발굴해야 한다."(132)

"벤야민은 지상-천국의 도래와는 완전히 상반되는 '근대성, 지옥의 시간'이라는 저항 이미지를 제시한다." "지옥의 핵심어 : 권태, 도박, 빈궁"(133) "시간의 끔찍한 반복성은 지옥의 고대적·신화적 이미지의 일부이며, 오히려 상품 사회의 진정한 근대성과 새로움에 대해 설명한다."(133)

"지옥의 이미지를 반복, 신형, 죽음의 성좌로 편성하는 벤야민은 유행이라는 자본주의적 근대성의 특수한 현상을 철학적으로 이해하는 길을 열었다."(134) "긍정적으로 해석된 근대적 유행은 전통을 공경하지 않고, 사회계급이 아닌 젊음을 찬양하며, 따라서 사회변화의 우의형상이 된다."(135) 하지만 1930년대 이후의 벤야민은 자본이 유행의 유토피아적 측면을 왜곡하는 점을 중요하게 지적한다. 그는 푹스를 인용한다. "유행의 잦은 변화가 사적 자본의 생산양식의 결과라는 점도 그에 못지 않게 중요하다. 유행이 변화함으로써 이윤을 얻을 수 있는 곳이 바뀔 가능성이 점점 많아지기 때문이다."(499 각주 97번) 벤야민은 또한 예링을 인용하기도 한다. "유행의 횡포 (…중략…) 유행은 '좋은 사회'에 속한다는 외적 기준이다. 이를 잃고 싶지 않은 사람은 유행을 따라야 한다."(499 각주 101번) "자연적인 노쇠와 투쟁하기 위하여 유행의 새로움과 동맹하는 근대적 여성은 자신의 생산력을 억압하고, 마네킹을 흉내내며"(139) 따라서 유행은, "새로움의 원천으로서 출생의 '초월'이며, 비유기적 상품을 인간적 욕망의 대상으로 만듦으로써 죽음을 '초월'한다."(138) 하지만 "유행은 사회적 현실을 바꾸지 못한다. (…중략…) 유행은 최소한의 변화로서 현실을 아우른다. 오스만의 도시 재개발처럼 유행은 주어진 것을 재배치함으로써 역사적 변화를 상징할 뿐, 실제로 그러한 변화를 가져오지는 못한다."(137)

"우연에 기대는 게임은 사람들을 기다림에서 해방시킨다는 의미에서 굉장한 매력을 지닌다. 끝없는 기다림 속에서 운명의 단호함은 매력적으로 보인다. 그러나 권태는 쉽사리 벗어날 수 없다. 권태는 자신의 운명을 자유롭게 선택한 것처럼 보이는 도박사, 약물복용자, 만보객, 한량까지 위협한다. 외부에서 운명을 강요당한 노동자를 위협하는 것은 물론이다."(143~144) "그러나 근대적 시간의 그야말로 지옥같은 공포는 혁명 자체가 시간의 희생물이 될 수도 있다는 사실, 혁명이란 반복되고 실패하게 마련이라는 사실이다. 1789년, 1830년, 1848년, 1871년－보편적 민주주의와 정의의 이름으로 일어났던 네 번의

'혁명'은 언제나 특정한 집단의 이익과 특정한 계급의 지배를 정착 시켰다."(145)

근대를 지옥으로 그린 점에서 블랑키는 벤야민의 주목을 받는다. 하지만 벤야민과 블랑키 사이에는 미세하지만 중요한 차이가 있다. "말년의 블랑키는 자기가 사회에 패배하고 말았음을 인정하지 않을 수 없었다. 정말로 화가 나는 점은 이러한 설명에 아무런 아이러니도 없다는 것이다. 이 것은 무제약적 항복이다. 그러나 동시에 이것은 이러한 우주의 이미지를 천국 에 투사하는 사회에 대한 끔찍한 비난이다."(146)

그렇다면, 벤야민의 생각은 어떤 것인가. "진보 내지 끝없는 완성—영 원한 도덕적 과제—에 대한 믿음과 영겁회귀 개념은 상보적이다. (…중략…) 진보에 대한 믿음은 영겁회귀 개념과 마찬가지로 신화적 사유 양식에 속한 다."(149) "여기에 맞서기 위해서는 역사적 사건에 대한 변증법적 개념을 개진 해야 한다"(149) "개념 요소가 항수가 아님"을 강조하면서, 모스는 4 장의 논의를 다음과 같이 마무리하고 있다. "신화에서 벗어난 역사 적 변화는 아직은 없었다. (…중략…) 이런 급진적인 역사적 변화는 역사에서 존재한 적이 없기 때문에, 신화처럼 표현될 수밖에 없다. 따라서 신화는 어떤 성좌에서는 저주를, 어떤 성좌에서는 구원을 받 게 된다."(149)

(3)

벤야민은 "새로운 생산수단의 형식은 처음에는 기존 형식의 지배 를 받는다"라는 마르크스의 말을 인용한다(156). "테크놀로지는 옛날 의 형태를 극복하지 않을 수 없었지만, 그럼에도 불구하고 극복된 형태를 모방했다."(152) "테크놀로지가 아직 '해방'되지 못한 이유는 관습적 상상력이 새것을 옛것의 지속으로 이해하기 때문이다. (…중략…) 관습적 형식과 결별하기 위하여 좀더 오래된 과거로 거슬러 올라간다."(158) 그러한 "유토피아적 욕망의 이미지 흔적이 역사에서 사라져버렸다면 그러한 흔적을 복구하는 것은 정치적 과제다."(161)

제5장 〈신화적 자연 : 소망 이미지〉에는 벤야민의 혁명이론의 특징적인 면모가 드러나 있다. "어린아이가 손으로 달을 잡으려는 (불가능한) 시도를 통해서 쥐기(라는 실제적인 과제)를 배우는 것처럼" "소망 이미지는 '집단의 작동 기관'에 퍼져 있는 '신경을 건드려' 혁명적 행동을 촉발하는 신경자극을 제공한다" "집단적 소망이미지는 이제 막 생겨난 산업적·테크놀로지적 형식의 표면에 부착됨으로써 새것에 불과한 것을 급진적인 정치적 의미로 물들인다. 즉 새로운 생산방식으로 만들어진 생산물 위에 그러한 변화의 바람직한 사회적 목적을 보여주는 원이미지를 각인한다."(160) 여기에서 '원이미지'(집단적 소망 이미지-꿈)를 복구하여 '새자연'(테크놀로지적 형식-기술)과 결합시키려는 벤야민의 노력은 '정치적'인 것임이 분명해진다. 하지만 벤야민의 말처럼 "유토피아의 이미지는 건물에서 유행에 이르기까지 천 가지 삶의 성좌에 흔적을 남기"는 것이 사실이라 하더라도, 무의식적 소망 이미지(꿈)가 현실인 것으로 오인할 때 그것이 물신이 된다는 것 또한 사실이다(161). "테크놀로지의 생산력은 유토피아적 몽상력으로 매개되어야 한다—그 역도 성립한다."(163) 벤야민은 "소망 이미지가 직접적으로 인간을 해방시키는 것은 아니지만, 소망 이미지는 인류해방의 과정에 없어서는 안 된다"(163)는 것을 잘 알고 있었다. '예술'의 의미 또한 여기에 있을 것이다.

아도르노의 마음을 불편케 했던 것은 바로 이러한 '소망 이미지'

를 다룬 대목이었다. 그는 "꿈 이미지와 관습적 의식 사이에서 아무런 차이를 발견할 수 없었다. 양자 모두 왜곡을 야기하는 계급사회의 맥락에서 생산된 것이기 때문이다."(164) "그들의 논쟁은 사실상 집단의 유토피아적 욕망(따라서 대중문화가 복구될 가능성)을 어떻게 평가하느냐의 문제였다. 벤야민은 이러한 욕망을 문화이행과정에서의 한시적 순간으로 긍정했다. 아도르노는 이러한 욕망을 복구될 수 없을 만큼 이데올로기적인 것으로 부정했다."(165) 과연 누구의 말이 맞는 것일까? 저자인 모스가 보기에 벤야민의 '상부구조론'은 마르크스의 이론이 결락하고 있는 부분을 채워주고 있는 것이었다. "벤야민이 마르크스의 인식과 더 가깝다"라는 평가는 이러한 문맥에서 이루어진 것이다. "마르크스는 자본주의의 경제적 토대에서 프롤레타리아의 착취 상황을 악화시킬 조건뿐 아니라 자본주의 자체의 폐기를 가능케 할 조건을 발견한 바 있"(168)었던 것이며, "벤야민은 상부구조 내부에 '경제에서만큼이나 눈에 띄지만 훨씬 더 느리게' 진행되는 분리된(그리고 상대적으로 자율적인) 변증법적 과정이 있다고 주장했다. 사회주의 사회로의 이행을 가능케 하는 것이 이 변증법이다. 이러한 변증법은 (…중략…) 새 자연의 생산적 가능성과 집단적 상상력 사이에서 펼쳐진다. 이러한 변증법은 죽은 과거를 '매장'함으로써 발전해 온 것이 아니라 그런 과거를 소생시킴으로써 발전해왔다."(168) 벤야민의 문제의식은 다음과 같은 현실적 물음에 근거하고 있다. "의식이 사회역사적 맥락의 지평을 초월할 수 없다면, '아직-아닌' 세계를 개념화하기 위한 상상력은 죽은 과거가 아니면 어디로 향할 것인가?"(168) "과학이 '세운' 것을 회상은 고칠 수 있다"(508 각주 69번)라는 벤야민의 언급은 「기술복제 시대의 예술작품」에서 개진된 바를 요약하고 있다. "상상력이 테크놀로지의 '창조적 형식'에 고무되어 순수한 미학적 목적에서 벗어나면(즉 '예술에서 해방되면') 집단적 사회생활의 새로운 토대를 구성하는 데 적용될 수 있다."(169~170) 여기에서 우리는 벤야민에게 '아케이드'의 이미지가 그토록 중요했던 이유를 짐작할 수 있다. 그것은 그에게 테크놀로지와 예술이라는 두 가지 경향(19세기에 이르러 유례가 없을 정도로 심하게 제도화된 분할)을 혼합하는 '양성적 위치'를 차지하는 '변증법적 이미지'였던 것이다. 하지만 "예술과 테크놀로지가 수렴하는 대중문화는 자본주의적 사회관계로 왜곡됨으로써 예술과 테크놀로지 모두에 해가 된다."(182) "「생산자로서의 작가」(1934)에서 벤야민은 문학과 관련된 새로운 테크놀로지의 잠재적 효과를 설명하면서, 이러한 잠재력은 민주적 정보소통의 장을 창출하고 문학 생산자와 독자 간의 장벽을 낮출 수 있다는 정치적 의미에서 진보적이라는 자신의 견해를 분명히 하고 있다. (…중략…) 그러나 대중언론이 '자본에 속해 있는 한' 이러한 과제는 '풀 수 없는 이율배반'으로 좀먹힌다. (…중략…) 자본주의 저널리즘은 글쓰기를 상품화한다."(182~183). 하지만 다시 한번 뒤집기가 일어난다. "부르주아 언론에서 글쓰기가 쇠망하는 것은 사회주의하에서 글쓰기가 재생하기 위한 원천으로 판명된다."(184) 하지만 그 길은 또한 얼마나 험난한 것일까. "문제가 되는 것은 경계를 넘느냐 아니냐가 아니라 어떻게 넘느냐였다. 벤야민은 두 가지 가능성을 생각했다. 작가는 (라마르틴, 위고 등등의 경우처럼) 새로운 문학 복제기술을 현실의 수사적 재현의 수단으로 삼고 정치선전을 시작할 수도 있고, 새로운 테크놀로지의 형식 자체에 주목함으로써 이러한 형식의 해방적 잠재력을 밝히는 동시에 형식의 효과를 왜곡하는 정치적 현실을 밝히기 시작할 수도 있다."(188) "후자가 정치화를 실행하는 방식은 현재의 사회질서의 결함을 설명하는 것이 아니라 이러한 질서가 결함을 교정할 수단에 가하는 제약을 보여주는 것이다."(188) 필자는 이 대목에서 조정래의 『태백산맥』에 대한 '국가보안법' 법정공방을 떠올렸다. 올해 초 11년 간 끌어온 재판은 결국 무혐의 처분으로 낙착되었다는 소식이었고, 그건 당연한 결과였겠지만, '국가보안법'은 어쩌면 자신의 생명을 지키기 위해 잠시 연극을 했던 것인지도 모른다.

"벤야민을 이해하기 위해서는 예술이라는 주관적 판타지와 현실이라는 객관적인 물질 형식을 대립항으로 설정하는 고질적인 사고방식을 버려야 한다."(193) "정신노동과 육체노동 (…중략…) 벤야민의 개념은 테크놀로지 혁명이 두 종류의 노동을 동일한 것으로 만든다는 것이었다. 정신노동이 점점 테크놀로지가 지배하는 생산 장치에 의해 매개되는 반면에, '육체'노동은 점점 더 지적으로 수행된다."(516 각주 206) 우리의 생활 환경과 노동현장에서 일어나는 작금의 변화를 지켜보며 벤야민의 통찰에 다시 한번 놀라게 된다. 벤야민은 「생산자로서의 작가」에서 "작가와 예술가의 '전문기술자'로서의 객관적 이해관계가 '조만간' 그들로 하여금 '프롤레타리아와의 열정적 연대를 근거지을' 판단을 내리게 하리라는 점"을 보여주고자 했다(515 각주 196번). 이러한 낙관적(?) 전망이 현실화될 수 있을지는 의문이나, 필자는 이것을 당위론적인 것으로 이해하고 있다. "테크놀로지의 효용은 자연을 지배하는 것이 아니라, 우리의 '나태'가 옛 자연에 씌어놓은 '베일'을 벗기는 것"이다(199).

(4)

　제6장 〈역사적 자연 : 폐허〉에서는 벤야민의 초기 저작인 『독일
비극의 기원』과 보들레르에 대한 그의 후기의 분석들에 초점을 맞
춘다. "자연을 역사의 알레고리로 보는 바로크적 비전"(211)은 보들
레르가 보여준 "19세기 '새' 자연의 비하"(233)에서 다시 분출하며,
이는 벤야민의 시대에 새롭게 의미부여된다. "〈알레고리〉에서 역사
는 썩어가는 자연 내지 폐허가 된 자연으로 나타나며"(220) 그것은
또한 "현세의 아름다움이 한시적인 것임을 보여주는" "알레고리의
시간성"(이에 대해서는 폴드만의 논의를 참조할 수도 있겠다. 특히, 『맹목과
통찰』 중 「시간성의 수사학」은 상징과 알레고리, 그리고 아이러니에 대해 다루
고 있어서 원론적인 측면에서 깊이 있게 고찰할 필요가 있다)으로 설명된다.
벤야민에게 있어서 "알레고리는 바로 신화의 '해독제'였다."(216) "중
세에는 고대 그리스·로마라는 멸망한 이교도의 유적을 보면서 사물
은 영속하지 않는다는 사실을 깨닫지 않을 수 없었다. 그리고 불과 몇 세기 후
유럽인은 30년 전쟁을 겪으면서 동일한 사실을 실제로 체험하게 되었다."(220)
"보들레르는 새로 지은 도시의 환등상 그리고 진보 – 로서의 – 변화
라는 환등상의 약속 앞에서 우울한 알레고리의 원형적 반응을 보
였"(232)던 것이며, "벤야민 당시 알레고리의 귀환은 제1차 세계대전
의 가공할 파괴성에 대한 반응이었다."(232) "인간적 고통과 물질의
파괴"로 특징지어지는 역사적 시기, 즉 "사회적 분열과 지속적 전쟁
의 시기 특유의 인식 양식"(232)이 바로 알레고리라는 것이다(이에 대
해서는 방민호의 「전후소설에 나타난 알레고리 연구」 또한 참조할 수 있다. 장
용학의 「요한시집」(1956) 등은 전쟁과 그 이후의 비인간적 상황을 우화 형식으

로 그려보이고 있다).

"벤야민은 '상품의 영혼 속에 지옥이 날뛴다'고 했다. 지옥에 대한 바로크적 전망이 정확히 귀환한 것이다"(242) "창녀는 생존을 위하여 자기를 판다는 의미에서 임금노동자의 원형식"(240)이며, "매춘은 자본주의의 객관적 우의형상"(240)이다. "매춘은 노동자의 매춘 행위 일반에 대한 특수한 표현일 뿐(마르크스)"(525 각주 147)인 것이며, "보들레르는 상품－알레고리적 사물－을 '내면에서' 경험했다."(245) "바로크 알레고리는 밖에서만 주검을 보았지만, 보들레르는 안에서도 주검을 보았다."(256)

하지만 벤야민이 '알레고리'에 주목한 것은 "역사적 파국에 굴복하지 않을 수 없다는 필연성이 아니라 이러한 파국이 필연적이라고 공언하는 사회제도의 허약성", 즉 "권력의 한시성은 오히려 정치적 실천의 바탕"(222)이라는 점을 드러내고자 한 데 이유가 있다. 따라서 "정치적 실천을 위해서 벤야민은 바로크 알레고리에 대해 비판적 거리를 유지했"던 것이다(222). 그가 보들레르에 주목했던 것은 "보들레르의 알레고리는－바로크와는 반대로－분노의 표식을 갖고 있"(237)었기 때문이며, "세계의 흐름을 중단하는 것－그것이 보들레르의 가장 깊은 의도였"(257)던 것으로 보았기 때문이다. 하지만 벤야민은 또한 보들레르와도 일정한 거리를 두는데, "알레고리의 '퇴행적 경향'"(261)을 깨닫고 있었기 때문이다. 다시 말해서 "상품 즉 언제나－똑같은 새 것에 대한 역사적 경험의 공허를 존재론의 범주로 만들고 말았던 보들레르의 정치적 체념을 피해야 했"(261)기 때문이다. "물질적 세계를 구해내기 위해서는 보들레르의 '알레고리적 의도'보다 훨씬 더한 폭력이 요구된다는 것을 벤야민은 증명해내야 했."(261)

3.

"「파사젠베르크」의 파일들은 벤야민의 연구와 사상의 토대가 된 일종의 사전이었다. 정확히 말해 이들 파일은 문서라는 부품과 이론이라는 뼈대를 보관하는 벤야민의 역사적 작업실이었다. 30년대에 벤야민은 이곳에서 광범위한 문학적-철학작품을 만들어냈다."(267) 카프카론, 보들레르론 등등.

○○○ 카프카론

[Franz Kafka : Beim Bau der Chinesischen Mauer](1931. 6)
[Franz Kafka](1934. 5~6)

○○○ 보들레르론

[Charles Baudelaire, Tableaux parisiens(Übertr.)](1914년경과 1922~1923)
[Baudelaire unterm Stahlhelm](1931. 8. 23)
[Das Paris des Second Empire bei Baudelaire](1937. 4~1938. 9)
[Zentralpark](1938. 4와 1939. 2)
[Notes sur les Tableaux parisiens de Baudelaire](1939. 5)
[Über einige Motive bei Baudelaire](1939. 2~7)

1938년 가을에 완성된 「보들레르에 나타난 제2제정기 파리」(Das Paris des Second Empire bei Baudelaire, 1937. 4~1938. 9) 또한 그 중 하나이며, 벤야민은 이 연구서의 3부 구성을 "'정립' '반정립' '종합'이라는 변증법적 도식으로 설명했다."(269) 여기에서 볼 수 있듯, 벤야민은 "좌표로 사유했다."(272) 즉, "정립축과 반정립축의 교차"로 벤야민의 개념을 시각화해 볼 때 '변증법적 이미지'는 그 교점에 해당하며 각 사분면의 좌표는 「파사젠베르크」 사료 수집의 보이지 않는 구조였던 것이다(272).
"좌표의 교점에는 1935년 이래 프로젝트의 중점인 '변증법적 이미지'
즉 상품이 놓인다. 좌표의 사분면은 각각 상품의 일면을 보여줌으로써
상품의 모순적 '얼굴'을 드러낸다. 즉 상품은 물신이자 화석이고, 소망
이미지이자 폐허이다."(272)

벅 모스가 이 책 2부에서 「파사젠베르크」 사료를 정리할 때 사용
한 것 또한 이러한 도식이었고, 그것은 "아케이드 프로젝트의 촘촘
하고 다양한 요소들을 연속성과 일관성을 가지고 다루는 동시에 '불
연속성'을 형성하는 대립적 양극을 손상하지 않기 위해서였다."(274)
하지만 이러한 개념 플롯은 벤야민이 살았던 '시대'를 고려할 때에
야 비로소 온전한 의미를 지니게 된다. 즉 "19세기와 벤야민의 '현
재'를 연결하는 시간축을 고려해야 하는 것이다. 이를 통해 우의형
상을 역사철학으로 변형하고 역사적 이미지를 정치적 교훈으로 변
형함으로써 변증법적 이미지는 강력한 폭파력을 얻게 된다."(277) 제
3부의 논의는 바로 이러한 "역사축을 재구성하는 것"(277)을 목표로
하며, 필자가 보기에 이것은 <보들레르의 19세기−벤야민의 20세기
−21세기 현재 독자들의 시대>로 확장 가능한 것이기도 하다. 벤야
민에 대한 필자의 최근 관심은 바로, 모든 것을 '상품'화하는 고통스
런 현실에 맞대면했던 두 작가들의 문제에 연결되어 있다. 그들을
새롭게 발견해가는 기쁨은 크지만, 그건 또한 외면하고 싶은 고통스
러운 작업이기도 하다.

(1)

이 저작의 집필 방식 : 한 발짝 한 발짝, 비좁은 발판을 제공하는 기회를 어

떻게든 붙잡았다. 위험하게 높이 올라가면서 잠시도 주위를 둘러볼 엄두를 내지 못하는 사람처럼 언제나 그랬다. 현기증을 느낄까봐 두려웠기 때문에(한편으로는 정상에 올랐을 때 눈앞에 펼쳐질 파노라마를 완벽하게 즐기기 위해서).(279)

제7장의 서두에 놓인 위의 글에서 볼 수 있듯이 벤야민의 작업 방식은 어쩔 수 없는 개인적 성향에 의한 완벽주의자의 그것처럼 느껴지기도 한다(“벤야민은 1935년 6월 10일 아도르노에게 보낸 편지에서 자신의 작업 패턴이 ‘동심원으로 중심에’ 도달하는 것이라고 말했다” 535 각주 39번). 아니, 문면 그대로 읽어서, 결정적 풍경을 위해 벼랑에 매달린, 위험과 모험을 감수하는 등반가의 그것이라 하는 것이 적절할 듯하다. 하지만 그에 덧붙여 ‘넝마주이’ 또한 벤야민 방법론의 열쇠로 다뤄지기도 한다(535 각주 36번). 벤야민이 주목하는 대상들(‘상품 생산의 잔해’)은 “철학적 관점에서 저질적이라고 할 수 있는 경험적 특수성, 의미 변동, 그리고 무상함이라는 특징을 띠고 있”기 때문이다(282). “역사적 사물들은 후세에 전달되는 과정에서 허구적·날조적 서사로 인해 발전사(법률사, 종교사, 예술사 등등)에 삽입되어버렸는데, 벤야민은 이러한 사물들을 발전사로부터 탈환하려 했다”(282) 그는 자신에게 필요한 것이 “직선적 논리가 아니라 시각적 논리”라는 점을 알고 있었으며, “개념들은 이미지로 구성되어야 했으며 몽타주의 인지 원리를 따라야 했다.”(283) “‘구성’은 ‘파괴’를 전제한다. 역사적 사물들은 일단 역사적 연속체로부터 ‘폭파’되어 나올 때 구성된다.”(283) “유물론적 역사 기술에서 파괴적 계기 혹은 비판적 계기는 역사적 연속성의 파열 속에서 작동되기 시작한다. 역사적 대상은 바로 이를 통해 구성된다.”(537 각주 30번)

　"사물을 정치적 의미의 '현실'—즉 '정신의 현존'—로 만드는 것은 사물의 전생과 후생의 강도 높은 충돌이며, 원역사가 도달할 수 있는 정점은 진보가 아니라 '현실화'이다."(284) "벤야민은 이러한 인식의 충격을 통해 꿈꾸는 집단을 흔들어 깨움으로써 정치적 '각성'에 이를 수 있다고 생각했다. 과거와 현재의 충전된 역장 내에서 역사적 사물을 선보일 때 정치적 전기가 진리의 '섬광' 형태로 생산된다. 이것이 바로 '변증법적 이미지'이다."(284) "'변증법'은 현재와 과거의 순간적인 이미지들의 이중인화를 가능케 했는데, 이를 통해 현재와 과거가 갑자기 살아나 혁명적 의미를 가지게 되었다."(285) "벤야민은 과거의 텍스트를 꼼꼼히 살폈고, 거기에서 인용문을 발췌하여 목록화했으며, 자기가 구성한 '성좌들' 속에 발췌문을 규모 있게 배치했다. 이 모든 것이 침착한 자기반성의 과정이었다. 벤야민에 따르면 관습적 역사 기술이라는 허구에 의해 은폐된 진리의 그림을 가시화하기 위해서는 이러한 과정이 필요했다."(285)

　"최근 벤야민에 대한 학계의 논의를 주도한 것은 미학자, 문학비평가, 문화비평가였으며, 따라서 지금 그가 철학자로 여겨지는 경우가 있다면 그것은 독일 낭만주의의 시적 전통 내부이거나(벤야민은 독일 낭만주의의 주관적 관념론을 공격했다) 해체론과 포스트모더니즘 등 최근 탈주관적 사조의 선구자로 간주될 때이다(이러한 사조는 일종의 인류학적 허무주의라고 말할 수 있는데, 벤야민은 이것을 맹렬히 비판했다). 이 두 가지 전유가 모두 사태를 올바로 보지 못하고 있는데, 그것은 벤야민이 '문학적' 저술가이면서도 전통적 의미의 문학적 사상가가 아니었기 때문이다."(287) "벤야민을 알레고리 '문학' 작가로 읽거나 '마르크스주의' 문학비평가로 읽는다면 이론적 역설에 갇힌 꼴이 되고 만다. 이러한 역설은 변증법적 치밀함으로도 해결할 수 없다."(288) 벅 모스는 한스 로베르트 야우스와 페터 뷔르거의 벤야민 해석의 예를 검토하면서(288~293), '주체의 소멸'("우연이라는 범주의 이데올로기적 해석 (…중략…) 이러한 해석은 부르주아 개인에게는 체념에 해당한다.")과 '대상의 소멸'("예술의 '참여'가 정치 구호와 구별될 수 없게 된다")을 문제 삼는다. "대상과 주체가 둘 다 사라지면 남는 것은 언어와 텍스트라는 언어의 흔적뿐이다—사실 이것은 벤야민을 선구자로 내세우는 최근의 몇몇 구조주의자들, 해체론자들, 포스트모더니스트들이 채택하는 입장의 인식론적 토대이다. 이들의 주장을 정당화할 수 있을까?"(294)

"벤야민은 자기가 서 있는 위치를 충분히 알고 있었다."(295) 벅 모스는 이 문제에 접근하기 위해, 벤야민에 있어서 '카발라(Kabbalah)'의 의미를 천착한다. "카발라주의는 정신과 물질이 분리되어 있다는 가정을 부정한다. 바로크 극작가들이 '비열하게' 자연을 버린 것도 이런 가정 때문이었다. 또한 카발라주의는 구원이 반물질적·내세적 문제라는 생각을 거부한다."(298) "보들레르가 알레고리 작가의 우울한 관조를 초월하지 못하는 것을 비판하는 벤야민은 초월이 정치적(주어진 상태의 물질 세계의 파편들을 끊임없이 재배열하는 메커니즘을 '깨뜨리기 위한 것')이라고 생각했지 정신적('비열하게' 물질 세계 전체를 저버리는 것)이라고 생각하지 않았다. 이와 관련해서 벤야민은 프루스트를 높이 평가한다. 전례없는 정열의 소유자였던 그는 우리 삶과 교차하는 사물들에 충실할 것을 강조했다. 오후에, 나무에, 카펫에 비치는 햇빛 한 줄기에 충실한 것, 옷이나 가구나 향수나 풍경에 충실한 것"(540 각주 80번). "카발라 인식론의 신화적 인식을 통해 이전까지 자연 속에 가려져 있던 진리를 드러낼 수 있었다. (…중략…) 제도화된 종교의 독단은 종교가 가지고 있었던 '새롭고 생생한 체험과 직관'에 자리를 내주었다."(299) "한시적이고 양가적인 현실 앞에서 기독교 알레고리 작가들은 물질적 자연을 포기하는 반면 카발라주의자들은 바로 여기에서 출발한다."(299)

하지만 "「파사젠베르크」의 바탕이 되는 철학을 신학, 특히 카발라와 연결하는 것은 논란을 야기한다. 벤야민의 수용을 둘러싸고 학파 간에 격론이 있었는데, 그 와중에 벤야민의 마르크스주의적 사유와 신학적 사유가 양극화되었으며, 이 두 대립항이 양립할 수 없다는 주장이 대세를 이루었다."(300) 이 지점에서 벅 모스는 "'신학적'이라는 함축적 용어에서 오해의 소지를 덜기 위해서는 이 용어가 벤야민의 이론 내에서 일정한 철학적 기능을 가진다고 이해하는 것이 좋다"고 제안한다(301). 저자는 카발라의 '역설'을 강조한다. "카발라는 과거와 단절하기 위해 과거를 존중한다."(302) 카발라 신비주의자들이 "전통에 관심을 가진 것은 보존하기 위해서가 아니라 변형하기 위해서였다. 그들이 텍스트를 해석한 이유는 자기 시대를 조명하기 위해서, 즉 텍스트 속에서 앞으로 도래할 메시아 시대의 열쇠를 발견하기 위해서였다." "과거의 텍스트가 없으면 현대의 현실의 진리를 해석할 수 없지만, 현실은 텍스트를 읽는 방식을 근본적으로 변형한다"는 역설(302).

"카발라의 주석은 반체계적이며, 해석 가능한 파편들 각각이 단자론적 의미에서 스스로의 중심이다. 대우주가 소우주 속에서 읽힌다."(305) "비유, 수수께끼, 신비"의 형태로 드러나는 자연의 의미(자연 속에 드러나는 신적 지식), "이런 지식이 어떻게 자의성을 벗어날 수 있을까?"(305) "과거의 텍스트와 현재의 이미지가 만나서 갑자기 메시아의 구원의 빛으로 빛나고, 이로 인해 역사적 현재가 현세적 유토피아의 잠재력을 잉태한 어떤 것으로 가시화되는 순간 알레고리의 자의성은 초월된다. 명확한 신학적 상징 속에서 '현실은 투명해진다. 무한은 유한을 통해서 빛난다. 무한은 유한을 덜 현실적으로 만드는 것이 아니라 더 현실적으로 만든다.'"(307)

"벤야민의 마르크스주의는 그가 숄렘에게 배운 반전통주의라는 카발라의 전통과 완전히 합치한다."(307) 하지만 그가 '카발라'에 접한 것은 "요한 게오르크 하만의 언어철학과 독일 낭만주의자들을 경유하는 간접적인 방식"이었고, 그가 "신학적 상징의 특징이라고 할 수 있는 '감각적 물체와 초감각적 물체의 통일성'"을 찾아냈던 것도 초현실주의 텍스트(루이 아라공의 『파리의 농부』("바로 내 눈앞에서 사물의 모양이 바뀌었다"), 브르통의 『나자(Nadja)』 등)를 통해서였다(308). 저자가 이런 지적을 하는 것은 벤야민에게 "초현실주의적 이미지가 제공했던 인지 경험은 신비주의자들의 경험과 관계가 있지만, '신비한' 것이라기보다는 '변증법적'인 것이었다"(309)는 점을 강조하기 위해서인 듯하다. 하지만 신학적 상징에서는 가장 '사소한' 현상조차 '구원과의 관련 속에서 이해되고 설명된다'는 점에서, "벤야민의 '변증법적 이미지'는 '신학적 상징'과 유사"(313)하다는 것을 부정할 수는 없다. 아무튼 "대상 전체에 퍼져 있는 '신적 불꽃'은 사회주의적 잠재력의 형태를 취한다. 이러한 초월적 요소는 잠재력의 현실화를 가로막는 자본주의적 사회관계 못지 않게 현실적이다." 따라서 "인류의 역사적 책임은 해석하는 것이다."(310)

　　명상자의 기억은 너절한 죽은 지식 더미를 지배한다. 인간의 지식은 그런 것들을 이상하게 의미있는 방식으로 짜맞춘다. 자의적으로 잘린 조각들을 모아서 퍼즐을 맞추는 것이다(……)알레고리 작가는 자기가 알고 있는 깊은 혼돈 속을 여기저기 다니면서 하나의 항목을 집어들고 다른 항목과 견주어 보며 두 항목이 맞는지를 알아본다. 저 의미가 이 이미지에 맞는지, 이 이미지가 저 의미에 맞는지를 알아보는 것이다. 결과는 결코 예측할 수 없다. 두 항목 사이에는 아무런 자연적 매개가 없기 때문이다.(312)

　‘명상자이자 수집가’. 벤야민의 작업 방식을 상징하는 두 유형이다. 하지만 그 자신의 과업은 앞서도 살핀 바 있듯이, "역사의 연속체를 ‘폭파’하고, 정치적으로 폭발적인 ‘과거와 현재의 성좌’ 안에 ‘역사적 대상’을 진리의 ‘번쩍하는 섬광’으로 구성하는 것"(313)이었으며, 이러한 "역사적 시간의 진정한 구상은 구원의 이미지에 전적으로 의존"(315)하는 것이다. "중요한 것은 (…중략…) 유토피아의 욕망이 정치 행위의 동인이라는 믿음이 가지는 가능성과 당위성"(315)이다. "경험적 역사를 이러한 시간층위와의 관계 속에서 배치하는 것은 변증법적 이미지의 좌표 구조에 제3의 축을 제공한다. 이것은 프로젝트의 정치적 효력과 철학적 효력에 대단히 중요하다."(316) "역사의 고통은 경험적으로는 종결된 것이라 하더라도 구원의 범주에 따라 회상된다면 종결된 것이 아니다."(316) "진정한 메시아적 과업은" "새것을 옛것의 담론 안에 끌어들이는 것이 아니라 새것의 담론 안에서 옛것을 부활시키는 것이다."(316) 이와 같은 "이중적 초점은 산업적 자연에 포함된 유토피아의 잠재력과 그러한 잠재력의 배반을 동시에 조명한다. (…중략…) 유토피아적 이미지와 현실적 이미지의 병치를 면밀하게 검토하는 철학적 시선은 기술적 자연의 순수했던 원래 상태를 인식하지 않을 수 없을 뿐 아니라 테크놀로지가 인간에게 테러를 자행해온 이유를 추적하지 않을 수 없다. 이러한 지식은 역사의 진보에 대한 총체적·허무주의적 불신으로 귀결되지만, 배신당한 인류의 분노를 정치적 동원의 에너지로 변형하여 역사를 부수고 나올 수도 있다. 이렇듯 과거의 역사를 구원하는 신학적 조명과 과거의 역사를 정죄하는 정치적 교육은 동일한 시도이다."(317~318) "주체의 정치적 행동은 시대(우주의 시간)와 시대(역사의 시간)를 연결하는 데 없어서는 안 된다는 것"(319).

'우주'와 '역사'를 잇는 이 중요한 문제에 대해 즉, "혁명적 파괴와 구원의 이념을 연결하는 벤야민의 시도"(320)에 대해서는 기왕에 많은 논란이 있었다. 롤프 티데만은 "벤야민이 가졌던 정치적 실천의 이념은 마르크스주의자의 신중함이라기보다는 무정부주의자의 열정이었다."(321)라고 다소 부정적으로 평가하며, 위르겐 하버마스를 비롯한, "정도의 차이는 있지만 벤야민을 철학자로 진지하게 인정하는 사람들의 지배적인 견해는, '신학'과 역사적 유물론을 융합하려는 그의 시도는 실패했으며 실패할 수밖에 없었다는 것이다. 그러나 벤야민에게 신학이 철학적 경험의 축으로 기능하는 방식 그리고 이러한 신학의 기능과 이데올로기적 상부구조의 일부인 '종교'의 기능 차이를 올바로 이해한다면 반드시 그러한 결론을 내릴 필요는 없을 듯하다."(322) 저자인 벅 모스는 "벤야민의 무정부주의 그리고 신학과 혁명 정치를 융합하려는 벤야민의 시도에 대한 훨씬 더 긍정적인 평가를 제공하는" "미셸 로위(Michael Löwy)의 탁월한 논문"(547 각주 195번)을 본문의 논의에서 완벽하게 다루지 못했음을 아쉬워한다. 하지만 벅 모스는 "신학(초월성의 축)이 없으면 마르크스주의는 실증주의로 전락한다. 마르크스주의(경험적 역사의 축)가 없으면, 신학은 마술로 전락한다."(323)라는 문제의식을 벤야민의 것으로 인정하고 싶어한다.

(2)

벤야민의 이론은 근대사회와 대중문화에 대해, 그것을 "허위의식이라는 환등상의 원천으로 대할 뿐 아니라 이를 극복할 집단적 에너지의 원천으로 대한다는 의미에서", 독특한 입장을 보여주고 있다(327). **제8장 〈대중문화라는 꿈나라〉**에서는 바로 이러한 벤야민의 주요 테마를 중점적으로 고찰하고 있다. "벤야민이 「파사젠베르크」에서 내세우는 핵심적인 주장에 따르면, 자본주의의 조건하에 산업화는 사회세계를 재주술화했으며, 이를 통해 '신화의 힘을 재활성화'했다"(328) "표면적으로는 체계적인 합리화가 확산되었지만, 이면의 무의식적 '꿈' 차원에서는 새로운 도시-산업 사회세계가 완전히 재주술화되었다. 근대 도시는 옛날의 원-숲 속처럼 신화의 '위협하며 유혹하는 얼굴'이 도처에 살아 있었다. (…중략…) 미로는 아케이드에서 원형의 형태로 나타났다."(328~329) "옛날의 농부가 마술에 걸린 숲 속을 헤매던 것처럼" "루이 아라공의 『파리의 농부』에서 화자인 파리의 '농부'는 (…중략…) 상품 물신이라는 새로운 자연풍경을 취해서 헤맨다."(331) 그러한 "꿈 이미지를 각성된 상태로 끌어오는 것" 그것이 벤야민의 목표였다(337).

"꿈꾸는 집단을 현재의 혁명적 에너지의 원천으로 보는 벤야민의 이론을 이해하기 위해서는 그의 인지이론에서 아동기 일반이 차지하는 중요성을 이해해야 한다."(337) 부르주아 교육에 의해 사라지게 된 "인식과 행동 사이의 단절 없는 연결" 그것을 복구해나가는 것은 대단히 중요한 일이며, 벤야민은 그 가능성을 아이의 의식에서 찾았던 것이다(339~340). "인식과 능동적 변형은 아이들의 인지를 특징짓는 두 기둥이다."(340) '수용적 충동'과 '창조적 충동'…벤야민은 후자, 즉 "부르주아적 사회화가 파괴한 반응의 창조적 즉각성에 관심을 가졌다."(340) "그림을 그리거나 춤을 추거나 특히 연극을 하는 아이들의 제스처"를 통해 "길들지 않은 아이들의 판타지가 풀려났다."(341) "대상물을 알기 위해 만져보고 창조적으로 사용함으로써 사물로부터 새로운 의미의 가능성을 해방한다는 의미에서", "촉각적이고 따라서 행동과 결부된다는 의미에서", "아이들의 인식은 혁명적인 힘을 갖고 있다."(341) "아이를 갖는 것으로서의 역사는 언제나 시작으로의 회귀였다. 여기서 등장하는 혁명은 세계사의 정점이 아니라 신선한 출발이다."(342) 이러한 벤야민의 견해는 다음과 같은 마르크스의 주장과 호응하고 있는 것이기도 하다. "인간이 상황과 교육의 산물이고, 따라서 변화된 인간은 달라진 상황과 변화된 교육의 산물이라는 유물론의 독트린은 상황을 변화시키는 것은 인간이고 교육자를 교육시키는 것이 중요한 일이라는 점을 잊고 있다.(마르크스, 「포이에르바하에 관한 테제」)"(552 각주 55번).

"테크놀로지의 재생산(예를 들어 '영화')은 테크놀로지의 생산이 앗아간다고 위협했던 경험 능력을 인간에게 돌려준다."(344) 가상공간이 현실을 대체하고 상품논리가 그것을 감싸고 있는 현재적 시점에서는 이러한 견해가 너무 낙관적인 것은 아닐까 하는 의문이 들기도 하지만, 벤야민의 이에 대한 정치적 의도는 이해할 만한 것이다. 즉 그의 목표는 "깨어남의 충격과 기억하는 훈련을 연결하는 것"(351)이었고 "부르주아 문화에서 끊어져버린 상상력과 물리적 신경

자극 사이의 연결을 재건한다는 것"(347)이었다. 그를 통해 "대상물 안에서 졸고 있는 유토피아적 소망은 기존의 '상징 세계'를 살려냄으로써 그러한 소망을 '구제'하는 새로운 세대에 의해 깨어난다."(353) 벅 모스 또한 "최근의 테크놀로지적 생산물에서 이러한 원상징을 재발견한다는 것은 절대적으로 현대적인 적절성—그리고 정치적으로 폭발적인 잠재력—을 가지는 일"(353)이라는 점을 인정한다. "대중문화의 형태를 자연의 기호로 이해하는 이 아이의 창조적 수용력은 유년의 인식 능력이 대중문화의 조작에 해독제가 될 수 있음을 보여준다."(557 각주 135번). 필자는 여기에서 '두꺼비 설화'의 전략을 떠올려 보았다. 구렁이에게 잡아 먹혀 그 속에 무수한 알을 낳아 자신의 새끼들로 하여금 그걸 뚫고 태어나게 한다는 옛이야기.

"한 세대 만에 대상물들이 자신의 얼굴을 완전히 바꿔버린 세계에서 부모는 더 이상 자녀에게 조언을 해줄 수 없으며, 자녀는 '스스로 만들어낸 장치'에 의존할 수밖에 없다. 이러한 장치들은 집단적으로 조직될 수 있을 때까지 '고립된' 상태, 나아가 '병리적' 상태에 머물렀다. 벤야민의 동화는 이러한 필요에 대한 반응으로 구상되었다."(359) 세대 간의 단절, "전통의 단절은 돌이킬 수 없었다. 벤야민은 상황을 개탄한 것이 아니라 오히려 정확히 이러한 상황에서 근대성 특유의 혁명적 잠재력을 보았다. (…중략…) 전통의 단절은 상징력을 보수적 제약에서 해방하며, 사회 변화의 과제 즉 끊임없이 전통의 원천이 되어온 지배의 사회적 조건을 단절하는 과제를 수행한다."(359~360) "집단의식의 억압된 경제적 내용으로부터 문학 형식, 판타지-상상이 일종의 승화로 솟아난다."(364)라는 벤야민의 말은 "꿈은 (억제된 혹은 억압된) 소망의 (변장한) 충족이다.(프로이트)"(363)라는 주장의 변용이다. 벤야민은 "마르크스에게서 집단적 꿈이라는 개념을 정당화할 근거를 발견했으며, 프로이트에게서 집단적 꿈 안에 계급차가 존재한다고 주장할 근거를 발견했다."(362) "세기의 전환기는 문화적 '위기'를 경험했으며, 곧바로 경제적 위기가 이어졌다. 이러한 위기는 '상품 사회의 동요'로서 집단적 꿈속에서 떨림을 유발했다."(367) 벤야민의 말처럼 "(「파사젠베르크」의) 구상은 기원에서는 상당히 개인적이라 하더라도. 우리 세대의 결정적인 역사적 관심사를 목적으로 한다."(368)

(3)

> 역사책을 읽으면서, 자기에게 닥친 시련이 얼마나 오랜 세월 동안 준비되고 있었는지 깨닫는 현대인은 자신의 힘을 존중할 수 있다.(370)

벤야민에 따르면, "과거가 현재와 함께 성좌에 놓이는 것이 변증법적 이미지라는 것"(374)이며, 벅 모스는 "정신 전체를 활시위처럼 당겨서 그로부터 나오는 (과거의) 지식을 현재의 심장에 꽂는 것" 그런 지식을 위해 사료를 제공하는 것이 「파사젠베르크」 작업의 의미였다는 점을 강조한다(377).

"벤야민은 문화사가 계급 교육의 핵심에 있다고 믿었다."(371) '보들레르'에 대한 벤야민의 설명은 이 부분에서 주목할 필요가 있다. "보들레르에 대한 단행본을 준비하면서 기록했던 메모에서 벤야민은 이 시인이 현재 이렇다 할 혁명적 가치가 전혀 없을지도 모른다는 비판을 예상했다―그리고 일축했다."(371) "시인 보들레르와 오늘날의 사회를 요약적인 방식으로 대면하게 해서는 안 되며, 보들레르가 자기 작품의 재고 조사를 하고 있는 오늘날 사회의 진보인사들에게 무슨 말을 할 것인가라는 질문에 함부로 대답을 해서도 안 된다. 먼저 보들레르가 과연 그들에게 할말이 있는가라는 질문을 던져야 한다."(372) 퇴폐적 시인으로 알려진 보들레르를 옹호하는 벤야민의 기발한 어법이다. 벅 모스의 설명에 따르면, "문화가 반동적인 효과를 내는 것은, 역사 속에서 문화가 보수적으로 전달되기 때문이다."(372) "노동자를 찬양하는 글을 썼던 피에르 뒤퐁이나 빅토르 위고 같은 작가들보다는 사실 보들레르가 현재에 관해 독자들에게 '가르칠' 만한 혁명적 의의를 훨씬 더 많이 가지고 있었다."(373) 그 이유는, "한갓 말은 의지에 불을 댕길 뿐이며 나중에 의지는 연기를 내다 꺼진다. 정확한 회화적 상상력이 없다면 변함없는 의지도 없다. 신경 자극이 없다면 상상력도 없"기 때문이다(373). "마음 속의 이미지만이 의지에 생명을 부여한다.", "의지에 동기를 부여하는 것은 과거를 향한 시선이다"(373) 벤야민은 보들레르를 이러한 "이미지 영역의 중요한 지점에 포진하는 문제"가 정작 중요한 일임을 알고 있었고, "자기 작업의 '교육적' 측면을 역사의 깊은 그늘 안을 입체적으로 볼 수 있게 해주는 우리 내부에 있는 이미지 창조 매체를 교육하는 것이라고 설명했다."(375) "보들레르는 자신의 극도로 양면적인 상황—사회적으로 반항적인 보헤미안인 동시에 문학 시장에 내놓을 상품의 생산자—을 첨예하게 인식하고 있었다는 바로 그 이유 때문에 벤야민 세대의 지식생산자들에게 그들의 객관적 상황을 '가르칠' 수 있다."(389)

요컨대 문제는 "과거를 없애버리느냐 활성화하느냐"(402)의 문제였다. 현재의 문제의식을 예각화하기 위해 벤야민에게는 그것의 활성화가 필요했던 것이다. "모든 역사적 인식은 한쪽에는 과거가 놓여 있고 다른 한쪽에는 현재에 대한 인식이 놓여 있는 저울로 형상화될 수 있다. 과거

쪽에 수집된 사실은 아무리 사소한 것이라 하더라도 많을수록 좋지만, 현재
쪽에 놓인 것은 다만 무겁고 큼직한 추 몇 개에 그쳐야 한다."(406) 벤야민이
「파사젠베르크」 개요를 작성한 것은 1934~1935년 사이의 정치적
불안의 시기였다. 그는 1937년 국가통합이 계급차별을 극복할 수 있
다는 인민전선의 노선을 비판한다. "국가자본주의의 좌파적 형태(인
민전선과 뉴딜)와 우파적 형태(국가사회주의)"(409)의 대두는 그에게 지식
인으로서의 책임의식을 압박했던 것이며, "벤야민의 연구가 밝혀주
는 것은 역사적으로 민족통일, 애국심, 소비주의의 이러한 정치 공
식이 역사적으로 얼마나 일률적인 것인가, 그리고 이러한 정치 공식
이 어떻게 노동계급의 배반으로 귀결될 수밖에 없는가이다."(408)
"진보가 가까운 미래의 전망이라는 동화 속에서 모든 사회적 적대가 해소된
다."(569 각주 129번)

(4)

> 전통과 전통을 손에 넣으려는 순응주의를 분리하는 노력은 시대마다 새로
> 이 행해져야 한다.(427)

"벤야민의 통찰"은 "변하는 '현재'의 변화된 요구에 부응하여 잠
정적 체계와 시험적 조합 속에서 움직인다."(428) "역사는 파국으로,
만행과 억압의 지옥같은 순환적 반복으로 나타난다. 그러나 벤야민
의 목소리에는 블랑키의 '소망 없는 체념'이 없으며, 오히려 '피시즘
과의 투쟁에서 우리의 위치를 개선할 필요성'을 역설한다."(429) "과
거는 각성된 의식을 고취하는 변증법적 반환점이 돼야 한다."(431) "목표는
'현재를 비판적으로 바라보는' 과거의 억압된 요소들(과거의 실현된 만
행들과 실현되지 않은 꿈들)을 의식으로 끌어내는 것이다."(431) 벤야민

의 변증법적 이미지에 대해 벅 모스는 다음과 같은 설명을 덧붙인다. "역사적 '원근법'은 혁명적 '지금-시간'으로서의 현재를 소실점으로 만드는 과거에 초점을 맞춘다."(432) 따라서 다음과 같은 저자(벅 모스)의 주장은 그대로 우리의 것이기도 하다. "「파사젠베르크」를 해석하는 우리의 태도는 위대한 작가의 불후의 명작에 대한 경의가 되어서는 안 되며, 지금 벤야민의 작품을 원격조망하는 현실, '현재'를 이루는 필멸적·불확정적 현실에 대한 경의가 되어야 한다. (…중략…) 진리에 봉사하기 위해서는 벤야민의 텍스트 자체를 '맥락에서 뜯어내야 하며' 이를 위해 때로는 '난폭해 보이는 손아귀'도 필요하다."(432~433) 보들레르와 벤야민, 그들이 지금 이 시대 이 땅에 살고 있었다면 그들은 어떠한 모습으로 살고 있을까? 또 그들은 어떠한 진단과 전망을 하고 있었을까?

"유일한 희망은 그의 이야기가 후대의 청자를 발견하리라는 것 (…중략…) '과거의 자식이 과거를 깨우는 다행스러운 계기가 되리라는 것'이었다." "지나간 세대들과 지금 세대 사이에는 은밀한 계약이 존재한다. (…중략…) 이러한 채무는 헐값에 청산할 수 없다. 역사적 유물론자는 그것을 알고 있다."(430)

_2005년 5~7월, 웹진 <문예연구>에 3회에 걸쳐 연재

● 주요번역서 서지(국문/영문/원문 順)

차봉희80-『현대사회와 예술』(문학과지성사, 80)
반성완83-『발터 벤야민의 문예이론』(민음사, 83)
이태동87-『문예비평과 이론』(문예출판사, 87)
* 영문선집(Marcus Bullock and Michael W. Jennings(eds.), *Walter Benjamin — selectecd Writings*, The Belknap press of Harvard Univ. press, 1996)은 (전집 : 쪽수)로 표시함.

「학사개혁과 문화운동」(차봉희80)/ [Die Schulreform, eine Kulturbewegung](1912봄)
「독일비극(Trauerspiel)과 희랍비극(Tragedy)」(차봉희80)/ Trauerspiel and Tragedy(1 : 55)/ [Trauerspiel und Tragödie](1916. 6과 1916. 11)
「비극에 있어서의 언어의 의미」(차봉희80)/ The Role of Language in Trauerspiel and Tragedy(1 : 59)/ [Die Bedeutung der Sprache in Trauerspiel und Tragödie](1916. 6과 1916. 11)
「도스토예프스키의 <백치>」(차봉희80)/ Dostoevsky's The Idiot(1 : 78)/ ['Der Idiot' von Dostojewskij](1917여름)
「미래철학의 프로그램」(차봉희80)/ On the Program of the Coming Philosophy(1 : 100)/ [Über das Programm der kommenden Philosophie](1917. 11과 1918. 3)
『독일 낭만주의에서의 예술 비평의 개념』(박설호 역, 솔, 92)/ The Concept of Criticism in German Romanticism(1 : 116)/ [Der Begriff der Kunstkritik in der deutschen Romantik](1918. 3~1919. 6)
「운명과 성격」(반성완83)/ Fate and Character(1 : 201)/ [Schicksal und Charakter] (1919. 9와 1919. 11)
「앙드레 지드의 <좁은 문>」(차봉희80)/ [André Gide : La porte étroite](1919. 10)
「번역가의 과제」(반성완83)/ The Task of the Translator(1 : 253)/ [Die Aufgabe des Übersetzers](1921. 3~11) → 「번역가의 작업」(이태동87)과 같은 글.

『독일 비극의 원천』/ [Ursprung des deutschen Trauerspiels](1923. 3~1925 봄)(1927) → 이 책의 서문은 「인식비평 서론」(차봉희80)으로 번역됨.

『발터 벤야민의 모스크바 일기』(김남시 역, 그린비, 2005)/ [Moskauer Tagebuch](1926. 12. 9~1927. 2. 1)

「모스크바」, 『발터 벤야민의 모스크바 일기』(김남시 역, 그린비, 2005)/ Moscow(2 : 22)/ [Moskau](1927. 2~3)

「초현실주의」(차봉희80)/ Surrealism(2 : 207)/ [Der Sürrealismus](1929. 2. 1)

「프루스트의 이미지」(반성완83)/ On the Image of Proust(2 : 237)/ [Zum Bilde Prousts] (1929. 3~6(1934)) → 「마르셀 프루스트의 이미지」(이태동87)와 같은 글.

「베르톨트 브레히트」(차봉희80)/ Bert Brecht/ [Bert Brecht](1930. 6. 24 라디오방송)

「독일 파시즘에 관한 이론」(강유원의 홈페이지 http://armarius.net)/ Theories of German Fascism(2 : 312)/ [Theorien des deutschen Faschismus](1930년 후반)

「서사극이란 무엇인가?(1)」(반성완83)/ [Was ist das epische Theater?(1)](1931년초) → 「서사극이란 무엇인가」(이태동87)와 같은 글.

「문학사와 문예학」(차봉희80)/ Literary History and the Study of Literature(2 : 459)/ [Literaturgescheichte und Literaturwissenschaft](1931. 4. 17)

「나의 서재 공개」(반성완83)/ Unpacking my Library(2 : 486)/ [Ich packe meine Bibliothek aus] (1931. 7. 17) → 「나의 서재를 정리하며」(이태동87)과 같은 글.

「프란츠 카프카」(반성완83)/ Franz Kafka : Beim Bau der Chinesischen Mauer(2 : 494)/ [Franz Kafka : Beim Bau der Chinesischen Mauer](1931. 6) → 「프란츠 카프카」 (이태동87)과 같은 글.

「사진의 작은 역사」(반성완83)/ Little History of Photography(2 : 507)/ [Kleine Geschichte der Photographie](1931. 9. 18)

「파괴적 성격」(반성완83)/ The Destructive Character(2 : 541)/ [Der destruktive Charakter] (1931. 11. 20)

『베를린 연대기』/ A Berlin Chronicle(2 : 595)/ [Berliner Chronik](1932년 전반) → 이 책에서 발췌, 번역한 것이 「베를린의 유년시절」(반성완83)임. →『베를린의 유년 시절』(박설호 역, 솔, 92)

「모방 능력에 대하여」/ On the Mimetic Faculty(2 : 720)/ [Über das mimetische Vermögen](1933. 6과 1933. 9) → 「언어의 모방적 성격」(반성완83)과 같은 글.

「생산자로서의 작가」(반성완83)/ The Author as Producer(2 : 768)/ [Der Autor als Produzent](1934봄)

『1900년 베를린의 유년 시절』/ Berlin Childhood around 1900/ [Berliner Kindheit um Neunzehnhundert (Adorno-Rexroth-Fassung)](1932가을경부터 1934년말까지) → 『19세기 베를린의 유년시절』에서 발췌, 번역한 것이라며 반성완이 밝힌 「성에 눈뜰 때」(반성완83), 「거지와 창녀」(반성완83), 「병과 인내심」(반성완83)

등. →「산딸기 오믈레트」(반성완83),「글을 잘 쓴다는 것」(반성완83) 등의 짧
은 글도 이 책에서 온 것일 듯.
「기술복제시대의 예술작품」(1판)(반성완83)/ The Work of Art in the Age of Its
Technological Reproducibility/ [Das Kunstwerk im Zeitalter seiner technischen
Reproduzierbarkeit (Erste Fassung)](1935가을부터 12월까지)
「기술복제시대의 예술작품」(2판)(차봉희80)/ The Work of Art in the Age of Its
Technological Reproducibility(3 : 101)/ [Das Kunstwerk im Zeitalter seiner
technischen Reproduzierbarkeit (Zweite Fassung)](1935년말과 1936.2) →「기계
복제 시대의 예술작품」(이태동87)도 같은 글 →「기술복제 시대의 예술작품」
(강유원의 홈페이지)
「이야기꾼」/ The Storyteller(3 : 143)/ [Der Erzähler](1936. 3~7) →「얘기꾼과 소설가—
니콜라이 레쓰코브의 작품에 관한 고찰」(반성완83)과 같음. →「스토리 텔러」
(이태동87)와 같은 글.
「수집가와 역사가로서의 푹스」(반성완83)/ Eduard Fuchs, Collector and Historian(3 :
    260)/ [Eduard Fuchs, der Sammler und der Historiker](1934 여름과 1937.2~5)
「자유로운 연구를 위한 독일연구소」(차봉희80)/ A German Institute for Independent
    Research(3 : 307)/ [Ein deutsches Institut Freier Forschung](1937. 12~1938. 3. 7)
「카프카에 관하여 게르숌 숄렘에게 보낸 편지」/ Letter to Gershom Scholem on Franz
    Kafka(3 : 322) → 1938. 6. 12 파리에서 보낸 벤야민의 편지. 독일어전집 6 :
    105~114 → 반성완은 벤야민이 숄렘에게 보낸 38년 6월 12일자 편지 중 카
    프카에 관한 것을 발췌하여,「좌절한 자의 순수성과 아름다움—카프카에 관
    한 몇 가지 고찰」(반성완83)이라는 제목을 붙이고 있다. → 동일한 편지에서
    의 발췌를「카프카에 대한 몇 가지 회상」(이태동87)으로 번역.
「브레히트에 대한 노트」/ Notes on Brecht(4 : 159)/ [Notiz über Brecht](1938년말 또는
    1939) →「브레히트와의 대화」(반성완83)라는 제목으로 34년부터 38년까지의
    일기가 번역됨. 벤야민의 일기 중 브레히트 관련된 내용만 발췌, 번역한 듯.
「중앙공원」(차봉희80)/ Central Park(4 : 161)/ [Zentralpark](1938. 4와 1939. 2)
「보들레르의 몇 가지 모티브에 관하여」(반성완83)/ On Some Motifs in Baudelaire(4 :
    313)/ [Über einige Motive bei Baudelaire](1939. 2~7) →「보들레르의 몇 가지
    모티브에 관하여」(이태동87)도 같은 글.
「나의 이력서」(반성완83)/ Curriculum Vitae(Ⅵ) : Dr. Walter Benjamin(4 : 381)/
    [Curriculum Vitae Dr. Walter Benjamin <Ⅵ>](1940년초)
「역사철학 테제」(반성완83)(「역사의 개념에 대하여」)/ On the Concept of History(4 :
    389)/ [Über den Begriff der Geschichte](1940. 2~1940. 5) →「역사철학 테제」
    (이태동87)도 같은 글.

저자 임수만(林洙滿)

1966년 전남 무안에서 출생하여
서울대 국문과를 졸업하고 같은 대학 대학원에서
「유치환 시의 낭만적 특성 연구」로 문학박사학위를 받았다.
1996년 가을 『시와시학』 신인상(평론)으로 등단하였다.
홍익대, 서울여대, 동양공전 등에서 강의했고,
현재는 서울대에서 강의하고 있다.
논문으로는 「김춘수 시의 기호학적 연구」, 「김수영 문학의 양가성」
등이 있다.

역락비평신서 6

우주와 역사의 접점 찾기

저자 임수만

인쇄 2006년 4월 21일
발행 2006년 4월 28일

펴낸곳 도서출판 역락
등록 1999년 4월 19일 제303-2002-000014호
펴낸이 이대현
편집 권분옥

주소 서울 성동구 성수2가 3동 301-80
전화 3409-2058, 2060
팩스 3409-2059
홈페이지 http://www.youkrack.com
e-mail youkrack@hanmail.net

값 16,000원
ISBN 89-5556-466-X 93800

잘못된 책은 바꿔드립니다.